미국 초등학교 현장에서 전하는 생생 리포트!
세상에서 가장 재미있는 곳, 학교 이야기

미국 초등학교 다이어리

미국 초등학교 현장에서 전하는 생생 리포트!
세상에서 가장 재미있는 곳, 학교 이야기

미국 초등학교 다이어리

글 | 박진선 · 정영술 · 박수진

사진 | 박형주

평민사

PROLOGUE

 매일 아침 책가방을 메고 학교로 향하는 아이들을 바라보며 아이를 키우고 교육시키는 것에 대해 많은 생각을 합니다. 같은 햇빛이라도 아침 햇살과 지는 노을이 다르고 같은 바람이라도 산들거리는 봄바람과 귓볼을 얼리는 겨울 바람이 다른 것처럼 우리 아이들 역시 제각기 다른 개성과 소망을 가지고 있는 보석처럼 아름답고 소중한 존재입니다. 이렇듯 소중한 아이의 인생에서 부모의 역할은 무엇일까요? 그것은 부모의 도움 없이도 아이 혼자 세상을 헤쳐 나갈 수 있는 지혜와 용기를 길러주는 것이라 생각합니다. 아이의 인생에 대한 결정과 그에 따른 책임은 결국 아이의 몫이며 부모는 옆에서 도와주는 사람이기 때문입니다.

 우리 아이들이 살아갈 세상은 큰 폭의 변화가 빠르게 전개될 것입니다. 부모로서 우리는 아이가 유연한 생각을 갖고 변화하는 세상을 바라보며 자신의 위치에서 최선을 다하는 삶을 꾸려가길 바랍니다. 또한 실패를 겪더라도 두려워하거나 실망하지 않는 지혜와 용기를 갖도록 도와주고 싶습니다. 그리고 매 순간 자신의 인생을 사랑하고 즐기며 살 수 있는 사람으로 자라주기를 바랍니다.

 인생의 가장 큰 숙제인 '자식 농사'에 대해 고민하는 모든 부모님들과 나누고 싶은 이야기를 이 책에 담았습니다. 특히 한국 이민자 가족이 미국에 살면서 보고 배우고 느낀 미국 생활과 교육제도, 그리고 미국 초등학교 교육의 현장체험을 바탕으로 한 생생한 정보와 경험을 이 책을 통해 함께 나누고 싶습니다.

우리는 미국 초등학교라는 프리즘을 통해 미국 사회와 미국의 교육 철학을 들여다보았습니다. 그리고 미국의 초등학교 교육에서 가장 중요하게 생각하며 가르치는 것이 타인에 대한 존중과 배려 그리고 교양 있는 커뮤니케이션 능력의 함양이라는 것을 알게 되었습니다. 이와 같은 미국 초등교육의 기본 덕목이 배움의 현장인 교실 안에서 어떻게 가르쳐지고 있는지에 대한 이야기를 이 책에 담았습니다.

우리의 책이 자녀 교육에 대해 고민하는 많은 부모님들에게 미국 초등학교 교육의 가치와 이상에 대한 교감과 소통의 기회가 될 수 있다면 무척 기쁠 것입니다. 끝으로 교육 현장에서 만났던 순수하고 해맑은 영혼을 가진 모든 아이들이 건강하고 바르게 자라나 자신의 꿈을 마음껏 펼칠 수 있기를 기원합니다.

2010년 여름 미국 버지니아에서
저자 일동

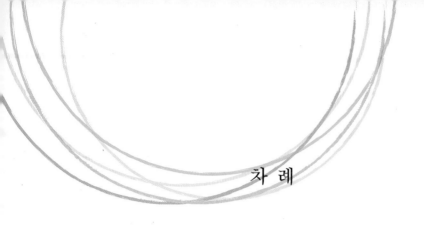

차 례

부록

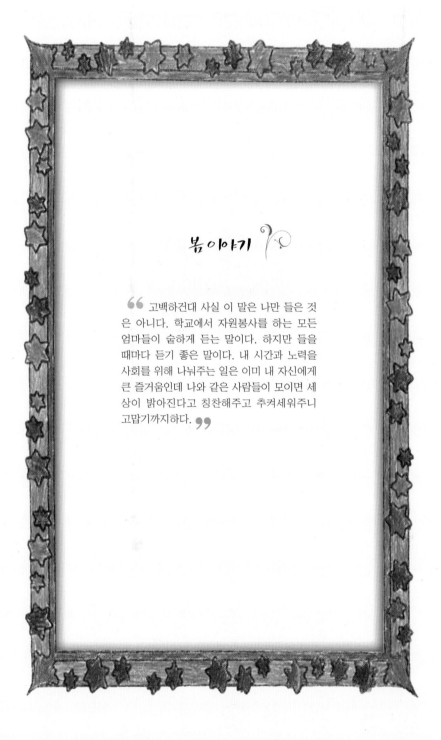

봄이야기

66 고백하건대 사실 이 말은 나만 들은 것
은 아니다. 학교에서 자원봉사를 하는 모든
엄마들이 숱하게 듣는 말이다. 하지만 들을
때마다 듣기 좋은 말이다. 내 시간과 노력을
사회를 위해 나눠주는 일은 이미 내 자신에게
큰 즐거움인데 나와 같은 사람들이 모이면 세
상이 밝아진다고 칭찬해주고 추켜세워주니
고맙기까지하다. 99

당신은 세상을 비추는 빛입니다

"당신은 세상을 비추는 빛입니다."

얼마전 내가 들은 말이다. 남이 들으면 무슨 연애를 하거나 프로포즈 한번 제대로 하는군 하고 생각할런지도 모르겠다. 하지만 이 말은 유진이 담임선생님이 내게 한 말이다.

고백하건대 사실 이 말은 나만 들은 것은 아니다. 학교에서 자원봉사를 하는 모든 엄마들이 숱하게 듣는 말이다. 하지만 들을 때마다 듣기 좋은 말이다. 내 시간과 노력을 사회를 위해 나눠주는 일은 이미 내 자신에게 큰 즐거움인데 나와 같은 사람들이 모이면 세상이 밝아진다고 칭찬해주고 추켜세워주니 고맙기까지하다.

미국을 이루는 근간에는 보이지 않는 곳에서 일하는 자원봉사자들이 있다. 그들은 우리 생활주변 어디서나 만날 수 있다. 학교, 도서관, 병원, 노인회관을 비롯한 각종 커뮤니티 센터는 물론 우리가 생각할 수 있는 모든 장소에 그들이 포진해 있다. 조금 과장되게 말하면 미국 사회는 구석구석에서 묵묵히 이웃을 돕고 있는 자원봉사자들의 힘으로 굴러가고 있다고도 할 수 있다.

나는 올해로 오 년째 학교에서 자원봉사를 하고 있다. 학교 일을 하면서 느낀 점은 학교는 언제나 일손이 부족하다는 것이다. 미술시간에 쓸 준비물을 만들기 위해 두꺼운 색종이를 자르는 간단한 일에서부터 아이들이 만든 작품에 바탕종이를 덧댄 다음 교실의 유리창문에 일일이 붙여 전시하고 그 다음 작품을 전시하기 위해 이미 붙여놓은 작품들을 떼어내는 일처럼 손이 많이 가는 일들까지 매주 자원봉사를 하러 학교에 가보면 할 일들이 수두룩하게 쌓여 있다. 여기에 매일 보는 쪽지시험지 채점하기, 도서관 책 정리, 아이들이 도서를 대출하고 반납하는 일 도와주기, 학교 행사 때 책상과 테이블을 나르고 간식 준비하기, 방과 후 특별활동 때 아이들 안내하기, 아마 학부모들의 자원봉사가 없다면 학교는 하루도 제대로 돌아가지 못할 것이다.

오 년째 자원봉사를 하다보니 어느 순간 깨닫게 된 사실이 있다. 내 아이가 다니는 학교의 일을 돕는 것은 내게 더 많은 도움을 준다는 사실이다. 아이가 학교에서 어떻게 생활하고 있는지, 친구들과는 잘 어울리는지, 수업태도는 바른지, 같은 또래 다른 아이들은 학교 생활을 어떻게 하는지 등등을 관찰할 수 있기 때문이다. 담임선생님은 어떤 성품을 가진 분이며 아이들을 어떤 방식으로 지도하는지도 알 수 있다. 그리고 학교에서 선생님과 자주 마주치다보면 자연스럽게 친해질 수 있는 계기도 된다.

유진이가 일 학년이 끝나고 여름방학이 시작된 지 며칠 안 되었을 때의 일이다. 거실에서 일을 하고 있는데 삐그덕 하며 대문 열리는 소리가 들렸다. 가끔 공동 주택 관리인이 문틈에 소식지를 꽂아두고 가는 일이 있어서 별 신경을 쓰지 않았는데 그날은 다른 때와 다르게 빠끔히 열린 문이 다시 닫히는데 시간이 걸리는 듯 했다. 웬일인가 싶어 밖을 내다보니 낯선 젊은 아가씨가 대문 앞에 서 있었다. 그녀는 짧은 반바지에 플립 플랍(신발 바닥과 엄지 발가락을 끼울 수 있는 고리로만 된 간단한 슬리퍼)을 신고 머리에는 야구모자를 눌러쓰고 있었다. 자세히 살펴보니 그녀는 유진이의 담임선생님이었다. 나는 얼른 뛰어나가 반갑게 선생님을 맞이했다. 유진이 선생님은 대문 안으로 작은 선물 봉투를 슬그머니 밀어 넣고 막 떠나려던 참이었는데 나와 마주치게 되었다며 멋쩍어하셨다.

서른 살. 아직 미혼인 선생님 이름은 미스 켈리다. 뜻하지 않게 마주친 켈리 선생님의 모습은 나에게 두 가지 놀라움을 주었다. 첫째는 선생님의 옷차림이었다. 켈리 선생님은 학기 중에 언제나 단정하고 여성스러운 옷을 즐겨 입었었는데 그날 집에 찾아온 선생님의 모습은 가히 파격적이라 할만했다. 소매 없는 면 티셔츠에 짧은 반바지 차림의 선생님을 만나다니… 하긴 어쩌면 그런 차림이 그 나이대의 아가씨에게 더 어울리는 모습일지도 모르겠다. 옷차림이나 남에게 보여지는 겉모습에 그다지 신경을 쓰지 않아도 된다는 점은 캘리포니아에 사는 장점 중 하나이기도 하니까. 내가 좋다면 한여름에 두툼한 외투를 입든 한겨울에 비키니 수영복을 입든 남들의 시선에 신경쓰지 않아도 되기 때문이다.

두 번째 놀라움은 선생님이 주고 간 선물봉투였다. 그날 선생님은 한 해 동안 자기반에서 자원봉사를 한 엄마들의 집을 일일이

"당신은 세상을 비추는 빛입니다"

아이들이 한 학년 동안 교실에서 자원봉사를 해준 엄마들에게
감사하는 마음을 담았다. (위)
자원봉사 엄마들을 위하여 학교에서 파티를 열어주었다. (아래)

찾아 다니면서 감사의 마음을 담은 조그만 선물을 돌리고 있었던 것이다. 한국에서라면 한 학기를 무사히 마친 것에 감사하며 학부모가 선생님께 선물을 드리기도 할 텐데 이곳에서는 오히려 선생님으로부터 선물을 받는 것이다. 참으로 뜻밖인 이 선물이 대단히 특별하게 느껴졌다. 그리고 진심으로 고마웠다. 선생님이 여름방학을 잘 보내라는 말을 하고 갈 때까지 우리는 서로 감사의 말을 주고 받았다.

집 안으로 들어와 선물을 열어보니 유리병에 담긴 바닐라 향이 나는 양초와 칠리소스 양념이 곁들어진 견과류 한 봉지였다. 그리고 정성스럽게 쓴 카드 한 장도 함께 담겨 있었다. 소소해 보이지만 정성이 담긴, 결코 돈으로 환산할 수 없는 이 선물을 내 아이의 담임선생님으로부터 받았다는 사실에 나는 아직도 가슴이 설렌다. 아직도 간직하고 있는 켈리 선생님의 카드에는 다음과 같이 적혀 있다.

"당신은 나와 학생들에게 아주 특별한 한 해를 만들어 주었습니다. 당신의 자원봉사에 감사드립니다. 당신의 자원봉사로 우리들의 교실을 밝혀 주어서 감사합니다."

나에게는 꿈이 있습니다. I Have A Dream

"엄마, 마틴 루터 킹 주니어가 맞아요? 아니면 킹 마틴 루터 주니어가 맞아요?"

삶 자체가 호기심 천국인 유진이의 질문에 웃음이 터져 나왔다.

"응, 마틴 루터 킹 주니어가 맞지. 마틴 루터 킹 주니어는 킹(왕)이 아니란다."

이름에 '킹' 자가 들어가서 어느 나라 왕이라고 생각했는지 나에게 물어보는 유진이에게 다시 물었다.

"그건 왜 물어보는데?"

"학교에서 배웠어요."

"그래, 그 사람이 무엇을 했다고 배웠니?"

"네, 흑인들을 도왔다고 배웠어요."

나는 갑자기 유진이가 흑인이란 단어를 이해하고 있는지 궁금해졌다. 그 당시 유진이는 겨우 여섯 살이었으며 집에서 흑인이란 단어를 들어본 적이 없었기 때문이다. 이렇게 유진이와 나의 이야기는 시작되었다.

"그렇구나. 그럼 너는 흑인일 것 같니 백인일 것 같니?"

"응, 엄마. 나는 옛날에는 백인이었는데 지금은 흑인이 됐어요."

아이의 엉뚱한 대답에 실소를 금할 수 없었다.

"그게 무슨 말인지 엄마는 이해가 잘 안되는데?"

"엄마가 그랬잖아요. 내가 전에는 얼굴이 하얬었는데 밖에서 많이 놀아서 지금은 얼굴이 까맣게 탔다고. 그래서 나는 백인이었는데 흑인이 된 거예요."

아이들이 살아가는 세상은 그 어떤 차별도 없구나… 나는 쏟아지는 웃음을 겨우 참아가면서 말했다.

"유진아, 코리안은 흑인도 아니고 백인도 아니고 아시안이라고 한단다."

사실, 유진이에게 '인종'이라는 단어는 낯설기만한 단어일 것이다. 유진이네 반에는 '키라'라는 여자아이가 있었다. 키라의 엄마, 아빠는 전형적인 영국계 백인이다. 일 학년이 시작된 첫 주에 아이들은 각자 자기를 소개하는 짧은 글을 써서 교실벽에 붙였다.

나는 키라가 자신을 소개한 글을 보고 미소를 짓지 않을 수 없었다. 이유인즉, 금발에 푸른 눈동자를 가진 키라가 자신을 흑인 _{African American}이라고 써놓았기 때문이다. 이유를 알 것 같았다. 키라의 집에는 키라의 부모가 아프리카여행을 하며 찍은 원주민들의 사진과 토속품이 많았다. 오픈마인드를 지닌 부모 밑에서 자란 키라는 어려서부터 자연스럽게 다른 인종에 대한 편견 없이 자랐을 테니 아마도 흑인이란 단어와 친숙했던 모양이다.

이번에는 유진이의 자기소개 글을 읽어보았다. 유진이는 자신을 코리안이라고 소개하고 있었다. 자신이 흑인인지 백인인지 동

양인인지는 몰라도 어려서부터 귀가 따갑도록 들어온 코리안은
잊지 않고 있었던 모양이다.

매년 1월 셋 째주 월요일은 마틴 루터 킹Martin Luther King, Jr.목사
의 기념일이다. 이날은 미국 대부분의 주에서 국가공휴일로 지정
하고 있다. 이맘때쯤 아이들은 학교에서 마틴 루터 킹 목사에 대
해서 배운다. 200여 년 전 평화로운 자신들의 땅에서 영문도 모른
채 끌려와 머나먼 미국땅에서 노예로 살게 된 불운한 아프리칸 아
메리칸들. 그들은 1876년 에이브러햄 링컨 대통령의 노예 해방선
언과 킹 목사가 불을 지핀 민권운동을 통해 1965년에야 비로소 투
표권을 갖게 되었다.

말로는 다 표현하기 어려운 그네들의 거칠고 굴곡진 역사가 쌓이
고 쌓이더니 마침내 빛을 보게 되었고, 드디어 지난 2009년 미국

미국 독립기념일
퍼레이드
미국에는 다양한 인종이 모여
산다.

역사상 최초로 흑인 대통령이 선출된 것이다. 마틴 루터 킹 목사가
살아서 오바마 대통령의 당선을 지켜봤다면 그 감격은 어떠했을
까? 현재의 미국은 킹 목사가 살던 시대와 비교하면 엄청난 발전에
발전을 거듭한 것이다. 미국이 킹 목사가 꿈꾸던 것과 같은 상태의
완벽한 흑백 간의 혹은 인종 간의 차별이 없는 나라가 되었다고는
할 수 없지만.

  39세의 젊은 나이로 안타깝게 생을 마감한 킹 목사가 그토록 간
절히 원하던 꿈. '나에게는 꿈이 있습니다'로 시작하는 킹 목사의
연설은 언제 들어도 온몸에 전율을 불러일으키게 한다.

  미국이란 나라가 신분, 피부색, 인종, 성별, 나이처럼 스스로 선
택할 수 없는 타고난 조건에 의해 평가 받지 않고 사람을 인격으로
평가하는 나라가 되기를 소망한다. 더불어 자유와 평등을 실천하는

사회에서 모든 이가 자신의 꿈을 이룰 수 있기를 함께 소망한다. 스스로를 흑인으로 소개하는 키라와 백인에서 흑인으로 바뀌었다고 생각하는 유진이가 앞으로 살아갈 세상이 '인종'이란 단어에 구애받지 않고 살아갈 수 있는 세상이 되길 소망한다. 킹목사의 꿈이 온전하게 이 미국땅에서 이루어지는 날이 오길 미국에 살고 있는 유색인종의 한 사람인 나 역시 간절하게 소망해본다.

나에게는 꿈이 있습니다

조지아 주 붉은 언덕에서 노예의 후손과 노예 주인의 후손이
형제처럼 손을 맞잡고 나란히 앉게 되는 꿈입니다.
나에게는 꿈이 있습니다.
이글거리는 사막처럼 불의와 억압이 존재하는 미시시피 주가
자유와 정의의 오아시스가 되는 꿈입니다.
나에게는 꿈이 있습니다.
내 아이가 피부색을 기준으로 사람을 평가하지 않고
인격을 기준으로 사람을 평가하는 나라에서 살게 되는 꿈입니다.

… 마틴 루터 킹 목사 연설 일부 …

켈리 선생님의 아름다운 급훈

　나는 유진이의 성장과정을 따라서 프리스쿨과 킨더가튼 그리고 초등학교에서 자원봉사를 하다 보니 미국 초등학교 교육에 대해 보고 들을 수 있는 기회가 자연스레 많아지게 되었다. 내가 몸으로 체험한 초등학교 교육의 핵심은 타인을 존중하고 자신을 사랑할 줄 아는 사람으로 키우는 것이었다. 그리고 학교는 이러한 교육 목표를 충실하게 실천에 옮기는 장소였다.

　처음 학교에서 자원봉사 일을 시작했을 때에는 학교 건물이나 시설처럼 겉으로 드러나는 하드웨어가 참으로 부러웠다. 일광을 고려해서 지은 건물, 축구장 두 개가 들어갈 만큼 넓은 잔디 운동장, 세심하게 안전을 고려하여 만들어진 놀이터, 실내에 들어서면 계절을 알 수 없을 정도로 일년 내내 거의 일정한 온도로 유지되는 완벽한 냉난방시설, 풍족한 학교 비품과 학습 교재들, 학교 도서관이 소장하고 있는 많은 도서들, 한 반에 스무 명이 안 되는 적은 학생 수…. 내가 한국에서 학교 다니던 시절과 비교해 보며 감탄했던 적이 한두 번이 아니었다. 하지만 시간이 지날수록 더욱 부러워지는 것은 바로 아이들이 배우는 환경, 학교의 분위기였다. 언제나 학교 가기가 즐거운 아이들. 학교는 절대 부담을 주는 곳이 아니었다. 주말과 방학에는 숙제가 없으며 평일에도 해야 할 숙제의 양은 많지 않았다. 선생님들은 시험이나 성적에 대해서 신경을 곤두세우지 않는다. 그런 것들보다는 아이가 학교에 잘 적응하며 조금씩이라도 발전을 보이는 것에 더 많은 관심을 갖고 칭찬해주었다. 시험과 성적 스트레스를 모르는 아이들, 방과 후에 학원 순례를 하지 않아도 되는 아이들. 그런 아이들이 다니는 학교는 즐거운 곳임에 틀림없다.

나는 학교 자원봉사를 통해 매일 새로운 사실을 보고 배웠다. 마치 다른 세계에서 온 탐험가처럼 학교 구석구석을 살피고 다니며 아이들이 배우는 현장을 관찰했다. 가끔은 나도 이런 환경에서 자랄 수 있었더라면 하는 부질없는 생각을 해보기도 했다.

미국 초등학교는 순수한 아이들의 놀이터같이 활기차면서도 놀랄 만큼 질서가 잘 유지되는 곳이었다. 선생님들은 항상 상냥하고 친절했으며 늘 나지막한 목소리로 가르치고 타이를 뿐이었지만 권위만큼은 바로 서 있었다. 자원봉사를 하러 학교에 가는 날이 되면 나는 혼자서 어떤 날은 선생님이 되어 보기도 하고 어떤 날은 학생이 되어 보기도 하면서 즐거운 상상을 하곤 했다.

싱그러운 아침햇살이 온 교정을 감싸 안고 있는 오전 시간. 삼삼오오 모여 한껏 재잘대던 아이들이 1교시 시작 벨 소리와 함께 가지런히 줄을 맞추어 입실하고 나면 학교는 마치 따사로운 햇빛 아래서 병아리들을 품고 앉아 졸고 있는 엄마 닭처럼 편안해 보였다.

한 학년은 모두 네 개의 반으로 구성되어 있다. 교실문이 없는

개방형 교실은 다목적 공간으로 사용되고 있는 직사각형의 넓은 중앙 홀을 사이에 두고 각각 두 반씩 양쪽으로 사이 좋게 나눠 자리잡고 있다. 자원봉사자들이 일하는 공간이기도 한 중앙 홀의 가장자리를 따라 설치되어 있는 기다란 사물함에는 온갖 학교 비품들이 차곡차곡 쌓여 있다.

다음 학기에 배울 산수 연습 교재를 비롯해서 미술시간에 쓸 두꺼운 색종이, 학용품, 종이컵, 냅킨, 화장지… 심지어 일회용 주방용품까지 수업시간에 필요한 것은 모두 이 사물함들 속에 들어 있다. 나는 때때로 물건을 찾기 위해 사물함을 열어볼 때마다 그 안의 풍요로움에 놀라곤 했다.

오늘도 내 책상 위에는 산수, 영어, 받아쓰기 시험지가 채점을 기다리고 있다. 아이들과 함께 읽을 주제별 작문 페이퍼가 한쪽에 다소곳이 놓여 있고 그 옆으로 미술시간에 사용할 두꺼운 색종이 더미와 가위, 풀, 클립, 스탬프, 스티커가 담긴 서랍장까지 바빠질 내 손길을 기다리고 있다.

교실에서 막 수업준비를 시작하려는 켈리 선생님과 짧은 눈인사를 나눈 나는 책상에 앉아 오늘은 무슨 일부터 시작할까 마음속으로 순서를 정해본다. 교실에 들어온 아이들은 집에서 해온 과제

학급의 아이들을 재미있는 모습으로
붙여 놓았다.

물을 지정된 박스에 집어넣고 각자 자리로 돌아가 앉는다.

켈리 선생님반은 하루 일과를 산난한 의례로 시작했다. 모두 자리에서 일어서 국기에 대한 경례를 하고 애국심을 고취하는 노래를 한 곡 부른 다음 큰 소리로 급훈을 외운다. 나 역시 아이들과 함께 큰 목소리로 켈리 선생님의 급훈을 외우곤 했는데 그것은 내가 켈리 선생님 교실에서 하는 일 중 가장 좋아했던 일이었다.

내가 초등학교에 다니던 오래전, 그 시절에 빛바랜 나무액자에 담겨져 교실 한쪽 벽에 걸려 있던 급훈은 대개 '착하고 슬기롭게'와 같은 것이 많았다. 중학교 때에는 아마도 '성실, 근면, 정직'이란 단어들이 자주 쓰였던 것 같고, 지금도 확실하게 기억하고 있는 여고시절의 급훈은 '정숙'이었다. 하지만 세월이 많이 흐른 요즘에는 교육적인 급훈보다는 재치 있고 유머러스한 급훈들이 대세라고 한다.

대학가서 미팅할래 공장가서 미싱할래/ 지하철 2호선을 타자/ 30분 더 공부하면 내 남편 직업이 바뀐다/ 30분 더 공부하면 내 아내 얼굴이 바뀐다/ 지금 이 순간에도 적들의 책장은 넘어가고 있다/ 급훈보냐 칠판봐라/ 담임이 뿔났다 ……

공부하느라 스트레스 받는 학생들에게 잠시나마 웃음을 줄 수 있는 유머와 재치가 돋보이는 급훈들이다. 하지만 가만히 보면 급훈들이 모두 시험, 성적, 대학 입시 같은 가시적인 성과에 목표를 두고 있음을 알 수 있다. 앞에서와 같은 급훈들을 보면 왠지 시간에 쫓기는 듯한 급박함, 강요, 성취에 대한 강박, 미래를 위해 현재를 억압하고 있다는 느낌을 지울 수 없다. 한 학급 전체 아이들이 하나의 목표를 향해 전진하면서 오로지 성적으로 평가되는 한국의 교육 현실을 고려하면 이러한 급훈들이 등장하는 것은 어찌 보면 당연한 것일지도 모른다. 모든 아이들에게 획일적으로 시험 성적이나 결과만을 강요하는 급훈이 어떤 가르침을 줄 수 있을까? 열심히 공부하여 대학에 들어가는 것만을 목표로 하는 급훈이 과연 바람직한 것인가 의문스럽다. 매일 쳐다보는 급훈이 성장하는 아이들로 하여금 바른 가치관을 정립하는 데 도움을 줄 수 있는 거름 같은 것이라면 어떨까 하는 생각을 해본다.

내가 너무나 좋아했던 켈리 선생님반의 급훈을 소개하고 싶다. 자원봉사를 하면서 일 년을 듣고 함께 따라 외쳤던 탓에 지금은 나도 모르게 내 입에서 중얼거려지는 아름다운 급훈이다.

오늘은 새로운 날입니다.

오늘 나는 내 자신을 믿습니다.

나는 다른 사람을 존경하고 친구들을 보살핍니다.

오늘 나는 열심히 공부할 것이며 내가 배울 수 있는 모든 것을 배울 것입니다.

나는 지성을 갖추었습니다.

나는 훌륭하며 내가 아주 특별하다는 것을 잘 알고 있습니다.

나는 학교에 있는 것이 기쁘며

오늘을 아주 근사한 날로 만들 것입니다.

Today is a new day.

Today I believe in myself.

I respect others and I care about my friends.

Today I will work hard and I will learn all I can learn.

I am intelligent. I am wonderful and I know I am very special.

I am glad I am here and I' m going to make it a great day!

켈리 선생님의 급훈은 아주 구체적이다. '밝고 맑고 슬기롭게' 같은 추상적인 급훈에 비하여 아이들에게 구체적인 행동방향을 제시하고 있다. 타인을 배려할 줄 아는 사람, 자신을 사랑할 줄 아는 사람, 그리고 자신의 일에 최선을 다하겠다는 다짐을 매일 아침 외치면서 커가는 아이들이 우리의 아이들이었으면 좋겠다는 생각을 해본다.

금주의 주인공, 스타 오브 더 위크 Star of the week

장소 : 메도우 파크 초등학교, 켈리 선생님 교실

시간 : 빅유(8살 남자어린이)의 스타 오브 더 위크 주간

등장인물 : 켈리 선생님과 일 학년 아이들

켈리 선생님, 빅유가 가져온 스타 오브 더 위크 포스터를 교실 입구 쪽 벽면에 압정으로 고정시킨다. 아이들 서너 명이 다가와 포스터 붙이는 것을 바라본다. 빅유가 만들어온 두꺼운 노란색 종이의 포스터에는 빅유의 성장과정을 보여주는 각기 다른 장소에서 찍은 여덟 장의 사진이 붙어 있다.

선생님 새학년을 맞아 일주일에 한 명씩 자신을 소개하는 시간이에요. 이번 주의 스타는 빅유에요. 오늘 우리는 빅유가 자신에 대해서 하는 이야기를 들어 볼 거예요. 자, 빅유. 앞으로 나와요.

빅유는 집에서 가져온 무거워 보이는 쇼핑백을 들고 교실 앞쪽으로 나간다.

선생님 빅유, 우리에게 보여주고 싶은 너의 애장품은 뭐니?

빅유, 쇼핑백에서 얇은 책모양의 쿼터 모음집을 꺼내 펼쳐 보이며.

빅유 이것은 내가 일 년 동안 모은 쿼터 수집책이에요.

와 하는 소리와 함께 자세히 보려는 아이들이 자리에서 일어난다. 선생님은 아
이들이 잘 볼 수 있도록 빅유의 쿼터 모음집을 들고 아이들 가까이 다가간다.

선생님 여러분 쿼터가 뭔지 알아요?

아이들 네, 알아요. 25센트 짜리 동전이잖아요.

선생님 맞아요. 쿼터는 우리가 사용하는 25센트 동전을 일컫는 다른 말
이에요. 쿼터가 4개 모이면 1달러가 되지요. 그런데 이 쿼터 동전
은 특징이 있어요. 동전 앞면은 다 똑같은데 동전 뒷면 그림은 50
개의 다른 모양이 있어요. 미국에 있는 50개의 주와 그 주를 상징

25센트 동전인 쿼터에는 미국 50개 주의 상징이 각각 그려져 있다.

하는 그림이 그려져 있기 때문이에요. 오늘 빅유가 가져온 이 쿼터 모음집에는 50개의 각기 다른 그림의 쿼터가 들어 있어요.

빅유　애리조나주 동전 뒷면을 자세히 보면 태양과 그랜드캐년, 선인장이 그려져 있고, 일리노이주 동전에는 링컨 대통령이, 그리고 뉴욕주의 동전에는 자유의 여신상이 있어요.

데이비드　이건 정말 멋진걸. 나는 쿼터 동전에 이런 그림이 숨어 있는 줄 몰랐어. 50개의 다른 동전들도 전부 보고 싶어져.

선생님　이 동전 모음집을 교실 입구 탁자에 올려 놓을 거예요. 여러분은 쉬는 시간에 자세히 볼 수 있어요. 빅유, 다음은 우리들에게 빅유 가족만의 특별한 점이나 전통에 대해서 이야기해줄 수 있겠니?

빅유　네. 이번에 보여줄 것은 저희 가족의 테마가 있는 여행이 담긴 사진첩이에요.

선생님　그거 재미있겠는데. 빅유의 가족은 어떤 여행을 했을까?

빅유 우리 가족은 캘리포니아에 있는 오래된 모든 미션들을 방문했었어요.

패트릭 미션이 뭐예요?

선생님 그거 좋은 질문이구나. 미션이란 아주 오래전 스페인 선교사들이 캘리포니아에 왔을 때 만든 종교적 건물이란다. 캘리포니아에는 샌디에고부터 소노마에 이르기까지 모두 21개의 미션이 해안선을 따라 자리잡고 있단다. 미션에 대해서는 나중에 4학년이 되면 사회시간에 자세히 배울 거예요. 빅유의 가족은 캘리포니아 미션을 따라가는 긴 여행을 했군요. 여러분들은 모두 가족과 함께 했던 즐거운 여행의 추억이 있을 거예요. 그렇죠?

에밀리 저는 가족과 하와이여행 갔던 일이 제일 즐거웠어요. 우리는 물길을 가르며 달리는 보트를 탔어요.

선생님 그랬군요. 에밀리가 스타가 되는 주간에는 에밀리 가족의 하와이 여행 이야기를 좀 더 자세히 들어보도록 해요. 그런데 벌써 점심시간이 되었네요.

아이들은 학교 식당으로 가기 위해 교실문을 나서며 빅유가 가져온 애장품들과 벽에 붙은 빅유의 포스터 사진을 구경하며 이야기를 나눈다.

노아 빅유, 너는 정말 운이 좋아. 50개의 쿼터를 가졌잖아. 나도 오늘부터 쿼터를 모아볼 거야.

루커스 빅유, 너의 포스터에 레고로 만든 커다란 로봇과 함께 찍은 사진

▲캘리포니아 미션의 왕이라 불리는 미션 샌루이스레이(Mission San Louis Lay)의 아름다운 전경
◀21개 캘리포니아 미션 중 가장 아름다운 전경을 자랑하는 미션 카멜.
◀미션의 보석으로 불리우는 미션 샌후안 캐피스트라노의 정원.

이 있지. 나도 레고랜드에 갔을 때 그 로봇을 본 적이 있어. 나는 레고 만들기를 무척 좋아하는데 너도 그러니?

빅유 물론이지. 네가 원한다면 우리 방과 후에 함께 레고 로봇을 만들어 보지 않을래?

루커스 좋아.

선생님은 교실을 빠져나가는 아이들이 하는 대화를 들으며 아직 온기가 남은 커피를 한 모금 마시며 오후 수업일정표를 체크한다. 스타 오브 더 위크는 한 반의 모든 아이들이 돌아가며 공평하게 한 주 동안 학급의 스타가 되는 프로그램이다. 그리고 그 한 주 동안만큼은 스타가 된 아이에게 선생님과 친구들의 관심이 집중된다.

이 프로그램을 통해서 스타가 된 아이들은 자신이 가진 장기나 자신의 관심사를 다른 사람들 앞에서 발표하는 방법을 배운다. 또 스타가 아닌 아이들은 다른 사람의 생각이나 관심사에 대해 경청하며 존중하는 자세를 배운다. 여기에 한 가지 더해 발표하는 사람의 장점을 찾아내 칭찬해주는 시간도 갖는다. 교과서로 배울 수 있는 것들 이 외의 교육, 이것이 바로 스타 오브 더 위크가 갖는 교육적 장점이다.

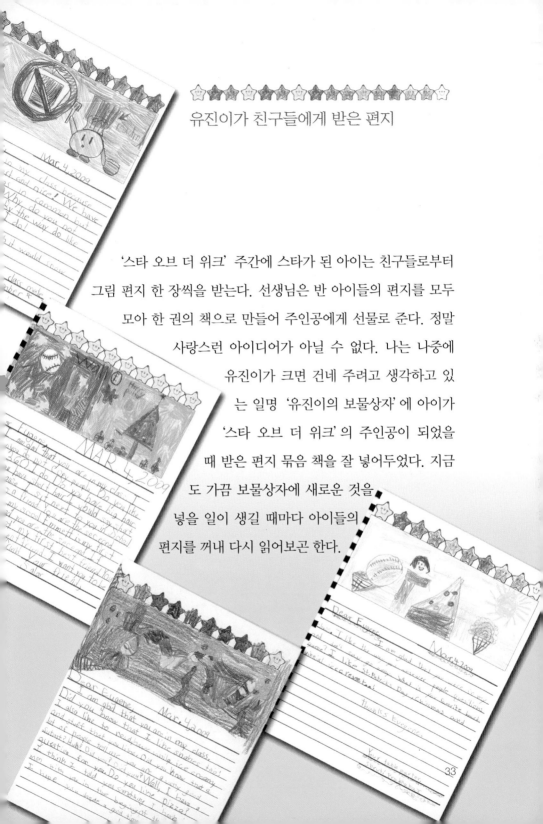

유진이가 친구들에게 받은 편지

'스타 오브 더 위크' 주간에 스타가 된 아이는 친구들로부터
그림 편지 한 장씩을 받는다. 선생님은 반 아이들의 편지를 모두
모아 한 권의 책으로 만들어 주인공에게 선물로 준다. 정말
사랑스런 아이디어가 아닐 수 없다. 나는 나중에
유진이가 크면 건네 주려고 생각하고 있
는 일명 '유진이의 보물상자'에 아이가
'스타 오브 더 위크'의 주인공이 되었을
때 받은 편지 묶음 책을 잘 넣어두었다. 지금
도 가끔 보물상자에 새로운 것을
넣을 일이 생길 때마다 아이들의
편지를 꺼내 다시 읽어보곤 한다.

33

유진에게

나는 너랑 같은 반이라서 기뻐. 나는 네가 사람들 질문에 대답하는 태도하고 '꺼져버려'라고 말하지 않는 것이 좋아. 네가 좋아하는 보드게임은 뭐니? 나는 성 패트릭 데이아 크리스마스 그리고 바닐라 아이스크림을 좋아해.

고마워 유진

너의 테이블 짝꿍 슈러티

Dear Eugene,

I am glad that you were in my class. I like the way you answer people questions and don't say go away. What is your favorite board game? I like St. Patrick's day, Christmas, and vanilla ice cream.

Thanks Eugene.

Your table partner

Shruti

; 슈러티는 수줍음이 많은 여자아이다. 언제나 낮은 목소리로 조근조근 이야기하는 것이 특징이며 상대방과 눈이 마주치면 미소 짓는 걸 잊지 않는다. 산수과목에 자신 있어 하는데 그 이유는 아빠에게 산수를 배우는 것을 좋아하기 때문이라고 말한다.

유진에게

나는 네가 다른 사람의 흉내를 내지 않을 때가 좋아. 너는 머리 카락이 길어 아니면 짧아? 내가 보기엔 짧다고 말할 수 있어. 왜냐하면 학교에서 내가 네 옆자리에 앉으니까. 나는 너를 친구로서 사랑해. 너는 내가 학교에서 두 번째로 좋아하는 친구야. 에메트가 내가 좋아하는 첫 번째 친구이고 너는 두 번째 친구야. 만일 에메트가 나의 첫 번째 베스트 프렌드가 아니었으면 네가 나의 베스트 프렌드가 됐을 거야. 나는 네가 나의 두 번째 베스트 프렌드가 됐음 좋겠어.

너의 친구, 영원히

살라

Dear Eugene,

I like when you do not copy people. Do you have long hair or do you have short hair? I would say short hair because I sit next to you in school. I love you as a friend. You are the second best friend in my school. Emmet is my first best friend and you are the second. If Emmet is not my first best friend, you would be my best friend. I want you to be my second best friend.

Your friend, forever

Salar

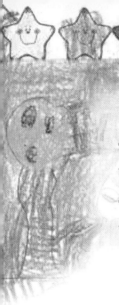

; 살라는 귀엽게 생긴 개구장이이다. 작문시간에 보면 언제나 쓸 것이 많아 남들이 한 장 쓸 때 세 장은 기본이다. 살라의 글을 읽어보면 살라가 얼마나 상상력이 풍부한 아이인지 알 수 있다. 수업시간에 옆자리에 앉은 아이들에게 말을 걸어 이따금 선생님의 주의를 받을 때도 있지만 상냥하고 친절한 녀석이다.

유진에게

나는 너랑 같은 반이라서 기뻐. 왜냐하면 너는 정말 똑똑하고 좋으니까. 우리는 같은 점이 하나도 없네. 하지만 괜찮아. 너는 왜 텔레비전 보는 걸 안 좋아하니? 그런데 너는 팬케이크를 좋아하니? 나는 좋아 하거든.

같은 반 친구

엠버

Dear Eugene,

I am glad you are in my class because you are really smart and nice!

We have zero things in common but that's O.K. Why do you not like screen? By the way do you like pancakes? Well, I do.

Your class mate

Amber

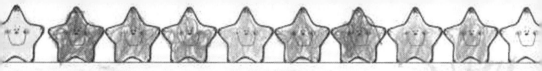

; 엠버는 두 자리수 뺄셈에 애를 먹고 있다. 그리고 다 풀지 못한 시험지 끝자락에는 항상 '선생님 미안해요'라고 애교스럽게 써놓는다. 사실 공부보다는 패션에 더 관심이 많다. 나중에 커서 헤어 디자이너나 의상 디자이너가 되고 싶다고 말한다.

유진에게

많은 사람들이 내게 네가 아주 좋은 학생이라고 말하는 거 알고 있었니? 흠, 알고 있었어? 그런데 나 너한테 물어볼 게 하나 있어. 너 피자 좋아하니? '스타 오브 더 위크'가 되어서 좋은 한 주를 보냈었길 바래.

사랑하는

오메르

Dear Eugene,

Did you know that a lot of people tell me you are a very good student? Huh? Did you? Well, I have a question for you. Do you like pizza? I hope you had a good time being star of the week.

Love

Omer

; 오메르는 말이 많은 꼬마 아가씨이다. 수업시간에 할 얘기가 있을

때에는 흥분한 나머지 자리에서 일어서서 갖가지 몸짓을 써가며 이야기한다. 선생님이 나서서 이야기를 중단시킬 때까지 오메르는 항상 할 말이 많다.

나는 학교에서 자원봉사를 하면서 많은 아이들을 만날 수 있었고, 아이들과 함께 했던 시간들은 즐거운 경험이었다. 한 연구에 따르면 아이들은 만 여덟 살이 될 때까지는 어른들이 하는 말을 의심하지 않고 그대로 다 믿는다고 한다. 그래서일까? 학교에서 만나는 아이들은 너무나 순수하다.

세월이 가면 이 아이들도 자라 어른이 되겠지. 그리고 까마득한 훗날에는 내가 지켜볼 수 있었던 자신들의 어린 시절을 아마 기억하지 못할지도 모른다. 그렇지만 내가 아이들과 함께 나누었던 동심은 오래도록 내 기억에 남아 있을 것이다.

신발상자에 담아오는 초콜릿

　우리가 버지니아로 이사온 첫 해 겨울은 유난히 눈이 많이 내렸다. 이곳 토박이들도 올해처럼 눈이 많이 내린 겨울은 처음이라고 혀를 내둘렀다. 텔레비전 뉴스에서는 한 차례 눈폭풍이 몰아칠 것을 예고하는 방송이 시시각각 들려왔다. 이러다가는 학교가 휴교할지도 모른다고 한다. 눈이 쌓여 발이 묶이기 전에 며칠간 버틸 식료품이라도 사다 놓으려고 재킷을 걸치고 동네 식료품점으로 향했다. 눈 치우는 삽이 동났다는 호들갑스런 기상 캐스터의 멘트가 한몫을 했는지 평일답지 않게 마트는 많은 인파로 붐비고 있었다.

　월동장비들 속에서 벽난로에 땔 장작더미를 고르는 사람들 뒤로 얼핏 울긋불긋 화사한 컬러가 눈에 띄었다. 흰색, 노란색, 빨간색, 핑크색, 하늘색, 색깔별로 포장된 장미꽃다발이 촘촘히 꽂아져 있는 플라스틱 통들이 줄줄이 서 있는 것이 아닌가? 아니 몇 시간 내로 눈폭풍이 몰아칠거라는데 웬 장미꽃이야 하는 생각이 드는 순간 '발렌타인 데이'가 떠올랐다. 그리고 보니 식료품점의 한 귀퉁이를 차지하고 있는 카드 진열대가 온통 핑크빛으로 바뀌어 있었다. 계산대 바로 옆에는 갖가지 초콜릿 상자들이 크기별로 멋스럽게 진열되어 있었다.

나는 원래 발렌타인 데이를 상업적인 목적의 국적불명 행사로 여겨왔던 터라 미국 초등학교에서 발렌타인 데이를 기념한다는 것을 알게 되었을 때 믿을 수가 없었다. 내 상식으로는 오히려 학교에서 말려야 하는 것이라 여겼기 때문이다. 그런데 아이를 학교에 보내다 보니 적어도 한 달에 한 번 정도 학교에서 이벤트를 만들어 아이들에게 재미를 선사한다는 것을 알게 되었다. 예를 들어 특별한 날이 없는 달에는 우스꽝스런 헤어스타일을 하고 오라고 하기도 하고 파자마 데이라고 잠옷을 입고 등교하는 날도 있다.

아이들뿐만 아니라 교장선생님을 비롯하여 전 교직원이 잠옷바람으로 학교에 오는 것은 말할 것도 없다. 친구들과 똑같은 옷을 입고 가는 쌍둥이 날도 있고 안경을 끼고 가는 날도 있다. 눈이 나쁘지 않은 아이들도 안경알이 없는 안경이나 장난감 선글라스를 끼고 온다. 이렇게 일부러라도 뭐든지 하나씩 행사를 만들어 냈다. 그래서 유진이는 학교가 최고로 재미있는 곳으로 알고 매일 아침 놀러가는 마음으로 학교에 다닌다.

저학년 아이들은 발렌타인 데이가 가까워오면 신발상자를 이용해 발렌타인 박스를 만든다. 이 외에도 신발상자는 학교 준비물로 자주 등장하기 때문에 미국에서 아이를 키울 계획이 있는 분이라면 신을 살 때 담아주는 상자를 버리지 않고 모아두는 것이 좋다. 그 다음 준비할 것은 발렌타인 카드와 사탕 한 알 혹은 포장된 작은 초콜릿 한 조각, 스티커나 연필 한 자루 같은 부담없는 선물이다. 선생님은 미리 반 전체 아이들의 이름이 적힌 명단을 집으로 보낸다. 그 이유는 한 아이라도 카드를 받지 못해 상처받는 아이가 없도록 하기 위해서다.

아이들을 위해 사소한 것까지도 신경쓰고 배려하여 일을 처리하는 미국 학교의 이러한 점들은 참으로 본받을 만하다. 생일파티 초대장의 경우에도 반 전체 아이들을 다 초대하지 않는다면 학교에 가져와서 나눠줄 수 없도록 하고 있다.

반 전체 아이들의 발렌타인 카드와 선물을 준비하는 데는 보통 5,6불 정도면 충분하다. 굳이 많은 돈을 들이지 않아도 아이들은 즐거운 하루를 보낼 수 있다. 친구들에게 받은 카드를 열어보고 사탕과 초콜릿을 까먹는 재미를 꼭 상술에 이용당했다고 보기도 어렵다.

사실 미국에서 2월달은 쇼핑의 비수기이다. 추수감사절부터 시작되는 쇼핑은 크리스마스 무렵에 절정을 이루며 연말을 지나면 극도로 감소한다. 미국 사람들의 주머니에 여유돈이 들어 오려면 세금환급을 받을 수 있는 3,4월까지는 기다려야 한다. 발렌타인 데이는 소비가 위축된 소비자들의 쌈짓돈을 꺼내는 명분 있는 대목이다. 한두 푼의 초콜릿이나 사탕을 사면서 기분을 내다보면 비싼 품목에 대한 쇼핑으로 이어질 수 있기 때문이다. 이래저래 발렌타인 데이는 아이

발렌타인 데이에 아이들은 카드와 초콜릿을 서로 교환한다.

들에게 재미를 주고, 쇼핑의 비수기에 소비를 촉진시키는 매개역할까지 한몫 톡톡히 해낸다.

발렌타인 데이와 관련한 숫자 통계가 있다. 소비자 한 명이 발렌타인 데이 쇼핑에 쓰는 돈은 평균 102달러라고 한다. 58퍼센트의 사람들은 인사말을 전하는 카드를 사고, 35.7퍼센트의 사람들은 꽃을 사고, 16퍼센트의 사람들은 보석을 산다고 했다.

우리 동네에서 선물가게를 하는 아만다 씨는 경기가 아무리 좋지 않다고 해도 발렌타인 데이가 낀 주 만은 예외라고 했다. 많은 사람들이 사랑을 위해 기꺼이 지갑을 연다는 의미일 것이다. 통계에는 없지만 뭐니뭐니해도 가장 잘 팔리는 것은 초콜릿일 것이다. 꽃도 보석도 카드도 사지 않는 우리 집도 초콜릿만은 반드시 사는 걸 보면 말이다. 국가적으로 공인한 초콜릿 먹는 날인 발렌타인 데이에는 학교에서 돌아올 유진이가 더 기다려진다. 발렌타인 카드와 사탕, 초콜릿이 가득 담긴 신발상자를 들고 올 테니까. 그리고 그 중의 절반은 엄마 몫이라고 세뇌시켜놓은 건 내가 생각해도 참 잘한 일 같다.

횡단보도 도우미 지니 할머니

오늘은 일 년에 한 번 있는 전교생이 걸어서 학교에 가는 날이다. 지구의 날을 맞아 자동차 배기가스 배출을 하루만이라도 줄여보려는 노력을 실천하는 날이다. 사실 유진이네 학교는 주택가 한가운데 자리하고 있어 마음만 먹으면 전교생이 매일 걸어서 등교할 수도 있을 것이다. 그러나 차에 익숙해진 미국인들은 단 5분 거리라 할지라도 걷는 것보다 차로 이동하는 것을 당연하게 여긴다.

인류 최대의 적이자 미국인들의 가장 큰 고민거리인 비만이 갈수록 늘어나는 이유 가운데 하나가 바로 미국인들의 '걷지 않은 습관' 때문이다. 나 역시 걸어서 10분도 채 안 걸리는 거리에 있는 학교에 아이를 매일같이 차로 데려다 주고는 했다. 5분만 일찍 집을 나서면 얼마든지 걸어서 학교에 갈 수 있지만 아침의 5분은 왜 이리도 바쁜지 매일 아침 아이를 차에 태워 등교시켜왔다.

지구의 날 걷기행사를 맞아 아예 차에 시동을 걸 생각도 않은 채 일찌감치 걸어갈 준비를 마쳤다. 걸어서 학교에 가보니 생각지 못한 장점들이 있었다.

걷는다는 생각에 조금 더 일찍 일어나 등교 준비를 마치니 바쁜 아침에 오히려 시간적 여유가 생겼고, 학교까지 걸어가면서 아들과 둘이서 도란도란 대화를 나눌 수 있어서 좋았다. 거기에 한 가지 더 아침 운동까지 할 수 있다는 장점도 보였다. 교문에 도착하니 선생님들이 학부모회에서 준비한 생수 한 병씩을 아이들에게 나눠주고 있었다. 선생님들은 마치 마라톤이라도 끝내고 들어온 선수들을 맞는 것처럼 지구의 날 걷기행사에 참여한 아이들에게 생수를 건네며 일일이 격려해주었다.

그날을 계기로 우리는 자주 걸어서 등교하게 되었다. 그렇게 학교에 걸어가는 날이면 매일 아침 반드시 만나는 사람이 있다. 바로 횡단보도 도우미를 하고 계시는 지니 할머니다. 지니 할머니는 매일 아침 길을 건너는 아이들의 이름을 모두 외우고 계신다. 나중에 보니 이름뿐만 아니라 몇 학년인지 어떤 특성을 갖고 있는지까지 다 알고 계셨다. 사실 대부분이 차를 이용하니 그만큼 걷는 아이들의 숫자가 적어서 가능한 일이기도 하겠지만.

할머니가 처음 유진이에게 이름을 물어보고 두어 번 비슷하게 생긴 동양아이와 혼돈하여 이름을 잘못 부른 것을 빼고 할머니는 무슨 요일에 유진이가 걸어서 등교하는지 아이의 담임선생님이 누구인지까지 다 기억하셨다. 매일 아침 횡단보도에서 웃으며 큰 소리로 아이들의 이름을 불러 인사를 건네는 지니 할머니는 아이들의 뒷통수에 꼭 한마디씩을 덧붙이신다.

"오늘도 선생님 말씀 잘 들거라."

횡단보도 도우미는 학교 등하교 시간에 횡단보도를 건너는 아이들이 안전하게 찻길을 건너갈 수 있도록 도와주는 일을 한다.

육각형으로 된 빨간색 STOP 싸인을 손에 들고 있다가 길을 건널 아이들이 보이면 횡단보도 한 가운데로 걸어 나와 양쪽 차선에서 오는 차들을 멈추게 한다. 횡단보도 도우미가 만드는 정지신호는 그 순간만큼은 경찰과 같은 권위를 갖는다. 미국의 학교 앞 횡단보도 도우미 제도는 은퇴한 노인들에게 용돈을 벌 수 있는 기회를 주면서 동시에 아이들이 안전하게 길을 건널 수 있게 도와준다.

오렌지카운티의 어느 초등학교에서는 무려 20년간 학교 앞 횡단보도 도우미를 한 할머니의 생일파티를 전교생이 함께 해서 화제가 된 적이 있었다. 안전하게 길을 건넌 아이들이 학교에 들어서면 이번에는 선생님들이 배치되어 있다. 선생님들은 돌아가며 매일 등교시간과 하교시간에 학교 앞에 나와 아이들이 주차장으로 들어오는 차를 피해 보도로 안전하게 걸어갈 수 있도록 돕는다. 학교 놀이터와 운동장에는 일찍 등교한 아이들이 놀고 있는데 역시 선생님들이 배치되어 안전사고 예방에 힘쓰고 있다. 학교가 아이들의 안전을 위해 할 도리를 다하는 모습은 학부모가 학교에 대한 신뢰를 가질 수 있는 밑거름이다.

크리스마스 방학이 시작되는 날 아침 나는 가는 털실로 만들어진 초록색 실내용 슬리퍼를 사서 핑크색 포장지에 예쁘게 담아 감사의 인사와 함께 지니 할머니께 드렸다. 2주간의 크리스마스 방학이 끝난 어느 날 하교길에 지니 할머니는 유진이를 불러세우더니 땡큐 카드를 건네 주셨다. 필기체로 얌전하게 한 장을 빼곡히 쓰신 카드에는 선물에 대한 감사의 마음이 가득했다.

때때로 비가 오는 날 할머니는 우비를 입고 횡단보도 도우미를 하고 계셨는데 그 모습이 마음에 걸렸던 나는 할머니가 일을 마칠 때까지 기다렸다 우리 집에 초대했다. 보슬비가 내리는 오전에 따뜻한 차 한 잔과 초콜릿 쿠키를 권했더니 지니 할머니의 과거사가 덤으로 풀려 나왔다. 나는 나이 드신 분들의 살아온 옛이야기를 듣는 것을 무척 좋아한다. 한 나라이든 한 사람이든 지금의 모습에 이르기까지 얼마나 많은 사연과 사건들이 세월과 함께 지나왔을 것이며 그리고 그들은 또 어떻게 저마다의 어려움들을 해결해왔을까… 이러한 이야기들은 중세시대 기사들의 무용담 못지않게 흥미진진하고 감동적이다.

사람에 대한 이해, 인생에 대한 배움을 들려줄 수 있는 사람을 만나는 일은 즐거운 일이다. 지니 할머니는 외교관이었던 남편을 따라 외국 생활을 많이 하셨었다고 한다. 그러나 한국에는 가보지 못했다며 아쉬움을 내비쳤다. 그러더니 얼른 가족 중에 한국과 관련된 사람을 찾아내어 말씀하셨다.

"내 사촌오빠가 한국전쟁에 참가했었어."

대화 상대의 모국에 대해 조금이라도 친밀함을 표현하려는 마음씀씀이가 참으로 고우신 분이었다.

"이번 주는 학부모와 교사의 상담 주간이라 학교가 일찍 끝나는 것을 잊지 말아요. 그리고 다음 주 월요일은 쉬는 날이에요. 덕분에 주말이 길어져서 신나지 않나요?"

　학교 스케줄을 쫙 꿰고 있는 지니 할머니는 여느 때와 같이 오늘 아침도 큰 소리로 인사를 건네며 빨간색 STOP 싸인을 들고 오가는 자동차들 사이로 안전한 길을 만드느라 분주하시다.

머리를 초록색으로 염색한 재클린

3월 17일 아침 캘리포니아 헌팅턴비치시 이더 초등학교에 재학 중인 3학년 여자아이 재클린 팀머링과 커리사 슈어는 등교하자마자 교장실로 불려가야 했다. 성 패트릭 데이Saint Patrick's Day를 맞아 재클린과 커리사는 초록색 바지와 셔츠를 입고 머리를 초록색으로 물들이고 학교에 왔기 때문이다. 교장선생님은 초록색 옷을 입고 오는 것은 괜찮으나 머리를 염색한 것은 학교 규정에 어긋나는 일이라며 머리를 감고 하루종일 교장실에서 공부를 하거나 그렇지 않으면 집으로 돌아가야 한다고 했다. 커리사는 화장실에서 머리를 감고 학교에 남아 수업을 들었지만 재클린은 집으로 돌아가는 것을 택했다. 재클린의 선택에는 이유가 있었다.

"성 패트릭 데이는 아일랜드의 명절이에요. 그리고 나는 아일랜드인의 후손으로 그 정신을 기리는 전통을 따른 거예요."

재클린의 엄마 역시 교장선생님의 지시에 못마땅한 한마디를 남긴다.

"우리 딸은 말썽을 피우거나 나쁜짓을 한 게 아니에요. 재클린은 단지 머리를 초록색으로 염색하면 재미있을 거라고 생각했을 뿐이에요. 그것도 성 패트릭 데이 하루만 염색을 했는데 다른 아이들에게 피해를 준다고 생각하지 않아요."

그리고 이 년 뒤, 성 패트릭 데이 아침. 재클린은 다시 초록색 옷을 입고 아일랜드의 국화인 클로버 장식이 달린 목걸이를 하고 머리를 초록색으로 물들이고 학교에 나타났다. 그러나 교장선생님은 이번에는 재클린을 집으로 돌려보내지 않기로 결정했다. 교육적 원칙을 지키려는 노력과 더불어 악의적이지 않은 학생 개인의 개성과 창의성을 존중해주기로 한 것이다.

미국은 아일랜드계 후손이 많다. 미국이야말로 여러 민족의 혼혈집단이지만 대부분의 가족에 아일랜드계 조상이 한두 명은 반드시 있을 정도로 아일랜드계 혈통이 많다. 이렇게 된 배경은 1800년대 중반에 있었던 '감자기근'이라 불리는 대흉년 때문이다. 당시 백만 명에 달하는 아일랜드 사람들이 기아에서 벗어나기 위해 미국으로 이주해왔다고 한다. 특히 결혼하지 않은 젊은 여성들이 대거 건너왔는데 이 여성들은 세탁소나 식료품점, 가정부나 건물청소 같은 험한 일들도 마다하지 않았으며 그러한 생활력으로 인해 미국 사회 구석구석에 퍼져나가 자리를 잡았다. 훗날 이 여성들이 결혼을 하고 가정을 이루면서 자연스럽게 미국에 아일랜드계 후손들이 늘어나게 되었다. 대부분 가톨릭 신자였던 아일랜드 사람들은 힘들게 미국에 정착하여 삶의 터전을 꾸려가면서도 민족의 유대감과 정체성을 지키기 위해 끊임없이 노력했다. 그러던 중 미국에 살던 아일랜드인들은 자신들이 성인으로 추앙했던 패트릭 신부를 기리는 성 패트릭 데이를 기념하기 시작했다.

아이리시 명절이지만 아일랜드보다 미국에서 먼저 시작된 성 패트릭 데이는 오늘날 미국뿐 아니라 전세계 곳곳에 흩어져 살고 있는 아일랜드계 주민들에 의해서 성대하게 치뤄지고 있는 민족 명절이다.

재클린의 경우처럼 아일랜드 혈통의 아이들은 성 패트릭 데이와 초록색에 대해 남다른 열정을 보인다. 아일랜드를 상징하는 초록색은 성 패트릭 데이의 상징이기도 하다. 성 패트릭 데이가 되면 시카고 강을 초록색으로 물들이며 축제를 벌이는 것도 그런 연유에서이다. 꼭 아일랜드계 후손이 아니더라도 성 패트릭 데이를 함께 즐길 수 있다. 유진이네 학교에서는 성 패트릭 데이에 초록색이 들어간 옷이나 모자 장식품 등을 허용하고 있다. 이날은 대부분의 선생님들이나 아이들이 초록색 옷을 입거나 모자를 쓰고 클로버 문양의 장식을 하고 학교에 오는데 이 또한 재미난 볼거리가 된다.

유진이가 킨터가튼에 다니던 때의 일이다. 초록색 셔츠를 입고 학교에 갔다온 아이의 얼굴에는 뭔가 걱정스런 표정이 있었다. 그래서 이유를 물어보았다.

"오늘 학교에 레프리컨(아일랜드 민속동화에 나오는 난장이 요정)이 왔다 갔어요. 우리가 밖에서 놀고 있는 시간에 교실에 들어와서 교실을 엉망으로 만들고 갔어요. 그리고 아브자라렐 선생님이 초록색이 나는 음료수를 마셨는데 그 후로 다리가 가려워지셨어요. 나는 레프리컨이 또 우리 교실에 나타날까봐 걱정돼요."

유진이의 이야기를 들으니 학교에서 어떤 상황이 연출되었는지 대충 짐작이 갔다. 아브자라델 선생님이 마치 짓궂은 레프리컨이 다녀간 것처럼 교실을 어질러놓고 아이들에게 장난을 치신 것이다. 아직 어린아이들은 선생님의 말씀을 철석같이 믿고 교실에서 있었던 일을 실제 일어난 일로 생각하고 있었다. 놀란 아이들의 반응을 보는 선생님은 얼마나 재미있었을까. 이처럼 어린아이들 반에서 자원봉사를 할 때면 웃을 일이 한두 가지가 아니다. 아브자라델 선생님은 그날 아이들에게 레프리컨에게 편지를 쓰게 하였다. 그리고 아이들의 편지를 모아서 다 읽은 뒤에 그날 밤 아무도 모르게 아브자라델 선생님 자신이 레프리컨이 되어 아이들의 편지에 일일이 답장을 썼다.

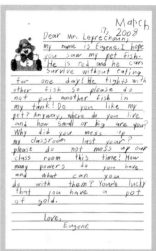

성 패트릭 데이에 아브자라델 선생님은 아이들에게 아일랜드 민속동화에 나오는 요정 레프리칸에게 보낼 편지를 쓰게 했다.

래프리칸 씨에게

내 이름은 유진이에요. 나는 당신이 나의 애완용 물고기를 보았길 바랍니다. 내 물고기는 빨간색이고 하룻동안 아무것도 먹지 않고도 살아남을 수 있어요.

내 물고기는 다른 물고기와 싸우기 때문에 제발 다른 물고기를 내 어항 속에 넣지 말아주세요. 당신은 내 물고기를 좋아하나요? 그런데 당신은 어디에 살고 있나요? 그리고 얼마나 작은가요? 큰가요? 당신은 왜 우리 교실을 엉망으로 만들었나요? 다음에는 우리 교실을 엉망으로 망치지 말아요. 당신은 얼마나 힘이 있나요? 그리고 그 힘으로 무엇을 할 수 있나요? 당신은 금단지를 가지고 있어서 운이 좋아요.

Dear Mr. Leprechaun,

My name is Eugene. I hope you saw my pet fish. He is red and he can survive without eating for one day! He fights with other fish so please do not put another fish in my tank! Do you like my pet? Anyway where do you live and how small or big are you? Why did you mess up my classroom? Please do not mess up our class room next time! How many powers do you have and what can you do with them? You're lucky that you have a pot of gold.

Love,

Eugene

유진아 안녕

나는 너의 물고기를 보았단다. 너의 베타피쉬는 아름답더구
나! 나는 아일랜드에서 가족과 함께 살고 있단다. 내 몸은 아
주 조그맣고 나는 마술을 잘 부린단다.

나는 모든 종류의 마술을 가지고 있지. 그중에 내가 제일 좋아
하는 마술은 사라지는 마술이란다.

그럼

Hi Eugene,

I have seen your fish. Your Beta is beautiful!

I live in Ireland with my family.

I am very tiny and extremely tricky.

I have all kinds of magic but the one I like best is disappearing.

Love,

Mr. L.

53

여러분, 우리 학교는 돈이 필요하답니다

우리가 처음 미국에 와서 살기 시작한 시절, 텔레비전 뉴스를 보면서 이상하게 여겼던 것이 하나 있었다. 인물소개를 하거나 유괴 또는 사고를 당한 아이들의 소식을 전할 때 항상 환하게 웃고 있는, 한결같이 모두 비슷한 분위기의 증명사진을 자료화면으로 쓰는 것이었다. 그러던 중 아이가 자라 학교에 들어가면서 그 궁금증이 풀렸다. 학교에 다니는 아이들은 매년 봄과 가을 두 차례씩 학교에서 증명사진을 찍는다. 평상시 캐쥬얼한 차림으로 학교에 다니는 아이들도 사진 찍는 날 만큼은 신경을 쓰고 온다. 여자아이들은 원피스를 꺼내 입고 머리에 리본으로 치장을 하는가 하면 남자아이들은 잘 다려진 셔츠를 입고 머리에 젤을 바른다.

사진은 학교에서 공짜로 찍어주는 것이 아니고, 오히려 좀 비싸다 싶게 사진값을 받는다. 아이들 증명사진을 넣은 책갈피나 컵도 만들어 함께 판매한다. 이렇게 학교에서 사진을 찍어 파는 이유는 학교기금을 모으기 위해서이다. 좀 비싸긴 하지만 사진값의 일부가 아이가 다니는 학교기금으로 들어가는 것이니 학부모들은 기꺼이 돈을 지불한다. 그래서 학교에 다니는 아이들이 있는 집이라면 잘 찍은 아이들의 증명사진을 봄, 가을 매년 두 번씩 갖게 된다.

아이가 학교에서 받아오는 가정 통지문 중에는 학교를 위해 기부를 해달라는 안내서가 가끔씩 들어 있다. 새학기가 시작될 무렵에는 학교에서 크리스마스를 겨냥한 선물포장지와 초콜릿을 판매한다. 주로 가족과 친척들이 구입하는데 많이 판매한 아이들에게는 포상이 주어진다. 이를테면 인기 있는 게임기를 선물로 준다든지, 교장선생님과 함께 점심을 먹는다든지 하는 것이다. 심지어는 학교 수업시간에 특별히 리무진을 타고 놀이동산에 놀러가는 포상도 있다. 이처럼 파격적인 포상까지 주어지는 이유는 뭘까? 바로 캘리포니아 공립초등학교의 부실한 재정상태 때문이다.

유진이네 학교에서는 한국의 10원짜리에 해당하는 '페니'라고 불리는 1센트 동전모으기 운동을 한다. 나는 아이와 함께 페니 모으기 운동을 하면서 티끌 모아 태산이라는 말을 실감했다. 선생님은 아예 몇 파운드 달성이라는 목표를 무게로 정해놓고 아이들로 하여금 집 안 소파 밑이나 서랍 혹은 자동차 안에서 찾아 모은 페니들을 학교에 가져오라고 한다. 동전모으기 운동을 시작한 후부터 나는 마트에서 장을 보고 남은 페니는 아예 따로 모아두었다가 학교에서 페니 모으기를 할 때가 되면 유진이 손에 들려 보냈다.

유진이네 학교에서 기금을 마련하기 위해 여는 가장 큰 행사는 봄철에 한 번 있는 '조깅과 마라톤을 합쳐 부르는' 조가톤Jogathone 이다. 조가톤이 시작되면 전교생이 학년별로 운동장에 모여 달린다. 학교마다 조금씩 다르긴 하지만 일반적으로 한 바퀴를 돌 때마다 부모가 정해진 금액을 학교에 기부하기도 하고 처음부터 최소한도를 정한 후 돈을 기부 받는 학교도 있다.

아이들은 많이 달리면 달릴수록 학교의 기금이 많아지기 때문에 기를 쓰고 달린다. 또 많은 돈을 기부한 학생들은 액수에 따라 담임선생님 또는 교장선생님과 점심을 먹을 수도 있다. 바꿔말하면 교장선생님과의 점심식사를 돈으로 사는 셈이 된다.

워런 버핏Warren Edward Buffett과의 점심을 먹기 위해 백만 달러를 기부했다는 사람의 이야기를 신문기사에서 본 적이 있다. 유진이네 학교에서 교장선생님과의 점심식사를 함께 하려면 350불한화 40만 원 정도 정도를 기부하면 된다.

> 최근 몇 년간의 경기침체로 캘리포니아주 재정난이 심각한 지경에 이르자 아놀드 슈워제네거 캘리포니아 주지사는 교육예산을 줄이기 위해 많은 보조교사들을 해고하고 수업일수를 단축시키는 정책을 시행하고 있다. 이처럼 주 정부의 예산 지원이 축소되자 각 교육구에서는 최소한의 보조교사를 확보하고 학생들의 예체능 활동을 유지하기 위해 어떻게든 학교 기금을 모아야 하는 실정이다.

이 외에도 학교에서 기금을 모으는 방법은 무궁무진하다. 어디에서 이런 아이디어가 났는지 마음속에서 존경심까지 우러나올 정도다. 예를 들면, 학교에서 정해준 동네 피자집이나 레스토랑에서 식사를 할 경우 식비로 낸 돈의 일부가 학교기금으로 모인다. 또한 동네 식료품가게나 문구점에서 회원카드를 만들어 쓰면 일정 비율의 돈이 학교의 몫이 되기도 한다. 금요일 하교시간에는 쥬스와 아이스크림을 파는 트럭이 학교 앞으로 온다. 4달러 하는 쥬스 한 잔을 사 마시면 그 중 1달러는 학교기금으로 들어간다. 학

조깅과 마라톤을
합쳐 부르는 '조가톤' 은
가장 큰 학교기금마련
행사이다.

캘리포니아 공립 초등학교에서
열리는 조가톤 풍경.
아이들과 선생님 모두
학교기금모금을 위해 열심히 뛴다.

교기금을 모아야 한다는 아이의 부탁을 받는다면 어느 부모가 마다할 수 있으랴. 학교의 눈물겨운 기금 모으기는 학부모회의 주된 업무이기도 하다.

유진이가 다니는 학교에서는 '우리 학교 정신의 날Spirit Day'이라는 것이 있다. 매주 금요일은 학교를 상징하는 색의 옷을 입거나 학교마크가 새겨진 옷을 입고 등교하는 날이다. 당연히 학교마크가 새겨진 옷은 학교에서 구입한다. 대학교 구내서점처럼 초등학교에서 그 학교의 마크나 상징이 새겨진 셔츠나 모자 등을 판매하는 것이다. 물론 시중에서 선보이는 비슷한 품질의 옷보다 약 1.5배 정도 비싸게 판매해 기금마련에 사용한다. 매주 금요일이 되면 학생들과 선생님들은 이 학교마크가 새겨진 같은 옷을 입고 등교하여 애교심과 공동체 의식을 기르면서 동시에 학교기금도 마련하는 것이다.

유진이네 학교기금 모금 중에서 가장 기억에 남았던 행사는 마술공연이었다. 대형 마술 트럭이 학교 안으로 들어와 공연을 했다. 아이들은 마술을 보러 공연장까지 갈 필요 없이 자신이 다니는 학교에서 부모와 함께 마술공연을 관람하고 학교는 티켓값의 일부를 기금마련으로 가져갈 수 있는 것이다.

어두컴컴해질 무렵 학교 운동장에는 마술공연을 위한 무대가 설치되었다. 아이들과 부모들은 간이 의자나 담요를 들고 나와 자리를 잡았다. 마술사의 여러 가지 공연 중에 가장 인상적이었던 것은 바로 교장선생님의 등장이었다. 마술사가 교장선생님을 무

조가톤 행사에서 선생님들이
재미있는 록스타 분장을 하고 나와 분위기를 돋우었다.

대로 부르더니 주문을 외우고 나서 눈 깜짝할 사이에 교장선생님
을 작은 토끼로 바꿔버린 것이다.

위엄있는 교장선생님이 빨간 눈을 가진 작고 귀여운 흰토끼로
변해버리니 놀란 아이들의 환호성이 일시에 터져 나왔다. 마술사
는 아이들의 환호성에 잠시 우쭐거리다 토끼로 변한 교장선생님
을 다시 사람으로 바꿔줄 것인지 물어보았다. 아이들은 교장선생
님이 다시 사람으로 변하게 해달라고 외쳤다. 그리고 다행히도 토
끼로 변신했던 교장선생님은 무사히 원래 모습으로 돌아왔다.

학교기금모금을 위해서라면 교장선생님이 토끼 한 마리로 변신
하는 것도 마다하지 않을 정도로 학교기금 모으기에 몸을 사리지
않는 것이 캘리포니아 공립초등학교의 슬픈 현실이기도 하다.

오늘 저녁은 샤워가 마렵지 않아요

"오늘 저녁은 정말 샤워가 마렵지 않아요."

내가 잘못 들었나? 뭐가 마렵지 않다고?

유진이 말인즉슨 오늘 저녁은 샤워가 하기 싫다는 얘기다. '쉬가 마려워요' 나 '응가가 마렵다' 란 말을 알고 있는 유진이는 '마렵다' 라는 말과 '하고 싶다' 라는 말을 같게 생각한 듯 하다.

미국에서 사는 한국 아이들에게는 누구나 공통된 숙제가 있다. 바로 한글을 배우는 일이다. 집에서 아무리 한국말을 쓰게 해도 아이들은 학교에 다니기 시작하면서부터는 한국말보다 영어를 훨씬 편하게 생각한다. 읽고 쓰고 듣고 말하는 첫 번째 언어가 바로 영어이기 때문이다.

학교에서 영어로 배우고 친구들과 영어로 대화하는 아이들은 갈수록 한국말을 접할 기회가 적어진다. 더군다나 집에서 사용하는 한국말에는 한계가 있다. 부모가 자식에게 꼭 해줘야 할 말이 있을 때나 훈계가 필요할 때 한국말로 장황하게 늘어놓기 시작한다면 영어가 더 편한 아이는 부모의 말뜻을 제대로 파악하지 못하는 상황이 연출된다. 답답한 부모는 우선 아이가 알아듣는 것이 중요하므로 아이가 이해하지 못할 것 같은 한국말의 어려운 단어를 영어로 바꿔가면서 이야기를 하게 된다. 그러다 보니 아이들은 점점 더 한국어를 접할 기회가 줄어들게 되고 그나마 할 줄 아는 의사표시는 기본적인 생활과 관련된 어린아이 수준의 말이 전부가 된다.

　미국에 산다 하더라도 한국인이라면 당연히 한국말을 할 줄 알아야 한다. 이것은 2세 아이들의 정체성 확립에 있어서 매우 중요한 일이며 부모 자식 간의 커뮤니케이션에 있어서도 반드시 해결해야 할 문제이기도 하다. 바쁜 미국 생활 중에 자녀에게 한국말을 가르치지 못한 이민 1세대들은 훗날 한국말을 할 줄 모르는 자녀와 의사소통을 하는 데 있어 한계를 경험하기도 한다. 심한 경우는 피차간에 속 깊은 대화를 나눌 수 없는 지경까지 이르게 되는 경우도 있다.

　영어와 한국어를 동시에 배우는 한인 아이들은 영어만 쓰는 아이들에 비해 초기에는 어려움을 겪는다. 외국어를 시작하기 좋은 때는 모국어를 읽고 쓸 줄 아는 정도가 되었을 때, 즉 한 가지 언어에 대한 개념이 완전히 잡힌 이후에 하는 것이 좋다고 한다. 유진이의 경우는 학교에서 영어를 배우기에 영어를 잘 쓰고 읽을 줄 알게 될 때까지(만으로 여섯 살이 될 때까지) 기다렸다가 집에서 한글을 가르치기 시작했다. 유진이가 혼자서 쉬운 한글 책을 읽고 쓸 수 있게 되자 이번에는 정식으로 한국학교에 보냈다.

　미국에서 사는 많은 한인들은 자녀에게 한국말을 가르치기 위해 주말에만 가르치는 한국학교에 보낸다. 한국학교에서는 한국

전시해 놓은 아이들이 그린 자신의 모습

어뿐만 아니라 우리 고유의 전통 예절과 문화도 함께 가르친다. 태극기 그리기에서부터 무궁화 꽃 만들기, 우리나라 동요 부르기, 민속 악기 연주나 태권도까지 배울 수 있다.

미국의 학교에서 느낄 수 없는 동질감 때문인지 유진이는 한국학교에 다니는 것을 매우 재미있어 한다. 그러던 어느 날 한국학교 선생님으로부터 한국학교 연합에서 주최하는 글짓기 대회에 나가보라는 추천을 받았다. 한국어 글짓기 대회는 한국어 실력을 높이기 위해 열리는 행사로 한국어 구사능력에 따라 짧은 글짓기, 받아쓰기, 편지쓰기와 같이 여러 가지 주제를 정해두고 백일장처럼 실력을 겨룬다.

유진이가 참가할 종목은 짧은 글짓기 대회였다. 시험에는 모두 스무 개의 단어가 출제되는데 이 스무 개의 단어로 짧은 문장을 만들어야 하는 것이 시험의 내용이다. 시험 전에 100개의 예상 단어를 미리 알려 주어 학생들이 시험준비를 할 수 있게 해주었다.

한국어 글짓기 대회까지는 2주일의 시간이 주어졌다. 나는 처음에 유진이에게 단어들을 하나씩 불러주며 뜻을 가르쳐주고 받아

쓰는 연습을 시켰다. 그리고 다음에는 그 단어가 들어간 문장을 함께 생각해 보고 그 문장을 써보는 연습을 했다. 한글에 익숙하지 않은 아이에게는 상당히 힘든 작업이었다. 특히 연음법칙을 몰라 그냥 소리나는 대로 받아 적거나 어려운 받침이 있는 단어가 나올 때면 실수하기 일쑤였다. 우리는 매일 밤 틀린 문장을 하나하나 체크해 가면서 예상 가능한 문장들을 미리 만들어보고 유진이가 다시 써보는 형태로 한글 공부를 해나갔다.

이런 식으로 며칠 공부를 하다 보니 문득 뭔가 부족한 느낌이 들었다. 초등학교 3학년이나 되었는데 엄마가 하나하나 가르쳐주고 공부해야 할 것을 일러주는 것은 어딘지 잘못된 방법처럼 생각됐다. 아직 어리지만 스스로 어떤 것을 공부해야 할지 결정하고 시간을 분배해서 혼자 공부하는 연습을 시켜보는 것이 더

좋을 것 같다는 생각이 들었다. 그래서 유진이에게 엄마가 도와주지 않을 테니 혼자 시험 공부를 해보라고 제의했다. 우리에게는 열흘의 시간이 있으니 시험 날짜까지 무엇을 어떻게 공부할 것인지, 하루에 몇 개의 단어를 공부할 것인지 모두 혼자서 결정하고 연습해 보라고 했다. 단 모르는 단어의 의미나 공부하는데 어

려움이 생기면 언제든지 물어봐도 좋다고 했다.

유진이는 엄마가 더는 공부를 시키지 않는다는 사실 자체에 행복해하며 혼자서도 잘할 수 있다고 대답했다. 그리고 시험날짜까지 며칠간 옆에서 지켜보니 유진이는 학교에 갔다 와서 숙제를 마치면 놀거나 책을 읽거나 하면서 시간을 다 보내는 것이 아닌가. 그리고 한국어 시험 단어 목록은 그냥 눈으로 한번 쓱 훑어보는 게 전부였다.

나는 두어 번 확인할 겸 물어보았다.

"한국어 시험 공부는 계획대로 잘 되가고 있는 거니?"

"그럼요. 잘하고 있어요."

"그래도 눈으로만 보지 말고 한 번씩 더 써보면서 연습해 보는 건 어떨까?"

"그럴 필요 없을 것 같아요. 다 알 것 같아요."

한눈에 보아도 연습이 더 필요해 보였지만 유진이가 이번 일을 어떻게 결정하고 처리할 것인지 끝까지 두고 보기로 했다.

마침내 시험을 치르는 날이 되었다. 나는 오전에 시험을 보는 장소에 유진이를 데려다 주고 나서 시험이 끝나는 시간에 맞추어 다시 시험장으로 갔다. 큰 한인교회의 강당에서 그룹별로 앉아 시험을 본 아이들은 막 시험이 끝났는지 일어서서 시험지를 제출하느라 어수선하였다.

강당을 한 바퀴 쓱 둘러보는데 학생들 틈에 서서 울고 있는 유진이의 모습이 눈에 들어왔다. 대충 짐작은 했지만 나는 유진이에게 다가가서 우는 이유를 물었다.

유진이는 울먹이면서 스무 문제의 시험에서 고작 일곱 개 밖에 쓰지 못했다고 한다. 제 딴에는 처음으로 느껴보는 실패의 감정으로 무척 당혹스러웠나보다.

"유진아, 괜찮아. 울지마. 가자! 엄마가 밥 사줄게. 우리 맛있는 거 사먹자."

나는 아이를 데리고 얼른 그곳을 빠져 나왔다. 운전을 하면서 바로 지금이 평소 유진이에게 해주고 싶었던 얘기를 할 기회란 생각이 들었다. 사실 나는 이런 기회가 찾아와주길 오랫동안 바래왔다. 식당에 도착한 후에 유진이의 눈물을 닦아주며 이야기를 시작했다.

"유진아, 사람은 실수를 할 수 있어. 뭐든지 완벽하게 잘하는 사람은 없단다. 그리고 말이야, 실수 좀 해도 괜찮아. 그런데 중요한 것은 내가 왜 실수했는지 그 이유를 생각해보는 일이야. 엄마는 그게 더 중요하다고 생각해. 그리고 못해도 괜찮아. 시험에서 좋은 결과가 나오지 않아도 괜찮아. 더 중요한 것은 내가 충분히 연습을 했는가, 과연 내가 최선을 다했는가 하는 점이야."

유진이는 조용히 내 얘기를 듣더니 고개를 끄덕인다. 그 모습을 보며 마지막으로 정말 하고 싶은 이야기를 덧붙였다.

"중요한 게 하나 더 있단다. 실패했을 때 어떻게 대처하느냐 하는 문제야. 누구나 실패할 때가 있단다. 하지만 그것 때문에 좌절할 필요는 없지. 실패도 해봐야 다음번에 시도할 때 더 잘할 수 있

워싱턴 D.C. 인근의 한국학교 학생들이 한국을 주제로 만든 작품
(위)과 2010 월드컵 송에 맞추어 한국학교 학생들이 난타 공연을
하고 있다(아래).

단다. 한 번도 실패해보지 않은 사람, 그래서 실패의 경험이 없는 사람은 나중에 크게 실패했을 때 해결할 방법을 찾기가 무척 어렵단다. 뭐든지 연습을 해야 잘할 수 있듯이 실패도 연습이 필요한 거야. 네가 이번 시험을 잘 못 본 것을 실패라고 생각한다면 너는 이번에 실패를 연습한 셈이 되는 거야. 나는 네가 이번 일을 계기로 다음번에는 충분히 연습을 하고 배우게 되길 바래. 만일 네가 그런 것을 배울 수 있었다면 엄마는 아주 만족스럽단다.”

유진이가 내 말뜻을 얼마만큼이나 알아들었는지…. 그날 나는 아이에게 긴 이야기를 들려주었다. 이 이야기는 사실 유진이가 어렸을 적부터 되풀이해서 들려주는 레퍼토리이자 나의 교육철학이다. 진정으로 자식을 위한다면 물고기를 잡아주는 대신 물고기 잡는 방법을 가르치라고 했다. 이것이 내가 유진이에게 전해줄 수 있는 물고기 잡는 법이다.

“시도하는 것을 두려워하지 말고 많이 연습해라. 그리고 최선을 다했다면 결과가 어떻든 괜찮단다. 실패했다고 좌절하지만 않는다면 그 실패가 너를 성장시킬 거야.”

여름 이야기

> ❝ 지금까지 나는 모든 이솝우화들은 각
> 각의 이야기마다 하나의 절대적이고 올곧은
> 교훈이 존재한다고 굳게 믿으며 살아왔다. 화
> 석처럼 뼛속 깊이 박힌 하나의 정답을 한 치
> 의 의심도 없이 당연한 것으로 받아들이면서.
> 그렇게 나는 교훈 벤딩머신이 되어 있었던 것
> 이다. 다른 의견은 존재하지 않았다. 늘 정답
> 은 딱 하나로 정해져 있었기에. 그런데 유진
> 이를 통해 꼭 그렇지 않을 수도 있음을 발견
> 한 것은 적잖은 충격이었다. ❞

고양이 목에 방울 달기의 진짜교훈

유진이가 초등학교 3학년 때의 일이다. 동물을 소재로한 우화를 읽고 자신의 생각을 쓰는 숙제를 하고 있었는데 호기심에 살짝 들여다보니 '고양이 목에 방울 달기' 라는 이야기였다.

쥐들이 평화롭게 살고 있는 마을에 어느 날 고양이 한 마리가 나타났다. 고양이의 등장으로 인해 마을에 살고 있던 쥐들이 더는 마음 놓고 살 수 없게 되었다. 가족과 친구들이 하나둘씩 고양이에게 잡아먹히고 살아남은 쥐들은 매일 밤 불안에 떨어야 했다. 그래서 하루는 모든 쥐들이 모여 대책회의를 했다.

"도대체 어떻게 하면 저 고양이에게 더는 당하지 않고 살 수 있단 말인가?"

마을 이장 쥐는 회의에 모인 쥐들에게 각각 하나씩 좋은 아이디어를 얘기해보게 했다. 모두 함께 고양이에게 덤벼들어 고양이를 물리치자는 의견도 나왔지만 아무래도 그랬다가는 더 많은 희생자를 내고 말 것 같았다. 그때 어린 생쥐가 앞으로 나와 말했다.

"고양이 목에 방울을 달면 어떨까요? 그렇다면 고양이가 움직일 때마다 방울소리가 나니 우리들이 피할 수 있잖아요."

모여 있던 쥐들은 그 말을 듣고 좋은 생각이라고 기뻐했다. 그런데 구석에 앉아 조용히 듣고만 있던 하얀 수염이 난 늙은 쥐가 한 마디 했다. "그렇다면 누가 고양이 목에 방울을 달 것인가?" 들떠 있던 쥐들은 순식간에 조용해졌다.

내가 초등학교 시절 한국에서 배웠던 이야기를 30년이란 시간과 공간의 차이를 넘어 머나먼 미국땅에서 내 아이가 똑같은 이야기를 배우고 있다고 생각하니 감회가 새로웠다. 그런데 나는 유진이가 써놓은 글을 보고 그만 할 말을 잃고 말았다.

"이 이야기를 읽고 나서 무엇을 배웠는가?"가 하는 질문에 유진이는 이렇게 써놓은 것이 아닌가.

"내가 만일 쥐라면 사나운 고양이가 살고 있는 곳에서는 살지 않을 것이다. 반드시 다른 곳으로 이사가야 한다."

'아… 이야기는 시공을 초월했지만 모자의 생각은 이렇게 다를 수 있구나….'

고양이 목에 방울 달기 우화는 '아무리 좋은 생각이라도 실행할 수 있는 방도가 없다면 헛된 공론에 지나지 않는다' 뭐 이런 그럴듯한 교훈을 주는 우화가 아니었던가? 아니 어떻게 이 이야기를 읽고 쥐들이 고양이를 피해서 다른 곳으로 이사를 가야 한다는 교훈이 나올 수 있단 말인가? 우리 애가 글의 핵심을 파악하지 못하는 것이 아닌가라는 의심마저 들 지경이었다.

"유진아, 엄마 생각은 조금 다른데, 고양이 목에 방울을 달자는 그런 좋은 아이디어가 있더라도 진짜로 실행에 옮길 수 없는 거라면 소용없는 것이 되버리잖아. 혹시 너는 이런 생각은 안 들었니?"

아이는 잠시 생각해보더니 "응, 나는 그런 생각은 안 해봤는데, 듣고보니 엄마 생각도 좋네요."

그걸로 끝이다. 학교에서 잘 배우겠지 하는 생각에 그날은 그냥 넘어갔다. 그런데 그 다음날 숙제검사를 마친 선생님이 남긴 코멘트를 보고 나는 다시 한번 놀라지 않을 수 없었다.

"이야기를 읽고 느낀 점은 아이들마다 다를 수 있습니다. 고양이가 없는 곳으로 이사를 간다는 것은 아주 좋은 생각입니다."

선생님의 코멘트를 읽는 순간 이게 전부인가? 하는 생각이 들었다. 내가 기대한 것은 이런 것이 아니었는데 참으로 예상 외의 결과였다. 내 머릿속은 이 문제를 이해하기 위해 바쁘게 돌아갔다. 그리고 한참 후에 나름대로 이유를 찾아내고 나서야 모든 조바심이 사라졌다. 지금까지 나는 모든 이솝우화들은 각각의 이야기마다 하나의 절대적이고 올곧은 교훈이 존재하는 것이라고 굳게 믿으며 살아왔던 것이다. 화석처럼 뼛속 깊이 박힌 하나의 정답을 한 치의 의심도 없이 당연한 것으로 받아들이면서. 그렇게 나는 교훈 벤딩머신이 되어 있었던 것이다. 다른 의견은 존재하지 않았다. 늘 정답은 딱 하나로 정해져 있었기에. 그런데 꼭 그렇지 않을 수도 있다는 것을 유진이를 통해서 발견하게 되었다. 그것은 적잖은 충격이었다.

탈무드에 따르면 부모는 자식이 태어나면 바보가 된다고 한다. 그리고 자식은 부모에게 세상에서 가장 큰 스승이라고도 한다. 나 역시 유진이를 통해 세상을 보는 프리즘을 바꿔 끼웠던 경험이 여러 번 있었다. 이번 일로 나는 생각의 틀을 바꾸는 것이 이처럼 쉽지만 오랜 시간이 걸린다는 것도 함께 깨달았다.

어릴 적 학교에서 배운 교훈 같은 것은 잊고 내가 살아온 인생의 경험에 비추어 다시 고양이 목에 방울 달기 이야기를 들여다보았다. 내가 만일 그 상황에 있는 쥐라면 어떻게 할 것인가? 고양이에게 대들 수도 없고 그렇다고 순순히 목숨을 내줄 수도 없을 것이다. 나 역시 탈출을 할 것 같다. 목숨을 거는 일이 될 수도 있겠지만 사나운 고양이를 피해서 안전한 곳으로 숨어들 것 같다. 실행할 방도가 없는 헛된 공론이 내가 학교에서 배웠던 교훈이라면 내 인생 경험에 비추어 본 이 이야기의 교훈은 실행 가능한 고양이 곁을 떠나는 것이다.

세상 그 어디에도 정답은 없다. 아니 어쩌면 모든 대답이 다 정답일 것이다. 같은 이야기라도 자신이 느낀 바가 다르고 거기서 얻는 교훈이 달랐다면 말이다. 오히려 하나의 우화를 읽고 나서 수많은 학생들이 똑같은 교훈을 배운다는 것이 말이 안 될지도 모르겠다. 각기 다른 생각을 가진 아이들이 저마다 다른 교훈을 만들어 내고 또 그 다양한 교훈만큼 여러 방면에서 새로운 문제 해결의 가능성이 싹트는 것은 아닐까 하는 생각을 해본다.

나는 실험정신에 입각하여 유진이에게 다른 이솝우화 하나를
들려주고 나서 교훈을 물어보았다.

　개 한 마리가 뼈다귀를 물고 개울에 놓인 다리를 건너가고 있었다.
개는 물에 비친 자신의 모습을 보고 다른 개가 뼈다귀를 물고 가는
것으로 착각하였다. 개는 물에 비친 개가 가지고 있는 뼈다귀를 빼
앗으려고 멍멍 짖다가 그만 자기가 입에 물고 있던 뼈다귀를 개울
물에 떨어뜨려 버리고 만다.

　"유진아, 이 이야기의 교훈이 뭐라고 생각하니?"
　"나는 이렇게 생각해요. 개울을 건너갈 때는 개울물을 내려다
보지 않는 게 좋아요."

내가 나비가 된다면

언제부터인지는 몰라도 한 살 두 살 내 삶에 나이가 더해지면서 찬찬히 주변을 둘러봤던 기억이 나질 않는다. 물론 살아가는 것에 바빴다는 핑계 정도는 준비해 뒀지만…. 특히 나비처럼 작고 눈에도 잘 띄지 않는 자연의 일부분은 더욱 그러했다.

유진이 손을 잡고 찾아간 식물원에서도 인내심을 갖고 한참 들여다봐야 보일듯 말듯한 나비보다는 먼 나라에서 가져왔다는 진귀한 식물이나 화려한 꽃나무가 내 관심을 더 사로잡았다. 좀 더 가치 있는 것에 시간과 생각을 투자한다는 것은 내게 너무나 당연한 것으로 느껴졌으니까. 그러던 어느날 나는 유진이의 학습 상자를 정리하다가 아이가 학교에서 쓴 나비에 대한 짧은 시 한 장을 발견했다. 눈으로 시를 따라 읽어내려가는 동안 내 기억 속 어느 후미진 곳에 박혀 있던 나비라는 단어가 생생히 살아나는 것을 느낄 수 있었다. 그것은 매우 사소한 그러나 가슴이 따뜻해지는 사건이었다.

'그래, 나는 나비를 생각하기엔 너무 바쁜 일과를 보내고 있었어. 고목처럼 말라 비틀어져 가는 감성이 나로 하여금 나비를 추억하게 여유를 주지 않았어' 라고 혼잣말을 했다. 돌이켜보니 오래전 어린 시절에는 모든 아이들이 그랬듯이 나 역시도 나비를 무척 좋아했던 것 같다. 피아노를 배우면서 처음으로 쳤던 곡이자 오래된 나의 애창곡 나비야.

나비야 나비야 이리 날아 오너라.
노랑나비, 흰나비, 춤을 추며 오너라.
봄바람에 꽃잎도 방긋방긋 웃는다.

중얼중얼 입에서 맴돌기는 하지만 아쉽게도 가사가 더는 생각나지 않는다. 나는 다시 유진이의 시를 읽어 보았다. 마치 새로운 세상이라도 열리는 듯. 그 순간 마술이 펼쳐진다.

세상의 때가 묻지 않은 만 일곱 살 아이의 자유로운 생각이 내 머리로, 가슴으로, 두 팔을 지나, 심장 깊은 곳까지 파고 들었다. 순수함은 이렇게 깊고도 빠르게 걷잡을 수 없는 속도로 전파되는 것일까. 몸은 점점 가벼워지고 머릿속은 맑고 투명해지기 시작한다.

내가 나비가 된다면

나는 부풀어오른 커다란 구름까지 날아가서
밝고 푸르른 초록색 잔디를 내려다 볼 거야.
내가 친구들과 함께 지나갈 때
사람들은 나를 보며 손가락으로 가리키겠지.
반짝이는 별에 닿을 때까지

나는 푸른 하늘을 가로질러 날아오를 거야.

나는 아름다운 달을 탐험할 거야.

내가 다시 돌아왔을 때,

내가 미끄러지듯 집으로 돌아왔을 때

나의 하루에 대해서 생각할 거야.

If I were a butterfly

I would fly up into the huge puffy clouds

And look down into the bright green grass.

The people would look and point at me

When I passed by with my friends.

I would soar through the blue sky

Until I reached the glowing star.

I would explore the beautiful moon.

When I get back,

I would glide back home

and think about my day.

　유진이반 아이들은 자연관찰학습으로 교실에서 나비를 탄생시
켰다. 누에고치 여러 마리를 큰 박스에 넣어두고 나비로 거듭날
때까지 순번을 정해 물과 먹이를 주면서 키우는 것이다.

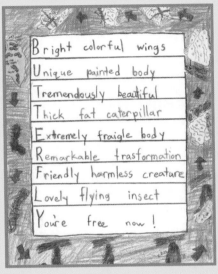

Bright colorful wings
Unique painted body
Tremendously beautiful
Thick fat caterpillar
Extremely fraigle body
Remarkable trasformation
Friendly harmless creature
Lovely flying insect
You're free now!

Eugene

　　　If I were a butterfly I would fly up into the huge puffy clouds and look down into the bright green grass. The people would look and point at me when I pass by with my friends. I would soar through the blue sky until I reached the glowing stars. I would explore the beautiful moon. When I get back, I would glide back home and think about my day.

'내가 나비가 된다면' 이라는 주제로 유진이가 쓴 시.

마른 풀색 같은 누에고치는 미동도 없는 것이 이러다가 저대로 말라붙어버리는 것은 아닌지 싶은 걱정이 들기도 했다. 보는 이의 마음을 아는지 모르는지 누에고치들은 그저 무심하기만 하다.

쉬는 시간, 점심시간, 그리고 하교시간 틈날 때마다 아이들은 누에고치를 넣어둔 볼품없는 박스의 가림막을 어루만지며 속절없이 나비의 탄생을 기다리는 것이 일이 되었다. 뜸이 들어야 밥이 되고 겨울이 지나야 봄이 오는 거야…. 이해하든 못하든 나는 그렇게 유진이에게 던지듯 한 마디를 건넸다. 어느 날 마치 모든 게 예정되어 있었다는 듯이 그리고 또 내가 언제 그렇게 오랫동안 무심히 말라붙어 있었느냐는 듯이 누에고치에서 나비가 탄생했다. 나방보다 조금 더 커보이는 검은 점박이 나비는 두 날개를 오므락 펴락하며 좁은 상자 속을 오고 가며 날기 연습을 시작했다.

그날도 여느 때처럼 나는 교실문 앞에 놓인 책상에 앉아 아이들의 시험지를 채점하고 있었다. 그때 잔뜩 흥분된 모습의 아이들과 리차드슨 선생님이 교실에서 나비상자를 들고 나왔다. 아이들이 나비를 날려보내러 간다기에 나 역시 호기심이 발동해서 한발짝 뒤에서 따라 걸었다. 이런 경험은 나에게도 처음인지라 아이들처럼 가슴이 설레기 시작했다.

적당히 큰 나무 아래에 자리잡고 앉으신 리차드슨 선생님은 박스 가림막을 열었다. 그런데 웬걸… 나비들은 도통 뭐가 뭔지 모르는 눈치다. 모두들 약속이라도 한 듯이 꼼짝도 않고 나뭇가지에 붙어 있다. 자신들이 키워낸 나비가 우아한 날갯짓을 하며 하늘을 향해 날아 올라갈 거라는 기대에 차있던 아이들이 소곤거리기 시작한다.

"이제 날아가도 돼."

"입구를 못찾는 것이 아닐까?"

"움직여 봐, 넌 날 수 있잖아."

리차드슨 선생님은 짧고 가느다란 나뭇가지를 나비가 앉아 있는 곳에 갖다 대었다. 그러자 나비가 선생님이 들고 있는 나뭇가지로 옮겨 앉는다. 그때 선생님은 나비가 앉은 나뭇가지를 조심스럽게 상자 밖으로 꺼내서 움직이지 않고 기다렸다. 드디어 검은 점박이 나비가 날개짓을 하더니 사뿐히 하늘로 올라간다.

우와!

아이들은 환호성을 터트렸다. 그렇게 여러 마리의 나비들은 세상을 향해 날아올랐다. 곧장 하늘로 올라가 작은 점으로 사라진 나비들도 있었고 바로 옆의 큰 나뭇가지에 내려 앉는 나비들도 있었다. 그러던 중 나비 한 마리가 콘크리트 건물벽에 붙어버리자 조바심이 난 아이들이 가만있지를 못했다.

"거긴 아니야, 그건 딱딱한 벽이라구. 옆에 있는 나무로 가렴."

"하늘로 날아가. 멀리멀리."

"우리가 날려보낸 나비는 어디로 갔을까?"

그때 어디선가 까마귀 두 마리가 나타나서 주위를 뱅뱅 돌기 시작했다. 아이들은 시커멓고 덩치 큰 까마귀가 힘없는 새끼 나비를 발견하고 잡아먹으러 왔다고 생각했는지 걱정어린 말을 쏟아냈다. 그도 그럴 것이 반 아이들 전체가 공들여 그 나비들을 무사히

❝
어느 날 마치 모든 게
예정되어 있었다는 듯이
그리고 또 내가 언제
그렇게 오랫동안 무심히
말라붙어 있었냐는 듯이
누에고치에서
나비가 탄생했다.
❞

키워냈으니 얼마나 많은 애정을 갖고 있
겠는가….

"저 까마귀가 우리 나비를 잡아먹을 거
에요?"

심히 걱정스런 모습의 릴리가 내게 묻
는다. 만약 내가 그럴지도 모른다고 대답
했다면 릴리의 크고 검은 눈동자에서 당
장이라도 눈물이 떨어질 듯했다.

'뭐라고 대답해야 하나…'

무언가 아이들을 안심시킬 수 있는 말
을 건네고 싶었지만 언뜻 대답이 생각나
지 않았다. 문득 나는 일생 동안 한 번도
새와 나비를 보면서 잡아먹고 잡아먹히
는 관계라고 생각해본 적이 없었다는 사
실을 깨달았다. 그런데 지금 보니 그럴
수도 있을 것 같다. 그 순간 리차드슨 선
생님이 나섰다.

"그런 일은 없단다. 모든 나비들이 잘
날아갔단다. 이제 우리는 교실로 돌아가
자."

아이들은 텅 빈 나비상자 두 개를 들고
선생님 뒤를 따라 졸래졸래 교실로 들어

갔다. 나는 혼자 나비를 날려보낸 나무 아래 서서 잠시 하늘을 올려다보았다.

'정말 까마귀는 나비를 잡아먹었을까?'

자연스럽게 아이들의 궁금증을 유발하는 살아있는 교육은 학습에 대한 동기부여를 이끌어 낼 것이며 이처럼 체험을 통해 얻어지는 지식은 오랜 세월이 흘러도 쉽게 잊혀지지 않을 것이다.

오바마 대통령에게 받은 편지

미국 국경일 중에는 '대통령의 날Presidents' Day'이 있다. 우선 대통령의 날이 있다는 것과 또 그날이 국경일이라니 조금 생소하게 느껴졌다. 미국은 현재 오바마 대통령까지 모두 44명의 대통령이 있는데 그렇다면 그 가운데 어느 대통령을 기념하는 날이란 말인가?

미국인들 마음속에 전설이 된, 그리고 신화의 존재로 굳게 자리 잡고 있는 두 대통령이 있으니 바로 링컨 대통령과 조지 워싱턴 대통령이다. 미국 초대 대통령을 지낸 조지 워싱턴은 영국 식민지에서 독립을 쟁취해 오늘날 미국이라는 국가의 기틀을 마련한 '건국의 아버지'이고, 제16대 대통령인 에이브러햄 링컨은 노예 해방을 통해 국가의 이상인 자유와 평등의 정신을 다진 인물로 미국 역사를 통해 가장 많은 사랑과 존경을 받고 있는 인물이다.

2008년에 치러졌던 제44대 미국 대통령 선거는 그 어느 때보다 더 많은 유권자들의 관심과 이목을 끌었다.

"우리가 믿을 수 있는 변화Change We Can Believe In!"라는 슬로건을 내건 민주당의 버락 오바마 대통령 후보와 "국가를 먼저Country First!"를 내세운 공화당의 존 매케인 대통령 후보 간의 열띤 선거

전은 미국을 뛰어넘어 전 세계의 이목을 집중시켰다.

공화당측 대통령 후보였던 존 매케인 후보는 애리조나주 출신으로 장장 26년간 6선의 상원의원을 지낸 화려한 경력을 가지고 있었다. 그러나 선거 막바지에 이르러 공화당의 선거 열기를 뜨겁게 달아오르게 했던 것은 오히려 존 매케인 후보보다는 여성 부통령 후보로 출마한 새라 페일린이었다. 오바마 후보가 조 바이든 민주당 상원의원을 부통령 후보로 선택하여 안정적인 이미지를 택한 것과 반대로 공화당은 젊은 여성 부통령 후보를 선택하여 백인여성이 대통령이 되길 원하는 여성 유권자들의 표를 잡는 일종의 모험을 선택한 것이다. 더구나 선거 유세기간 동안 그녀의 가족사가 공개되면서 유권자들에게 더욱 흥미를 주었다. 미인대회에 출전한 이력이 있고, 낙태는 반대하지만 총기 소유는 적극 지지하며 취미로는 알래스카의 야생에서 사냥을 즐긴다는 새라 페일린에게는 당시 임신 중인 고등학생 딸이 있었다.

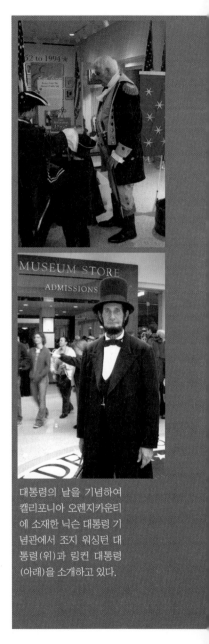

대통령의 날을 기념하여 캘리포니아 오렌지카운티에 소재한 닉슨 대통령 기념관에서 조지 워싱턴 대통령(위)과 링컨 대통령(아래)을 소개하고 있다.

미국이 아무리 개방된 나라라지만 십대 딸의 임신에 대해 국민들의 비판이 일자 페일린 주지사는 "어느 가정에나, 누구에게나 문제가 있습니다"라는 솔직하고 당당한 멘트로 정면돌파했다. 그리고 낙태를 시키지 않고 아기를 낳도록 함으로써 오히려 낙태를 반대하는 보수층과 미국 남부지역 유권자들의 지지를 얻어내 반전의 기회로 활용하기도 했다.

민주당의 대선후보 경선이었던 미국 최초의 여성 대통령 후보 힐러리 클린턴과 미국 최초의 흑인 대통령 후보인 버락 오바마의 대결은 당내 경선이 진행되는 내내 손에 땀을 쥐게 할 정도로 흥미진진했다. 치열한 경선과정을 거친 후 민주당의 대통령 후보로 선정되고 마침내 미국의 제44대 대통령에 당선된 버락 오바마의 인생 역정 역시 불굴의 의지로 세상을 향해 도전하는 한편의 드라마 같은 아메리칸 드림의 상징이 되었다.

케냐인 아버지와 백인 어머니 사이에서 태어난 오바마 대통령은 어렸을 때 부모의 이혼으로 인해 하와이, 인도네시아 등지에서 살면서 이슬람을 접하기도 하고 성장기에는 정체성에 혼돈을 겪으면서 잠시 마약에 손을 대기도 했을 정도로 방황했다고 한다. 그러다 마음을 다잡고 공부에 전념하여 컬럼비아 대학교와 하버드 대학을 졸업하여 변호사가 되었다. 변호사가 된 그는 고소득 변호사의 길을 마다하고 사회운동의 길을 선택하였다. 시카고를 중심으로 지역사회에 봉사활동을 하면서 일리노이주 상원의원, 연방상원의원 등을 거쳐 마침내 제44대 미국 대통령에 취임하게 된 것이다.

2008년 당시 대통령 선거유세가 한창일 무렵 유진이네 초등학교에서는 학생들에게 모의 대통령 선거를 하게 했다. 곁에서 지켜보니 모의 대통령 선거과정이 아주 구체적이고 체계적이었으며 교육적이어서 감탄하지 않을 수 없었다.

학교에서는 먼저 공화당 후보인 존 매케인에 대해 초등학생이 이해할 수 있는 범위 내에서 인물 소개와 후보의 정책, 공약 등을 소개했고, 다음날에는 민주당 대통령 후보인 오바마와 그의 정책에 대해서 상세하게 알려 주었다. 그래서 아이들이 대통령 후보들의 기본 정책을 이해하고 두 명의 후보 중에서 누가 미국의 대통령이 되었으면 좋겠는지 생각할 시간을 주었다. 그 다음날 학교에서는 모의 대통령 선거를 위한 투표가 실시되었다. 선생님들을 비롯한 전교생이 학교에 마련된 간이 투표소에서 비밀투표를 했다. 이러한 일련의 과정을 통해서 아이들은 자연스럽게 투표하는 방법도 배우고 유권자 권리행사의 중요성을 인식하게 되는 것이다.

처음으로 투표를 해본 유진이는 자신이 찍은 후보자가 진짜 대통령이 될 것인가 하는 기대를 갖고 실제 대통령 선거일을 무척 기다렸다. 아이가 어느 후보에게 투표했는지 궁금해서 살짝 물어보았으나 비밀투표라서 말할 수 없다는 대답만 돌아왔다.

2009년 대통령의 날에는 오바마 대통령이 링컨 열풍을 주도했다. 오바마 대통령은 링컨을 대단히 존경해서 자신의 롤 모델로 삼았으며, '링컨의 땅'이라 불리는 일리노이 출신 연방 상원의원을

대통령의 날을 맞아
'내가 만일 대통령이
된다면' 이라는 주제로
글을 썼다.

지내기도 했다. 그는 대통령 취임식 때 링컨이 사용한 성경에 손을 얹고 선서를 했으며 백악관 집무실 벽에는 링컨 초상화를 걸었다. 워싱턴 D.C. 백악관 맞은편에는 링컨 기념관이 있다. 미국 역사상 유례없는 금융위기를 맞아 전 국민의 협력과 동참을 통해 다시 미국을 재건해야 하는 막중한 과제를 어깨에 짊어진 오바마 대통령은 링컨 탄생 200주년 기념식에 직접 참석하여 링컨의 '국민통합' 메시지를 재천명했다.

오바마 대통령의 취임식이 있은 후 얼마 안되어 유진이네 학교 아이들은 대통령에게 보낼 편지를 쓰는 시간을 가졌다. 가끔 미국 국민들은 정책에 대한 아이디어나 제안이 있을 때 대통령에게 편지를 쓴다. 링컨 대통령에게 수염을 길러보면 더 많은 표를 얻을 수 있을 것이라는 내용의 편지를 보낸 그레이스라는 소녀의 이야기처럼 말이다. 특히 학생들이 대통령에게 편지를 쓰는 일은 일종의 오래된 연중행사 같은 것이기도 하다. 아이들이 편지를 쓰는 주제는 주로 미국 생활에서 더 발전되어야 할 부분에 대한 자신의 생각과 미국에 대해 느끼는 감정 같은 것이었다. 선생님은 아이들이 대통령에게 쓴 편지들을 모아 백악관으로 부쳤다. 비록 초등학생 수준에서이지만 대통령 후보들이 어떤 경력의 사람들이라는

아이들의 편지에 대한 답장으로
백악관에서 보낸 편지.
오바마 대통령의 사진과 함께
싸인이 들어 있는 편지를 받은 아이들은
무척 좋아했다.

것에 대해 듣고, 후보들의 기본 정책에 대해 배우고 거기에서 더 나아가 자신의 생각과 일치하는 후보에게 모의 투표도 해본 아이들이어서인지 대통령에게 편지를 쓰는 일을 대단히 재미있어했다.

유진이는 오바마 대통령에게 편지를 보낸 사실을 꽤나 자랑스럽게 생각하고 있었으며 머지 않아 대통령으로부터 답장도 받을 것이라는 말을 선생님으로부터 들었다며 기대에 차있었다. 그리고 두어 달 후에 유진이네 반 아이들은 오바마 대통령의 사진과 싸인이 들어 있는 답장을 받았다.

책 읽을 권리의 날

"엄마, 내일 학교에 베개하고 담요를 가져가야 해요."

학교에서 돌아온 유진이가 신이 나서 말한다.

"학교 가는데 왜 베개랑 담요가 필요하니?"

"응, 선생님이 내일은 학교에서 온종일 책을 읽을 거라고 했어요"라며 준비물이 적힌 종이를 건네준다.

안내문을 읽어보니 꽤 흥미롭다. 베개와 작은 담요 한 장, 그리고 온종일 읽을 수 있는 책들을 베개 커버 속에 넣어가지고 오되 단, 책의 분량은 아이가 혼자서 들 수 있을 정도의 무게만큼만 넣어서 가져오라고 쓰여 있었다.

어느새 자기 방으로 들어간 유진이는 내일 읽을 책이라며 여러 권을 골라서 왔다. 학교에 가져간 책들은 친구들과 함께 돌려 읽을 수도 있으므로 분실되지 않게 이름을 써오라고 했다. 그래서 책표지에 유진이의 이름을 쓴 종이를 투명테이프로 붙였다. 나도 옷장에서 안 쓰는 커다란 베개 커버 한 장을 찾았다. 그 속에 먼저 무거운 책들을 넣고 담요와 베개를 집어넣었더니 마치 조그마한 자루처럼 보였다.

유진이는 자기 힘으로 들 수 있는지 알아본다며 책이 든 자루를

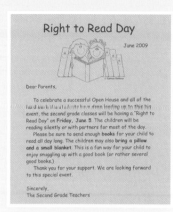

Right to Read Day
June 2009

Dear Parents,

To celebrate a successful Open House and all of the hard work that students have done leading up to this big event, the second grade classes will be having a "Right to Read Day" on **Friday, June 5**. The children will be reading silently or with partners for most of the day.

Please be sure to send enough **books** for your child to read all day long. The children may also **bring a pillow and a small blanket**. This is a fun way for your child to enjoy snuggling up with a good book (or rather several good books.)

Thank you for your support. We are looking forward to this special event.

Sincerely,
The Second Grade Teachers

책읽을 권리의 날
유진이네 학교에서는 '책읽을 권리의 날'을 만들어 아이들이 책과 친해질 수 있게 한다.

이리저리 매보며 즐거워했다. 다음날 아침 등교길, 진풍경이 펼쳐졌다. 전교생이 책가방 대신에 책이 든 자루를 하나씩 들쳐메고 나타났다. 유진이네 학교에서는 이날을 '책 읽을 권리의 날'이라고 부른다. 이날은 시간표에 따른 정규수업을 하지 않고 온종일 교실에서 책을 읽는다. 그것도 책상에 바르게 앉아서 읽는 것이 아니라 교실 바닥에 담요를 깔고 베개를 베고 누워서 책을 읽는다. 친구들과 베갯머리를 맞대고 편한 자세로 누워 자기가 읽고 싶은 책들을 마음껏 읽는 것이다. 선생님도 이날 만큼은 아이들을 가르치지 않고 함께 책을 읽는다.

'책 읽을 권리의 날'은 유진이네 학교에서 아이들에게 책과 친해질 수 있는 기회를 만들어주기 위해 시작한 재미있고 즐거운 이벤트다. 미국 초등학교 아이들은 한국의 아이들과 비교해 봤을 때 독서량이 절대적으로 많다. 그것은 결코 미국의 초등학생들이 한국의 초등학생들보다 책 읽기를 좋아해서가 아니다. 학생 개개인의 독서 취향 때문이 아닌 학교 교육 시스템 자체가 책을 많이 읽게 만들기 때문이다.

만 5세에 시작하는 공교육의 첫 단계인 킨더가튼 때부터 아이들

동네 도서관에서 아이와 엄마가 함께 책을 읽고 있다.

은 책 읽는 습관을 배운다. 이제 갓 알파벳을 배우는 아이들이지만 매일 수업에 들어가기 전에 단 20분이라도 혼자서 책을 읽을 수 있는 시간을 준다. 이때의 아이들은 주로 간단한 문장이 있는 그림책부터 시작한다. 이렇게 시작한 독서 습관은 학년이 올라갈수록 탄력을 받는다. 아이들이 매일 아침 교실에 도착하면 제일 먼저 하는 일이 책을 꺼내서 읽는 일이다. 이렇다 보니 책 읽는 재미에 빠져 점심시간까지 책을 들고 나와 밥을 먹으면서 책을 읽는 아이들의 모습도 자주 눈에 띈다. 미국 성인들 중에서도 자신의 취미를 책 읽기라고 말하는 사람들이 상당히 많은데 내 생각에는 아마도 어려서부터 붙여진 독서 습관 때문이 아닐까 싶다.

초등학교 아이들이 집으로 들고 오는 과목별 교과서는 없다. 그

미국의 대형서점 체인 중 하나인 반스 앤 노블의 어린이 책코너.

렇다고 학교에서 교과서 없이 배운다는 말은 아니다. 수학이나 자연, 사회 같은 과목은 커리큘럼에 따른 교과서가 있지만 영어 같은 과목은 교과서가 따로 없다. 아이들의 연령에 맞는 책을 매주 단위로 최소한 한 권 정도를 읽고 배운다. 그러니 일 년의 과정을 거치는 동안 몇 십 권의 책을 영어 교과서로 사용한다고 할 수 있다. 그리고 책 읽기는 학교에서만 끝나는 것이 아니라 집에서도 계속된다. 숙제로 최소 30분의 책 읽기를 권장하고 있다. 학교마다 방법은 다르지만 학생이 읽은 책의 독서 리스트를 만들어 부모에게 싸인을 받아 선생님께 제출하게 하거나 학기 내에 100권 읽기와 같은 목표를 정해놓고 이를 달성한 아이들에게 지우개나 연필 같은 학용품 선물을 주기도 한다. 물론 책 읽기를 싫어하는 아이들에게는 이러한 것들이 고역이 될 수 있겠지만 좋건 싫건 간에 학교 시스템을 따라가다보면 졸업할 때까지 아이들이 읽어낸 책들은 어마어마한 분량이 된다.

2학년 때 유진이네 학년은 봄 소풍을 동네에 있는 대형서점인 반스 앤 노블Barnes and Noble로 갔다. 서점의 어린이 책 코너에서 두 시간 동안 읽고 싶은 책을 골라 읽는 것이 소풍이었다. 그리고 학교에서는 아이들에게 7달러 이내의 범위에서 갖고 싶은 책 한 권씩 고르게 하여 선물로 사주었다. 책선물까지 받은 아이들은 서점으로 갔던 소풍을 두고두고 이야기 한다.

책 읽기 좋은 환경으로 도서관을 빼놓을 수 없다. 초등학교에서는 매주 한 시간씩 학교 도서관에 들려 책을 읽고 도서 대출을 한다. 아직 더하기 빼기도 할 줄 모르는 킨더가튼 시절부터 도서관에서 책을 읽고, 고르고, 대출과 반납을 하는 연습을 시작한다.

처음 미국에 왔을 때 나는 시립도서관에서 책을 대출해가는 중년층이 많다는 사실이 참으로 인상 깊었다. 결혼한 자녀가 있을 법한 중년의 여인들이 도서관에 들려 책을 빌려가는 모습, 손자들을 데리고 책을 읽으러 오는 할머니들의 모습이 낯설고 신기하기까지 했다. 해가 좋은 날 공원의 벤치에 앉아서, 혹은 해변의 모래사장에서 타월 한 장 깔고 누워서 독서 삼매경에 빠져 있는 사람들을 흔하게 볼 수 있는 이유는 바로 어려서부터 몸에 밴 독서 습관 때문이라 할 수 있겠다.

자연스럽게 책을 다독하게 만드는 학교 교육과 누구나 편하게 활용할 수 있는 도서관 시스템이 바로 책 읽는 나라 미국의 저력인 것이다.

엄마, 나 열여덟 살이 되면 집을 떠나지?

지난 2008년 뉴욕의 주지사였던 엘리엇 스피처가 엠퍼러스 클럽 VIP라는 고급 사교클럽을 통해 매춘 행위를 한 것이 밝혀져 파장을 일으킨 적이 있었다. 무엇보다 가족의 가치를 가장 소중하게 여기는 미국 정치 풍토에서 그의 부적절한 처신은 여론의 뭇매를 맞고 결국 그는 주지사직을 사임하게 되었다. 텔레비전에서 주지사 사임발표 중계를 보는데 눈에 띄는 장면이 연출되는 것이 아닌가… 사임연설을 하는 엘리엇 스피처 주지사 바로 옆에 그의 부인이 서 있는 것이었다. 남편이 잘못을 시인하고 있는 굴욕적인 순간에 곁을 지키며 한심한 듯한 표정으로 시종일관 발표를 바라보고 있는 것이었다. 이렇게 어색한 자리에 부인이 함께할 수 있다는 상황이 나에게는 무척이나 생소했고 그 까닭이 궁금했다. 나중에 미국인 친구에게 물어보니 이유를 들려주었다.

"어디까지나 이번 사건은 남편의 일일 뿐이다. 그녀와 그의 자식들은 자신들의 본분을 다하고 최선을 다해왔기 때문에 부끄러울 일은 아니다"라는 것과 좋을 때나 나쁠 때나 항상 함께 하겠다는 결혼서약을 지킴과 동시에 "비록 남편은 이런 일을 저질렀지만 나는 부인으로서 내 할 일을 다하고 있다"는 모습을 보여주는 것이라고 한다.

생각만큼 행동이 뒤따르기 쉽지 않은 일임에도 불구하고 부인이 그런 자리에 남편과 함께 한다는 것은 분명 힘든 일이었을 것이다. 물론 그렇다고 해서 부인이 남편을 용서한다는 것은 아니다. 이혼을 할 때 하더라도 그 전까지는 최대한 당당한 모습을 유지하려고 한다는 것이다. 만일 한국에서 이런 일이 생겼다면 어떠했을까? 공직에 있는 남편의 부끄러운 행동이 만천하에 드러나는 순간 아마도 대부분의 부인은 그것을 자신의 일과 동일시했을 것이며 세상의 눈을 피하려고만 했을 것이다.

미국 여성들이 결혼 생활을 하면서 남편에게 모든 것을 의지하지 않고 인생의 반려자로서 독립적인 위치를 유지하고자 노력하는 것은 바로 어린 시절부터 길러진 확고한 자립정신에 그 바탕을 두고 있다.

일반 미국 가정의 부모들은 자식들을 독립적으로 키우는 것에 많은 노력을 기울인다. 자식을 낳아 기르면서 온갖 사교육에 허리가 휘고, 대학 입시는 물론 취직준비에 결혼시키고 나면 그 이후에는 손자 손녀들까지 보살펴 줄 각오가 되어 있는 한국의 부모들과 비교하면 천지 차이다.

미국에서 아이들은 의무교육인 고등학교까지는 부모 슬하에서 다니지만 고등학교를 졸업하면 집을 떠나는 것이 일반적이다. 물론 부유한 집안에서는 대학공부에 필요한 학자금까지 대주는 경우도 있지만 보통의 가정에서는 그렇지 못하다.

첫째는 경제적인 여유가 없는 경우가 많고, 둘째는 설령 돈이 있다고 해도 당연히 자식의 대학 학비까지 대주어야 한다고 생각하는 부모는 흔치 않다. 그렇다 보니 대학에 진학하는 자식들도 부모로부터 그 이상의 도움을 받을 수 있으리라는 것은 기대조차 않는다. 자신의 삶을 책임질 사람은 바로 자기 자신뿐이라는 것을 일찌감치 깨닫고 20대가 되면 노후 계획까지 고려하며 인생의 설계를 짜기 시작한다.

나는 유진이가 5살이 되어 킨더가튼에 들어가기 전까지 매일 밤 함께 잤다. 갓난아이 때부터 따로 재우는 미국 엄마들이 들으면 놀랄 일이지만 나는 떨어져 자려 하지 않는 아이를 억지로 떼어낼 수가 없었다.

아이가 프리스쿨에 다닐 때 우리가 유진이와 함께 잔다는 것을 알게 된 선생님으로부터 아이를 따로 재워야 한다는 말을 듣고 여러 차례 시도를 해보기도 했다. 선생님은 날마다 얼마 동안 부모와 떨어져서 혼자 잘 수 있었는지 기록해 보라고 조언했다. 그때는 반드시 그래야 하는 줄 알고 여러 차례 시도했었지만 아이는 혼자서는 좀처럼 잠들지 못했다. 나의 교육철학 역시 아이가 부모를 필요로 할 때 함께 있어주자는 것이었기에 억지로 아이를 혼자 재우는 것을 포기했다. 하지만 마음속으로는 과연 내가 잘하고 있는지 걱정도 되어 유진이에게 슬그머니 이런 얘기를 해주곤 했다.

"유진아, 이제 나중에 유진이가 더 크면 혼자서 잠도 자야 하고, 더 많이 크면 엄마 아빠랑 같이 살지 않고 혼자서 살아야 하는 거야.”

그럴 때마다 유진이는 강하게 반대의사를 밝히며 자기는 언제까지나 엄마 아빠와 함께 살 거라고 대답했다. 그러나 시간이 많은 부분을 해결해주었다. 그토록 엄마와 떨어져 자지 않으려 했던 아이도 때가 되니 혼자서 잠들 수 있게 된 것이다.

유진이가 초등학교 일 학년이 되었을 때이다. 어느 날 잠자리에서 문득 생각난 듯 유진이가 말을 건넸다.

“엄마, 나 열여덟 살이 되면 집을 떠나지?”

“누가 그런 말을 했어?”

“선생님이 그랬어. 열여덟 살이 되면 집을 떠나야 한다고.”

“그래. 그럼 집을 왜 떠나야 하는 건데?”

“그건 나도 몰라.”

유진이는 앞으로 얼마나 더 많은 시간이 지나야 열여덟이란 나이가 되는지 모르는 어린아이이다. 아직 시간에 대한 구체적인 개념이 없는 나이지만 선생님의 말씀은 진리처럼 받아들이는 때인지라 언젠가는 집과 부모를 떠나야 하는구나 하고 막연하지만 당연한 일로 받아들이고 있는 것이었다. 나는 유진이가 아직 어리다고만 생각하고 있었는데 유진이는 학교에서 자연스럽게 배워가고 있었던 것이다.

열여덟 살이 되면 집을 떠나 독립해야 한다는 생각은 아이가 커가면서 점차 확고해질 것이다. 아이가 커가는 속도만큼이나 아이의 마음도 독립적이 되어간다. 문제는 아이 마음의 성장속도를 내가 따라갈 수 있느냐 없느냐일 것이다. 항상 나는 아이가 혼자서 설 수 있도록 도와주는 것이 가장 중요한 일이라고 여겼지만 사실 언제부터 그런 교육을 시작해야 하는지 생각해보지 않았던 것이다.

실제로 주변의 흰인 가정들을 둘러보면 '공부하나'만 바라보고 애지중지 키운 아이들이 고등학교 졸업 후 대학에서 더디 적응하는 경우를 쉽게 목격할 수 있다. 고등학생 때까지 매일 도시락에 간식까지 챙겨 놓고 빨래는 물론 방청소까지 온갖 뒷바라지를 다 해주며 오로지 공부에만 올인하게 키운 자식들이 멀리 다른 주의 좋은 대학에 입학한 순간 부모들은 이제 할 일을 다했다고 생각할 지도 모른다. 그렇게 집을 떠난 아이들이 학교 식당에서 파는 양식만 먹다가 질려서 며칠간 쫄쫄 굶었다며 엄마가 해준 한식 밥상이 정말 그립다며 울면서 전화를 걸어오기 전까지는…. 한 끼씩 먹을 수 있는 냉동 국거리와 갖가지 밑반찬을 만들어 대학 기숙사로 부치는 엄마들의 마음은 십분 이해하지만 그보다도 더 중요한 것은 내 아이가 사소한 일부터 혼자 해결할 수 있는 아이로 자랄 기회를 만들어 주는 것이다.

어머니는 기대야 할 존재가 아니라 기댈 필요가 없게 만들어주는 존재라는 말을 오늘도 되새기며 아이가 스스로 건전한 미래를 계획할 수 있는 성인으로 자라주길 바래본다.

야생곰과의 하룻밤, 캠핑의 추억

어느 날 인터넷 서핑을 하다 '내 생애 마지막 사진' 이라는 제목이 붙은 사진을 보게 되었다. 제목만으로도 여러 가지 상상을 하게 만드는 이 사진이 화면에 떠오르는 순간 나는 경악을 금치 못했다. 사진의 배경은 입구가 열린 짙은 파란색 텐트 안이었다. 텐트 안에는 누군가 사용했을 법한 여러 가지 캠핑도구가 놓여 있었다. 다음 순간 심장을 멎게 하는 것은 바로 이 텐트 안으로 이미한 발을 들여놓고 있는 곰이었다. 두 개의 하얀 송곳니가 드러날정도로 크게 입을 벌리고 있는 곰. 두려울 만치 험악한 표정의 곰은 한 발을 이미 텐트 안으로 내디딘 채 다른 한 발을 위로 치켜 올리려 하고 있었다. 그 발은 금방이라도 목표물을 향해 내리칠 기세이다. 사진은 정지된 순간이다. 그 정지된 순간은 실제 일어난순간이기도 하다. 그렇다면 사건은 조금 복잡해진다.

열려진 텐트 안으로 들어선 곰을 정면에서 촬영한 사람이 바로그 텐트 안에 있었다는 이야기인데… 그렇다면 혹시 이 사진이 그사람의 생애 마지막 사진이라도 된단 말인가? 절체절명 위기의 순간. 다음 순간이 죽음으로 연결될지도 모르는 그 공포의 순간에그는 어떻게 카메라를 놓지 않고 사진을 찍을 수 있었단 말인가?

호시노 미치오 씨는 미국에서 활동한 일본인 사진작가였다. 그는 알래스카에 살면서 주로 자연과 야생동물의 사진을 찍었다고 한다. 사진 속 곰의 습격을 받은 미치오 씨는 그날 안타깝게도 생을 마감했다. 죽음이 임박한 순간까지도 카메라를 놓지 않았던 그의 작가정신이 그 한 장의 사진에 고스란히 담겨 있었다.

광활한 자연환경을 갖춘 미국은 조금만 교외로 나가면 야생동물을 접할 기회가 많다. 땅덩어리가 크다 보니 빌딩 숲 같은 거대 도시를 제외한 중소 도시의 야산에는 가끔씩이긴 하지만 산사자가 출몰하기도 하고, 주택가에서 사슴이나 너구리를 보는 것쯤은 다반사다. 여기에 캠핑을 다녀온 사람이라면 한두 번쯤은 곰을 직접 만나보기도 했을 것이다.

미국인들은 캠핑을 좋아한다. 아니 사랑한다고 해야 더 적당한 표현이겠다. 많은 미국인들은 '캠핑은 인생을 압축해 놓은 경험'이라고 생각하며 일생을 통해 캠핑을 한다. 여기에 독립심과 모험심이 강한 민족성도 한몫을 하는 것 같다. 특히 인적이 드문 깊은 산속에서 홀로 캠핑을 즐기는 사람들은 태고의 거친 자연 속에서 혼자만의 힘으로 생존할 수 있음을 스스로 확인하고 싶어하는 이들이다.

베스트셀러 작가로 전 세계적으로 많은 사랑을 받고 있는 여행작가 빌브라이슨의 『나를 부르는 숲』에서처럼 그들은 온갖 고초를 마다 않고 숲으로 난 길을 걷고 또 걷는 것이다. 이렇듯 캠핑 하는 인구가 많다 보니 캠핑시설 역시 훌륭하게 갖춰져 있다. 가까운

동네 인근 야산에 마련된 간이 캠핑장부터 국립공원의 대규모 캠핑장까지 그 숫자는 헤아릴 수 없이 많다. 또한 개인에서부터 가족, 동호회, 커뮤니티에서 개최하는 프로그램, 캠핑의 대명사인 보이스카웃에 이르기까지 연령별, 그룹별로 다양화되어 있다.

우리 가족에게는 오랫동안 기억에 남을 캠핑의 기억이 있다. 하늘 끝까지 쭉쭉 뻗어 있는 세상에서 제일 키가 큰 세코야 나무가 자라는 곳. 캘리포니아 세코야 국립공원에서 했던 캠핑이다.

캠핑장으로 들어서는 입구에는 이번 주에만 벌써 곰이 세 번이나 출현했다는 경고문이 붙어 있었다. 곰의 공격을 피하는 방법이 세세하게 기록된 안내사항과 캠핑장 곳곳에 설치된 곰박스 사용에 대한 철저한 주지의 글이 담긴 경고문이었다.

곰박스라… 무엇에 쓰는 물건인지 알아보니, 단단한 쇠로 만들어진 개인별 큰 사물함으로 캠핑장에 도착한 사람들은 소지품 중에서 냄새나는 것은 무엇이든 이 곰박스 안에 보관해야 한다. 음식물에서부터 화장품, 치약, 비누, 심지어 사탕이나 껌 하나까지도 절대 텐트 안에 두어서는 안 되고 곰박스에 넣어두어야 한다. 물론 냄새를 풍길만한 것을 차 안에 두어서도 안 된다. 캠핑기념으로 차 표면에 곰 발자국 도장을 찍고 싶은 사람이나 차유리가 박살 나는 것쯤이야 상관없다면 몰라도.

후각이 발달한 곰들은 밤이 되면 냄새를 따라 산에서 내려온다. 만일 가방 한 귀퉁이에 넣어두고 깜박 잊어버린 껌이 있다면 곰은 오늘 밤 당신의 텐트를 방문할지도 모른다. 그런데 신기한 것은

곰박스라 불리는 개인용 철제 사물함.

캠핑장에 출몰하는 곰들이 사람 냄새는 그냥 넘어가는 것이다. 캠핑장 인근에 살다보니 이제는 사람 냄새에 익숙해져서일까? 우리 일행도 차 안과 텐트 안, 가방 안을 몽땅 털어낸 후 조금이라도 냄새가 날 만한 것은 곰박스에 집어넣었다. 텐트를 치고 간단한 산행을 하고 난 뒤에 바베큐로 근사한 저녁까지 해먹었다.

전기가 들어오지 않는 산 속이라 작은 손전등 하나에 의지하며 공동화장실까지 다녀오니 이미 하늘은 한 치 앞도 보이지 않을 정도로 어두워졌다. 숲 속에서는 해가 지면 그 순간 바로 깜깜한 밤이 된다는 사실을 새롭게 알게 되었다. 하늘을 보니 온통 반짝이는 별천지다. 별이 쏟아져 내린다는 말은 이럴 때 쓰는 말인가 보다.

모닥불 온기가 스러질 무렵, 잠을 청하러 텐트 안 침낭 위에 몸을 뉘었다. 얇은 비닐 천막 하나가 숲의 찬기운을 차단하며 이토록 따뜻하고 포근한 잠자리를 제공하는 훌륭한 집이 될 수 있구나. 문득 오래전 방송에서 보았던 어느 할아버지의 이야기가 생각났다. '우리 인간은 죽어라 돈을 벌어서 죽어라 물건을 사들이고 또 죽어라 내다 버린다.' 의식주가 간단해질수록 우리의 영혼은 겸손하고 풍요로워지는 것은 아닐까? 숲 속에서의 밤은 깊어가고 있었다.

그때였다. 갑자기 밖에서 쾅 하는 둔탁한 소리와 함께 쨍그랑거리며 그릇이 내동댕이쳐지는 소리가 들려왔다. 혹시 곰이 나타난 게 아닐까 하는 생각이 들기가 무섭게 밖에서 곰이 나타났다는 외침이 들려왔다. 설마 했던 일이다. 긴장되는 순간이었지만 얼른 정신을 차리고 텐트 안에 넣어둔 냄비뚜껑과 숟가락을 집어들었다. 캠핑을 하다가 밤에 곰이 나타나서 위협을 느끼면 텐트 안에 넣어둔 숟가락으로 냄비뚜껑을 두드리라고 했다. 냄비 두드리는 소리는 옆의 텐트로 또 그 옆의 텐트로 울려 퍼질 것이다. 요란한 냄비뚜껑 소리에 잠이 깬 사람들이 합세하여 냄비뚜껑을 두들겨대면 덩치 큰 곰이 사태를 파악하지 못하고 놀라서 산으로 도망을 간다고 한다. 그런데 귀기울여보니 아직 냄비뚜껑을 두드리는 사람은 없는지 밖은 다시 조용해졌다. 나뭇잎과 잔가지를 밟고 지나가는 곰의 발자국 소리가 들린다.

하룻밤 지내기에 집으로 손색이 없다고 생각한 이 얇은 비닐 텐트가 이제는 곰과의 경계선까지 만들어주고 있다. 놀라운 텐트의 위력이다. 먹을만한 것을 못 찾았는지 곰은 텐트 주변을 몇 차례 어슬렁거리더니 사라졌다. 언제 다시 올지 모르는 곰 생각에 나는 날이 밝을 때까지 잠을 설쳤다. 하지만 그 덕분에 이른 아침 안개 낀 숲 길을 산책할 수 있었고, 함께 갔던 일행들과 오랫동안 나눌 수 있는 캠핑에 대한 이야깃거리를 만들어 올 수 있었다.

상처받은 브랜든과의 만남

캘리포니아 얼바인 메도우파크 초등학교에서 브랜든은 유명인 사다. 브랜든은 하루도 거르지 않고 규율 담당 선생님을 만나고 이틀에 한 번 꼴로는 교장실에 불려간다. 한 달 동안 점심시간에 운동장에서 놀지 못하고 교실에 남아야 하는 벌을 받고 있는 브랜든은 일 학년을 이 년째 다니고 있는 남자아이이다. 내가 브랜든을 알게 된 것은 유진이와 브랜든이 같은 반이 되면서이다.

나는 매주 목요일 오전 영어시간에 유진이네 반에서 티칭 보조를 하였다. 유진이네 학교에서는 같은 학년 같은 반에서 공부하는 아이들이지만 영어를 읽는 실력에 따라 네 그룹으로 나누어 수업을 한다. 가장 잘하는 그룹의 아이들은 한 학년 위의 과정 책을 읽고, 보통에 속하는 두 그룹은 자기 학년의 내용을 배운다. 마지막으로 좀 더 노력이 필요한 아이들이 속한 그룹은 기본적인 단어 읽기, 쓰기와 쉬운 책 읽기를 한다.

일 학년이 되도록 책을 읽지 못하는 아이들은 윗학년으로 진학이 어려울 뿐만 아니라 이어지는 학습 내용을 따라잡기 어려워 문제가 커진다. 이처럼 한 학급을 네 그룹으로 나누어 수업을 진행하다보니 선생님과 보조 교사가 있음에도 불구하고 나와 같은 티칭 보조 자원봉사자들의 도움이 필요했다.

나는 책 읽기에 어려움을 갖고 있는 네 명의 아이들이 책을 읽을 수 있도록 돕는 일을 했다. 그 아이들 중에 브랜든이 있었다. 교실 옆에 마련된 보조 책상에 앉아서 한 명씩 아이들을 불러 선생님이 주신 책을 읽어보게 하고 틀린 단어를 고쳐주는 것이 내 임무였다.

보통 열 페이지를 넘기지 않는 아주 짧은 이야기 책들이었다. 일반적으로 다른 아이들과 책을 읽는데 보통 5분 정도가 걸리는데 반해 브랜든과 함께 읽을 때는 다섯 배 이상이 소요됐다. 자세히 살펴보니 브랜든은 책을 못 읽는 아이는 아니었다. 오히려 네 명의 아이들 중에서 글을 제일 잘 읽는 아이였다. 브랜든의 문제는 읽을 수 있음에도 불구하고 책을 읽지 않으려는 태도였다.

"브랜든, 우리는 이 책을 읽어야 해. 여기서부터 읽어보렴."

내가 책 읽기를 시키면 "꼭 지금 읽어야 해요? 나는 너무 피곤해서 쉬고 싶어요"라고 대답한다. 브랜든의 이런 태도가 반복되자 나 역시 브랜든 차례가 되면 부담스러웠다. 이토록 읽기 싫다는 아이를 내가 어떻게 할 수 있겠는가? 그러던 어느 날… 어차피 책 읽기도 제대로 할 수 없을 바에야 시간에 쫓기지 않고 편안한 마음으로 대화를 나눠보자는 마음이 들었다.

책 읽는 것을 피할 수만 있다면 뭐든지 할 거예요… 라는 마음으로 가득차 있는 브랜든이 먼저 내게 이런저런 말을 걸어왔다.

"당신은 가족 중 누구를 가장 잘 보살펴 주나요? 당신의 남편?"

교실 벽에 전시된 아이들의 작품

너무나 아이같지 않은 갑작스런 질문에 살짝 당황하는 나에게 브랜든이 씩 웃으며 말한다.

　"남편이 아님, 그럼 유진이겠죠. 아들이니까."

　"그러는 너는 가족 중에 누구를 가장 많이 생각하고 아끼니?"

　"나에게 제일 중요한 사람은 아빠예요. 우리 엄마는 너무 나빠요. 전에는 나를 침대에 집어던지고 소리를 지르기도 했어요. 이 정도면 우리 엄마 나쁜 거 맞죠?"

　참으로 뜻하지 않게 브랜든의 가족 이야기를 듣게 되었다. 그러고 보니 브랜든을 학교에 데려다 주고 또 하교시간에 맞춰 데리러 오는 사람은 항상 브랜든의 아빠였다. 브랜든의 부모는 몇 년 전 이혼하여 브랜든은 아빠와 함께 살면서 엄마는 가끔 만난다고 한다. 브랜든은 아이같지 않은 말투와 어설픈 어른 흉내를 내곤 했으며 학교 생활 내내 사소한 학교 규칙을 어기는 것을 재미로 삼았다. 비가 온 뒤에 진흙 묻은 신으로 교실 카펫을 더럽히는 것이라든지, 화장실에서 변기가 아닌 곳에 볼일을 본다든지 하는 일로 매일 선생님들의 훈육대상이 되었다. 하지만 내가 보기에 브랜든은 아직도 속마음을 감출 수 없는 어린아이였으며 쉽지는 않겠지만 브랜든 역시 보통의 아이로 돌아올 수 있는 여지도 엿보였다.

　브랜든에게는 누군가의 관심이 절실히 필요해 보였다. 내 느낌으로는 브랜든이 관심을 받고 싶은 대상은 바로 엄마였다. 언젠가 나는 브랜든의 엄마를 본 기억이 있다. 학교에서 팬케이크로 아침을 먹는 행사가 있던 날 브랜든과 함께 있는 걸 보았다. 그때 엄마와 팬케이크를 먹으며 이야기를 나누던 브랜든의 얼굴은 그 나이 또래 여느 아이들처럼 아주 밝고 행복해 보였다.

자원봉사자로 활동하며 학교에서 많은 아이들을 대하다 보니 학교 생활 태도를 보며 그 아이의 가정환경도 대충 짐작할 수 있게 되었다. 어떤 이유로든지 부모로부터 충분한 사랑과 관심을 받지 못하는 환경에 있는 아이들은 행동에 있어서 문제점이 보였다. 가정 불화에서 생긴 스트레스를 견디다 못해 친구들과 선생님에게 소리를 지르는 아이도 보았다.

매일 학생들을 대하는 선생님들은 아이들의 이런 문제점들을 누구보다 더 잘 파악하고 있다. 그리고 힘 닿는데까지 문제행동을 보이는 아이에게 최선을 다하려고 하지만 학급의 다른 아이들까지 두루 보살펴야 하기에 특정 학생에게만 시간을 할애하고 있을 수 없는 것이 현실이다.

내가 학교에서 자원봉사를 하면서 가장 안타깝게 느낀 점도 이러한 것들이다. 아무래도 학교차원에서 도와줄 수 있는 부분은 한계가 있다. 아이의 바로 옆에서 지켜보고 도와줄 수 있는 사람은 부모, 그리고 가족이다. 문제행동을 보이는 아이들의 마음을 바로 이끌어 줄 수만 있다면 그 아이는 새로운 인생을 시작할지도 모른다. 이는 개인의 문제를 넘어 사회적차원으로 봐도 유익한 일인 것이다. 브랜든을 생각하면 도움이 필요한 아이들에게 충분히 사랑과 관심을 베풀어줄 학교 교육환경이 이루어지지 못한 현실에 안타까움이 앞선다.

아이와 대화하기, 감정 코치 연습

부모가 되야 어른이 된다는 말에 나는 전적으로 동의한다. 자식을 낳아 기르면서 나는 자식에 대한 무한 책임을 느낌과 동시에 세상에 대해 겸손해지기 시작했다.

어떤 부모라도 자식을 잘 키우고 싶을 것이다. 더욱이 예전처럼 자식을 많이 낳아 기르는 시대가 아닌만큼 자식에 대해 더 관심을 갖고 뒷받침을 해주는 부모가 늘었음은 말할 것도 없다. 하지만 교육적이고 합리적인 방법으로 자식을 키우고 있느냐는 물음에 자신있게 그렇다고 대답할 수 있는 사람은 많지 않을 것이라는 생각이 든다. 그 점에 있어서 나도 예외일 수 없다.

처음부터 완벽한 부모가 어디 있으며 부모도 부모이기에 앞서 인간이기에 자식 앞에서 '너무나도 인간적인 모습'을 보일 때가 어디 한두 번이겠는가. 언젠가 읽었던 어느 소설가의 말이 떠오른다. '이 험한 세상에 태어나게 해달라고 요청한 적도 없는 한 인간을 오로지 자신의 의지로 이 세상에 내놓았다면 그에 대한 책임을 져야 한다고'

책임감 있고 노력하는 부모가 되고 싶은 사람들에게 하임 기너트 박사의 자녀교육 이론은 좋은 지침서가 된다. 기너트 박사는 정서와 지능이라는 단어가 융합되기 훨씬 이전부터 부모의 가장 중요한 책임 중 하나가 '아이 말에 귀를 귀울이는 것'이라고 했다. 아이가 어른들보다 몸집이 작고 이성적이지 못하며 경험이 없다는 이유만으로 일반적으로 어른들은 아이의 감정을 무시하는 경향이 있는데 그것은 대단히 잘못된 것이라고 박사는 기술하고 있다. 아이의 감정을 진지하게 받아들이려면 감정이입은 물론 아이의 말에 귀를 귀울이고 그들의 관점에서 사물을 보려고 노력해야 한다고 그는 덧붙인다.

기너트 박사 이론의 핵심을 간단히 요약하면 부모는 단순히 아이의 말을 듣는 것이 아니라 말 속에 담긴 숨은 감정까지 읽을 수 있어야 한다는 것이다. 이러한 감정 교류는 부모가 자녀를 가르치기 위한 가장 효과적인 방법이다.

심리학 교수인 존 가트맨 박사는 기너트 박사의 이론을 발전시켜 감정 코치emotion coach법을 개발하였다. 특히 아이가 어릴 때부터 감정 코치를 받으면 자기 위안의 기술을 습득하여 스트레스를 받는 상황에서 안정을 유지할 수 있고 옳지 못한 행동을 저지를 가능성이 줄어든다고 한다. 그의 저서 『내 아이를 위한 사랑의 기술』에서 소개되고 있는 감정 코치법을 보면 어떻게 해야 부모와 아이 사이의 정서적 유대감을 키울 수 있는지 잘 알 수 있다. 감정 코치를 받고 자란 아이는 부모를 신뢰하게 되고 부모가 자녀의 정서적 경험을 이해하려고 노력할 때 자녀는 지지받고 있다고 생각한다.

부모가 자녀를 비난하지 않고 그들의 감정을 사소하게 여기지 않으면 아이는 자신의 세계에 부모가 들어올 수 있도록 마음의 문을 연다는 것이다. 배웠으면 실천에 옮겨야 의미가 있는 것이 아니겠는가? 그리고 정말로 감정 코치를 이용한 방법이 자녀 교육에 효과가 있는지 실험해보고 싶어졌다. 그러던 어느 날 유진이가 방과 후 친구집에서 놀고 집으로 돌아오는 차 안에서 나는 그 기회를 포착하였다.

> **유진** 왜 벌써 집으로 돌아가야 해요?
>
> **엄마** 왜라니, 벌써 여섯 시 반이라구. 집에 돌아가서 자기 전까지 씻고 저녁 먹고 숙제하기에도 빠듯한 시간이야.
>
> **유진** 하지만 우리는 별로 놀지도 못한 걸요.
>
> **엄마** 놀지도 못했다구? 그럼 한 시간 반 동안은 뭘 한 거니? 평일에 그만큼 놀았으면 됐지. 내일 학교에 가야 하잖아. 그리고 다음번에 또 놀 수 있잖아.
>
> **유진** 오늘은 왜 더 못 놀아요?
>
> **엄마** 지금은 다들 저녁 먹을 시간이잖아. 랜스 엄마도 지금은 저녁을 준비할 시간이야.
>
> **유진** 왜 저녁 먹고 늦게까지 놀 수가 없어요?

이쯤되면 꼬박꼬박 말대답하는 녀석의 태도에 나 역시 심사가 불편해진다.

엄마	요 녀석 좀 봐라. 그래서 엄마가 처음에 말했잖아. 오늘은 늦어서 한 시간 반 정도만 놀 수 있다고. 너, 한 시간 반이라도 놀 수 있는 게 좋니 아니면 아예 못 노는 게 좋니?
유진	한 시간 반.
엄마	그래. 그래서 한 시간 반 놀았으면 됐지. 뭐가 불만이야?

순간 차 안이 급격하게 싸늘해지면서 적막감이 돌았다. 유진이는 아무 대답이 없다. 하고 싶은 말을 다 내뱉어버린 나는 금방 후회하며 다시 아이에게 말을 걸었다.

엄마	그래. 유진이가 친구랑 더 놀고 싶었구나. 그랬지?
유진	네.
엄마	한 시간 반은 너무 짧았지? 금방 시간이 가버리고 더 놀고 싶었는데, 엄마가 너를 데리러 와서 안 좋았던 거지?
유진	네.
엄마	하지만 저녁 먹을 시간에 다른 사람 집에 있을 수는 없잖아. 네가 저녁 식사에 초대된 것도 아닌데, 그리고 우리도 빨리 집으로 돌아가서 저녁 먹고 너는 숙제도 해야 되잖아. 그 대신 다음에는 좀 더 오래 놀 수 있게 해줄게.
유진	네, 엄마. 그런데 숙제를 빨리 끝내면 컴퓨터 게임을 좀 해도 돼요?

다시 머릿속에 히터가 켜진다. '너는 어떻게 틈만 나면…' 하지만 나는 꾹 참고 말하지 않았다.

> **엄마**   네가 숙제를 다 마치고 잠자기 전까지 여유가 있다면 15분 동안 컴퓨터 게임을 해도 좋아.
>
> **유진**   땡큐, 맘.

첫 번째보다는 모자간의 대화가 훨씬 부드러워졌다. 책으로 읽었던 감정 코치를 처음으로 아이와의 대화에 써봤더니 거짓말처럼 금방 효과를 볼 수 있었다. 자녀에게 해야 할 것과 하지 말아야 할 것에 대한 지적, 혹은 자녀가 저지른 잘못을 훈계하는 태도는 부모가 바라는 것 만큼의 교육효과를 가져오지 못한다.

어린 시절 자신의 마음을 떠올려보면 아주 쉽다. 부모가 아이의 감정을 비난하지 않는다면 부모와 아이 사이의 갈등은 거의 없다고 볼 수 있다. 물론 사소한 갈등이야 생겼다 사라지겠지만… 자녀에게 원하는 바를 쏟아내고 나면 부모는 그간 쌓였던 스트레스를 풀수 있는 하나의 방편이 될지는 모르지만 그걸 듣는 자녀의 마음속에는 부모와 높은 담이 쌓이고 있다는 것을 잊지 말아야 한다. 훗날더 큰 갈등의 싹이 자라고 있다는 사실 말이다.

사정이 이러하니 우선은 부모가 속이 상하더라도 돌아가는 길을 택해야 한다. 그것이 바로 서로 원원하는 길이다. 감정 코치법은 처음 몇 번을 잘 넘기기가 어려워서 그렇지 꾹 참고 연습해보면 그 다음부터는 훨씬 수월해진다. 결국 부모가 원하는 건 자녀가 올바로 자라는 것이고 이러한 목표를 달성할 수 있다면 이 정도 훈련이야 얼마든지 해낼 수 있다는 결심이 중요하다.

아이들 역시 이러한 감정 쿠치 연습을 통해 무조건 혼계하지 않고 자신의 마음을 존중해주고 있는 부모에게 한 걸음 더 다가가려는 노력을 기울일 것이다. 그리고 비록 자신이 원하는 바를 부모가 허락하지 않았다고 해도 부모를 이해할 수 있게 되는 것이다.

초등학생 컴퓨터 수업, 시 쓰기

오늘은 유진이 학교 자원봉사날, 선생님께서 컴퓨터 교실로 가서 아이들을 도와달라고 부탁한다. 컴퓨터 교실에 가보니 컴퓨터 앞에 앉은 아이들이 열심히 자판을 두드리고 있었다.

초등학교 아이들은 킨더가튼 때부터 간단한 산수 문제를 풀고 단어를 배우는 데 컴퓨터를 이용해 왔다. 하지만 일주일에 한 번 있는 컴퓨터 교실에서 진행되는 수업시간은 언제나 아이들에게 인기가 높았다.

아이들이 무엇에 저렇게 열중하고 있나 들여다보니 선생님이 정해주신 '나는 I Am … Poem'이란 제목의 시를 쓰고 있는 중이었다. 아이들은 쓸 거리를 생각해가면서 알파벳 단어를 하나씩 찾아서 두드리고 있었다. 아직 컴퓨터 작업이 서투른 아이들을 도와주며 시 쓰는 일에 집중하게 하는 것이 내 임무였다.

한 명 한 명의 어깨 너머로 아이들이 자신을 어떻게 시적으로 표현하는지 주의깊게 살펴봤다. 자신의 생각과 꿈, 희망이 고스란히 담긴 아이들의 글을 읽으면서 어느새 나 역시 초등학교 이 학년 때로 돌아가고 있었다. 복잡한 세상살이를 알기 전 순수하고 맑았던 어린 시절, 아이들이 쓴 몇 편의 시가 타임머신이 되어 당신을 그때로 되돌려 주리라 기대하며…

I AM … POEM

By Andrew

I am Andrew

I wonder how a microscope works

I hear the sound of electricity buzzing

I see ants up close

I want to have a new telescope

I am a science-lover

I pretend I am in the book I read

I feel happy when I finish a good book

I touch the delicate pages of my books

I worry that a character will get hurt

I cry when I get to a sad ending of a book

I am a good reader

I understand that it is hard for me to not worry

I say I should have more fun

I dream that the world will be a better place to live

I try not to sink when I swim

I hope I stop worrying very soon

I am Andrew

나는

나는 앤드류입니다

나는 현미경이 어떻게 작동하는지 궁금해요

나는 전기에서 나는 지지직 거리는 소리를 들어요

나는 개미들을 가까이서 보아요

나는 새 망원경을 갖고 싶어요

나는 과학을 좋아하는 아이랍니다

나는 내가 읽고 있는 책 속에 있다고 상상해봐요

나는 좋은 책을 다 읽었을 때 행복함을 느껴요

나는 내 책들의 부드러운 낱장들을 만져보아요

나는 등장인물이 다칠까봐 걱정되어요

나는 슬프게 끝난 이야기를 읽었을 때 울어요

나는 책을 잘 읽는 아이랍니다

나는 걱정하지 않는 것이 어렵다는 걸 잘 알고 있어요.

나는 더 재미난 일이 많아야 한다고 말해요

나는 이 세상이 좀 더 살기 좋은 곳이 되기를 꿈꿔요

나는 수영을 할 때 가라앉지 않으려고 애써요

나는 걱정하는 것을 빨리 멈추길 바래요

나는 앤드류입니다

· · ·

I AM ⋯ POEM

By Angelo

I am Angelo

I wonder if I will have children and if they will surf

I hear the waves crashing

I see surfers surfing

I want kids to know surfing is fun

I pretend I am the smartest person in the whole school

I feel I am a good student

I touch the desk I sit at

I worry when I get a reminder card

I cry when I get in trouble

I am a good student

I understand some people aren't good at art

I say I can do this and I do this

I dream of becoming a great artist someday

I try to use nice bright colors

I hope all people can be good at art

I am Angelo

나는

나는 안젤로입니다

나는 만일 나에게 아이들이 있으면 어떨까 그리고 그 아이들이 파

도타기를 하면 어떨까 하는 생각을 해보아요

나는 파도가 부서지는 소리를 들어요

나는 파도 타는 사람들이 파도를 타는 모습을 보아요

나는 아이들이 파도타기가 재미있다는 것을 알았으면 해요

나는 학교 전체에서 제일 똑똑한 사람이라고 상상해보아요

나는 내가 꽤 괜찮은 학생이라고 여겨요

나는 내가 앉아 있는 책상을 만져보아요

나는 리마인드 카드(교실에서 질서를 지키지 않을 때 받는 카드)를 받을까 걱정

돼요

나는 문제를 일으킬 때 울고 말아요

나는 좋은 학생이랍니다

나는 어떤 사람들은 예술에 소질이 없다는 것을 이해해요

나는 '이건 할 수 있어' 그리고 '나는 이것을 해' 라고 말해요

나는 밝은 색상을 사용하려고 노력해요

나는 모든 사람들이 좋은 예술가가 될 수 있기를 바래요

나는 안젤로입니다

. . .

I AM ⋯ POEM

By Elizabeth

I am Elizabeth

I wonder who my art teacher is going to be

I hear crayons, pencils writing

I see people doing fantastic at art

I want to be an artist

I am art-lover

I pretend I am a princess in a big kingdom

I feel happy when my mom and dad hug me

I touch my mom and dad play with me

I worry when I am sick

I cry when I get hurt real bad

I am a child

I understand about art

I say to not worry so much

I dream that the day the world will become a fair place

I try to do my best work

I hope that I am cool

I am Elizabeth

나 는

나는 엘리자베스 입니다

나는 누가 미술 선생님이 되실까 궁금해요

나는 크레용, 연필이 쓰는 소리를 들어요

나는 사람들이 멋진 작품을 만드는 것을 보아요

나는 예술가가 되고 싶어요

나는 예술을 좋아하는 아이랍니다

나는 어느 커다란 왕국의 공주라고 상상해보아요

나는 엄마랑 아빠가 안아줄 때 행복한 걸 느껴요

나는 나하고 함께 놀아주는 엄마 아빠를 만져보아요

나는 아플 때 걱정이 돼요

나는 정말 많이 다쳤을 때 울고 말아요

나는 어린아이입니다

나는 예술이 뭔지 알아요

나는 '너무 걱정하지 말자' 하고 말해요

나는 이 세상이 평등한 곳이 되는 날을 꿈꾸어요

나는 내일에 최선을 다하려고 노력해요

나는 멋진 사람이 되고 싶어요

나는 엘리자베스입니다

우리 가족 미대륙횡단기

"매일 매일 달리는 창 밖으로 보는 경치가 똑같아 재미없어요."

며칠째 캔자스, 미주리, 인디애나주의 대평원을 달리는 동안 눈에 보이는 것이라고는 망망대해처럼 펼쳐진 옥수수밭과 밀밭뿐이니 자동차 뒷자리에 앉은 유진이의 불평도 이해는 된다.

미대륙 중앙에 위치한 대평원은 18세기 미국 서부개척 당시 바다에서 배를 타고 항해하는 것처럼 나침판을 놓고 방향을 찾으면서 건너야 했던 땅이다.

바람을 타고 스러지는 옥수수밭의 진한 초록색 물결이 마치 푸른 바다를 연상케 한다. 대평원의 바다를 차로 건너기 전 우리는 캘리포니아를 시작으로 네바다, 애리조나, 유타주로 연결되는 사막을 횡단했다. 사막을 건너올 때는 사막의 지평선에서 떠오르는 해를 보고 달리다 사막의 지평선으로 지는 해를 보기도 했다.

사막이 끝나갈 무렵 콜로라도주에서 맞부딪힌 거대한 로키산맥 줄기. 로키산맥은 높고 험준하여 18세기까지 사람들은 로키산맥을 넘어 서해안에 도달하는 길을 결코 찾을 수 없을 것이라고 생각했다고 한다.

미국 사람들은 보통 일생에 네 번 정도 대륙횡단여행을 한다고 한다. 첫 번째 횡단여행은 부모가 운전하는 차의 뒷좌석에 앉아서. 두 번째는 자신의 연인이나 친구와 함께. 세 번째는 결혼하여 배우자와 아이들을 데리고. 그리고 마지막은 자식들이 성장하여 제 갈 길로 떠나고 난 뒤에 노년의 배우자와 단 둘이서.

미국 친구들과의 술자리 대화에서 자주 등장하는 주제 중 하나가 바로 자신이 경험했던 대륙횡단여행담이다. 9년간의 미국 생활 동안 우리 가족은 딱 한 번 대륙횡단 자동차여행을 했다. 캘리포니아 생활을 정리하고 지금 살고 있는 버지니아로 이사 올 때였다.

타들어가는 듯이 뜨거운 8월의 태양을 안고 우리는 로스앤젤레스Los Angeles를 출발하여 첫 번째 목적지인 라스베이거스Las Vegas로 향하였다. 캘리포니아에서 라스베이거스로 가려면 남한크기만 한 모하비 사막을 횡단해야 한다.

사막을 눈으로 직접 보기 전에는 온통 모래로 뒤 덮인 모래사막만이 사막의 전부인 줄 알았다. 그러나 사막을 여행하는 동안 그 모습은 사막의 극히 일부분에 지나지 않는다는 사실을 깨달았다.

오렌지색, 분홍색, 하늘색으로 이어지는 형형색색의 사막 풍광은 마치 스타워즈 영화에서나 볼 수 있는 외계 행성처럼 느껴졌다. 끝이 없을 듯한 모하비 사막을 달리고 달리다 보면 황량하고 원시적인 태고의 모습을 지닌 사막 한가운데 배꼽처럼 우뚝 선 라스베이거스가 그 모습을 드러낸다.

흔히 도박의 도시로만 오해하기 쉬운 라스베이거스. 황량한 사막의 풍광 속에 마술처럼 우뚝 솟아있는 라스베이거스는 상상을 초월하는 자본과 무한한 상상력이 더해져 만들어진 거대한 오락도시다. 갬블이나 카지노에는 일말의 관심도 없는 우리 같은 사람들에게도 라스베이거스는 대단히 매력적인 곳이었다.

인간 상상력의 결정체라 불릴 만큼 세상 모든 인공적인 것들을 한자리에 모아놓은 곳이 바로 라스베이거스다. 객실 수 기준으로 세계 최고 호텔 20개 중 17개가 라스베이거스 한 곳에 모여 있다. 로마, 이집트, 이탈리아, 뉴욕, 파리와 같은 서양문명의 주요 코드를 주제로 만들어진 카지노 호텔이 즐비하게 늘어서 있는 라

스베이거스는 매년 전 세계에서 4천만 명이 몰려드는 그야말로 세계인의 놀이공원이라 할 수 있겠다.

라스베이거스에서 밤을 보내고 다음날 아침 다시 모하비 사막의 절반을 더 달려 콜로라도까지 가는 긴 일정을 시작했다. 라스베이거스가 있는 네바다주, 애리조나주, 유타주는 사막의 진수를 보여주는 곳이다. 네바다주를 건너 유타주에 이르렀을 때의 일이다. 우리는 고속도로 휴게소에 들러 잠시 쉬었다 가기로 했다.

"아니, 유진아. 왜 갑자기 화장실 변기 사진을 찍는 거니?"

"이 변기 좀 보세요. 모양이 특이하잖아요. 나는 이제껏 이런 네모난 모양의 변기를 본 적이 없어요. 오늘밤 캘리포니아의 친구들에게 이메일을 보낼 때 이 사진을 함께 붙여서 보낼 거예요. 친구들은 유타주 고속도로 휴게실의 이 재미난 모양 화장실 변기를 보면 좋아할 거예요."

"그래 그럴 수도 있겠지. 그렇지만 유타주에 왔으면 유타주의 특색이기도 한 붉은 바위 암석으로 이루어진 멋진 산을 찍어 친구들에게 보내주는 것이 더 좋지 않을까? 캘리포니아에서는 볼 수 없었던 풍광이기도 하잖아."

"아니에요. 라이언과 바이런은 유타주 휴게소에 있는 이 특별한

오렌지색, 분홍색, 하늘색으로 이어지는 형형색색의 사막풍광은 마치 스타워즈 영화에서나 볼 수 있는 외계 행성처럼 느껴졌다.

모하비 사막을 가로지르는 15번 고속도로 풍경

모양의 화장실 변기 사진을 더 좋아할 거예요."

　그날 저녁 호텔에서 친구들에게 이메일로 낮에 찍었던 변기사진을 보내는 유진이를 보면서 아이가 세상을 바라보는 눈은 어른들과 다르다는 사실을 다시 한번 느꼈다.

　사막을 벗어나 콜로라도주에 점점 가까워지면서 차창 밖 경치도 사막에서 숲과 계곡이 있는 풍경으로 서서히 변해갔다. 미대륙의 등줄기에 해당하는 로키산맥이 나오기 시작하더니 꾸불꾸불한 산길이 끝도 없이 이어진다. 울창한 산세를 바라보며 끝도 없이 이어진 외길을 따라가다 보니 마치 어느 깊은 산속에서 뱅글뱅글 미로 속을 돌고 있는 듯했다. 이러다가 산을 빠져나가지 못하는 것은 아닐까하는 걱정도 들었다.

유타주의 사막을 벗어나서 산길을 따라 놓인 고속도로를 달린 지 다섯 시간 정도가 지나자 미국에서 가장 높은 산간 고도에 세워진 콜로라도주의 수도 덴버Denver시가 모습을 드러냈다. 덴버시는 해발 1609m 높이에 위치해 있어 '1마일 위의 도시Mile High City'란 별칭을 갖고 있는 도시이다.

덴버에서 우리 가족은 캘리포니아에서 직장 생활을 함께 한 적이 있는 샨 자오Shan Zao 박사를 만났다. 중국계 미국인이었던 그와 서로 살아가는 이야기를 나누다 동양 식료품을 구입할 수 있는 중국 마켓이 있느냐고 물었다. 그랬더니 자기는 한국 슈퍼마켓에서 시장을 본다고 대답하는 것이 아닌가. 깜짝 놀라 덴버에도 한국 마켓이 있냐고 물었더니 오히려 중국 마켓은 없지만 한국 마켓은 있다고 했다. 대단한 대한민국이다. 미국 곳곳 어디든지 이제는 한국 사람이 들어가 살지 않는 곳은 없다. 덕분에 각 분야에서 한국인의 우수한 기질이 미국에서 인정 받았을 때 대한민국의 위상도 함께 올라가는 것 같아 가슴이 뿌듯해질 때가 많다.

콜로라도 덴버를 지나 동쪽으로 가면 이제부터는 땅이 바다처럼 보인다는 대평원The Great Plains으로 들어선다. 캔사스주를 시작으로 미주리, 인디애나, 오하이오주 등으로 이어지는 대평원은 며칠을 운전해 가도 끝없는 평원에 펼쳐진 밀밭과 옥수수밭뿐이다.

미국의 곡물 생산량은 자국민 모두를 배불리 먹일 분량의 2배 이상이라고 한다. 미국은 세계 최대의 곡물 소비국이면서 동시에 세계 최대의 곡물 수출국인 것이다. 대평원지역에 펼쳐진 거대한 농장들을 바라보니 그 말이 실감난다. 자동차로 며칠을 달려도 똑같은 옥수수밭 풍경만 펼쳐지는 곳. 이런 곳에 사는 사람들은 과연 무슨 재미로 세상을 살아갈까?

우리는 캔사스주의 고속도로를 달리다 휴식을 위해 벌링턴이란 작은 마을에 들려 잠시 쉬면서 책을 읽으려고 도서관을 찾아 마을을 한 바퀴 돌아보았다. 한눈에 쏙 들어올 정도로 작은 도서관이 있었다. 신문을 읽고 있는 할아버지 한 분이 보였고, 유모차에 잠든 아이를 태우고 온 엄마가 도서관을 통틀어 딱 세 대밖에 없는 인터넷을 사용할 수 있는 컴퓨터 앞에 앉아서 화면을 들여다보고 있었다. 도서관 문이 열리는 소리가 정적을 깼는지 세 명의 사서가 동시에 낯선 외지인인 우리를 쳐다보았다. 그리고 잠시 후 그들은 웃으며 인사를 건네온다. 우리가 대륙횡단여행을 하는 중인데 지나가는 길에 우연히 마을에 잠시 들른 것이라고 말하자 무척 반가워 했다.

우리는 처음 들른 마을의 아늑한 도서관 의자에 앉아 꽤 오랫동안 책을 읽었다. 넉넉한 풍채를 지닌 나이 지긋해 보이는 세 명의 아줌마 사서들은 자기네들끼리 잡담을 하는지 가끔씩 웃는 소리가 크게 들려왔다. 이곳에서 일하는 사람들은 직장이 자기집 안방처럼 느껴지겠구나 싶은 생각이 들었다.

여행을 하는 동안 '과연 우리가 살아가면서 추구하는 것의 궁극적인 종결점은 무엇일까?' 라는 생각을 많이 하게 되었다. '평화'라는 단어가 가슴 한가운데 먹먹한 느낌으로 다가왔다.

캔사스주는 지형이 평원인 관계로 강력한 소용돌이 바람 토네이도가 자주 발생하는 지역이다. 전 세계 아이들의 필독서이자 판타지의 대명사인 '오즈의 마법사Wizard of Oz' 무대가 된 지역도 바로 이곳 캔사스주이다.

몇 날 며칠을 차로 달리다 보면 어른도 지치는데 아이는 말할 것도 없다. 유진이는 하루에도 몇 번씩 우리의 목적지인 버지니아에는 언제 도착하느냐고 물어온다. 이럴 때면 우리는 여행 중간 중간 나타나는 마을에 들어가 전국 서점 체인 중 하나인 반스 앤 노블에서 책을 읽히거나, 책이나 DVD, 또는 간단한 문구용품을 사주면서 달래기를 계속했다. 그리고 우리 역시 서점 내에 있는 스타벅스에서 달콤한 패스트리에 향 좋은 커피를 한잔 마시며 여행의 피로를 함께 풀었다.

동쪽으로 계속 달리다 보면 대평원을 가르며 유유히 흐르는 강을 만난다. 그 강이 바로 미국을 동부와 서부로 나누는 미시시피강이다. 미시시피강은 유명한 작가 마크 트웨인Mark Twain이 쓴 미소설의 대명사인 『허클베리 핀의 모험』, 『톰 소여의 모험』 같은 작품의 무대가 된 지역이다.

미시시피강 어귀에는 미국 중서부 중심도시인 세인트 루이스St. Louis가 있다. 이곳에는 서부개척의 관문임을 상징하는 커다란 아치가 서 있다. 이곳에 세워진 거대한 아치를 지나는 순간부터 황량한 미개척의 서부로 들어선다는 의미로 이곳에 아치를 만들었다고 한다. 아치의 꼭대기에는 엘리베이터를 타고 올라가는 전망대가 있는데 확 트인 미시시피강과 세인트 루이스의 마천루를 내려다보기에 매우 적당한 장소였다.

인디애나주의 주도 인디애나폴리스시에 도착했다. 이곳에서 우리는 캘리포니아 대학에서 학위과정을 함께 했던 후배 심성보 박사를 만나 저녁을 대접받고 참으로 오랜만에 한국말로 수다를 잔뜩 떨었다. 심 박사는 인디애나폴리스에 위치한 대형 비행기 엔진 제작회사인 롤스 로이스사에서 엔지니어로 일하고 있다. 인디애나주에서 살아가는 것을 물어보니 퇴근하고 돌아오면 호미와 삽을 들고 정원을 가꾸는 것이 낙이라며 너스레를 떤다. 집 안에 들어설 때 보이던 자그마한 정원이 예사롭게 보이지 않은 이유가 따로 있었다며 모두 함께 웃었다.

인디애나주와 같이 한국 사람들이 많지 않은 곳에 살다 보면 사람이 그립다고 한다. 그래서 그 지역에 사는 한국 사람들은 처음 만나는 사이라도 한 번 만나면 놓아주지 않고 밤 한두 시까지 이야기를 나누다 돌아간다고 한다. 사람에게는 사람이 가장 소중하고 그리운 존재인가 보다. 그날 저녁 우리 가족은 새벽 2시가 다 되어서야 호텔로 돌아올 수 있었다.

미시시피강을 건너 동쪽을 향해 달리면 오랜만에 다시 구릉 지형이 나타나며 야트막한 산들이 눈에 들어오기 시작한다. 미동부의 등줄기인 애팔래치아산맥Appalachian Mountains에 접어들기 시작한 것이다. 동부의 산맥에 위치한 산간도시들은 서부의 산간에 위치한 도시들과 많이 다르다.

동부의 산간마을은 유럽의 도시처럼 아기자기하고 멋있는 동네가 많다. 사람이 들어와 터를 닦고 살아온 지 벌써 삼사백 년이 지났으니 자리가 잡힌 것이다. 반대로 서부의 도시는 아직도 거칠고 투박한 기운이 느껴진다. 뭐랄까 질박하면서도 약간 어수선한 느낌이다. 살아가는 데 꼭 필요한 것은 갖춰 놓았지만 사는 데 그다지 필요없는 장식적인 요소는 배제한 그런 모습 말이다. 그래서인지 서부 산간에 위치한 도시에 들어가면 아직도 개척시대 야생의 기운과 더불어 강한 생명력의 힘이 느껴진다.

애팔래치아산맥을 넘으니 다시 대륙이 평평해지기 시작했다. 마침내 우리의 목적지인 버지니아주에 들어선 것이다. 이곳이 바로 미국의 심장부 워싱턴 D.C.와 필라델피아, 뉴욕과 같은 도시가 위치한 '동부지역' 이라고 생각하니 가슴이 뛰었다.

우리가 지난 10박 11일에 걸쳐 차로 달려온 거리는 4,500Km가 넘었다. 거대한 미국대륙을 실감했으며 비록 겉모습일지라도 다

▲조명이 아름다운 밤이 없는 도시. 라스베이거스.
▶서부 시대의 운치를 그대로 간직하고 있는 아리조나주 톰스톤 Tombstone시가지 풍경.
▼세상의 중심이라 불리는 뉴욕. 뉴욕의 타임스퀘어 광장은 늘 사람들로 붐빈다.

양한 환경 속에서 각자의 자리를 지키며 열심히 살아가는 미국인들의 모습을 볼 수 있었던 여행이었다. 이토록 광활한 미국땅을 생각해보니 앞으로 며칠 동안은 꿈에서도 계속 대륙횡단여행을 할 것만 같다.

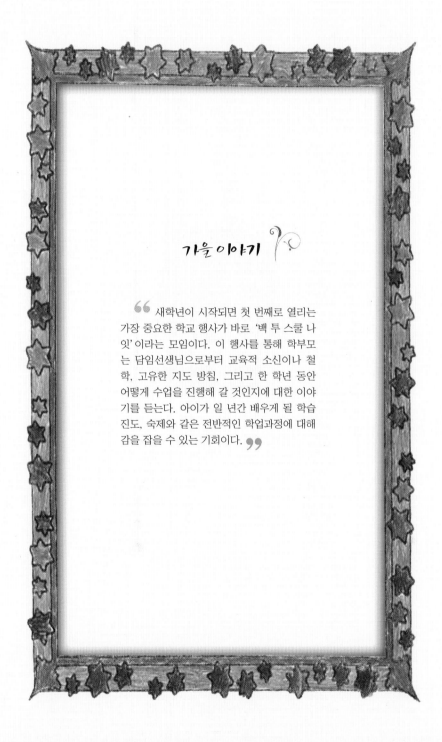

가을 이야기

" 새학년이 시작되면 첫 번째로 열리는 가장 중요한 학교 행사가 바로 '백 투 스쿨 나잇' 이라는 모임이다. 이 행사를 통해 학부모는 담임선생님으로부터 교육적 소신이나 철학, 고유한 지도 방침, 그리고 한 학년 동안 어떻게 수업을 진행해 갈 것인지에 대한 이야기를 듣는다. 아이가 일 년간 배우게 될 학습 진도, 숙제와 같은 전반적인 학업과정에 대해 감을 잡을 수 있는 기회이다. "

다시 학교로 돌아가다, 백 투 스쿨 Back To School

짙은 초록색 피부에 험상궂게 생긴 헐크의 입체 얼굴이 실제 어
린아이 얼굴 크기만한 사이즈로 떡 하니 붙어 있는 책가방을 산다
는 것(그것도 돈을 주며)은 참으로 내키지 않는 일이다. 핼러윈행사에 쓰
는 가면도 아니고 매일 아침 어깨에 들쳐 메고 학교에 다녀야 할
책가방인데, 헐크라니… 이건 정말 아니었다. 하지만 유진이는 헐
크가방이 제일 마음에 든다며 그 가방만 사달라고 한다. 나는 주
변에 걸려 있는 슈퍼맨이나 스폰지밥이 그려진 다른 가방을 들어
보이며 이런 것은 어떠냐고 권해봤지만 유진이는 끝끝내 내가 골
라주는 가방은 싫다고 한다. 끝내 의견 일치를 보지 못한 우리는
서로 좀 더 생각할 시간을 갖기로 하고 그냥 집으로 돌아왔다.

아이가 자라면서 선택에 있어서 스스로의 의견을 제시하게 되
는 일이 잦아지고 있다. 부모가 알아서 결정하던 시기는 이미 지
난지 오래고 이제는 협상과 타협이 필요한 새로운 국면에 접어든
것이다. 사실 어른이 보기에 아이의 주장은 비합리적일 때가 많
다. 그러나 이렇게 내가 아들 녀석과 소위 '협상' 이란 걸 해가면서
배운 중요한 사실이 있다. 아직 어린 아들이 내 의견을 이해해주
길 바라는 것은 터무니없는 생각이라는 것. 자식과 흡족할 만한

협상을 하고 싶으면 내가 아들 나이의 수준으로 내려가야 한다는 것이다. 유지이는 내 나이를 한 번도 겪어본 적이 없지만 나는 이미 아들의 나이를 거쳐오지 않았는가?

두 달이라는 긴 여름방학이 끝나갈 즈음이면 텔레비전 광고 중 학용품이나 책가방 같은 신학기 준비용품을 세일한다는 내용이 부쩍 눈에 띈다. 여름방학은 6월 중순에 시작해 9월 첫 째주 월요일인 노동절이 지나면서 끝이 나고 학년도 바뀌어 새학년이 시작된다. 이때쯤이면 매일 우체통으로 들어오는 대형 문구점들의 세일 전단지 양도 함께 두꺼워져 간다. 9월 새학기가 시작되기 전 상점들은 일제히 '백 투 스쿨 세일Back to School Sale'이 큼지막히 쓰인 플래카드를 걸어 붙이고 책가방이나 도시락가방, 의류에서부터 노트나 필통, 크레파스 같은 학용품 세일에 일제히 돌입한다.

학교에서는 여름방학이 시작하기 전 미리 새학년에 필요한 학용품 준비물 목록을 나눠준다. 학교에서 보낸 목록에는 학생들이 준비해야 할 것들이 상세하게 적혀 있다. 예를 들면 어느 브랜드에서 나온 몇 가지 색이 들어 있는 크레용이라든지 몇 인치 길이의 필통이라든지, 뚜껑이 부착된 가위, 포켓이 있는 폴더, 스틱형으로 된 큰 사이즈의 문구용 풀… 이런 식으로 자세하게 적혀 있다. 그래서 대충 비슷해 보이는 것을 골라서는 안 되고 반드시 학교에서 지정해준 대로 사도록 해야 한다.

학부모가 된 첫 해에는 준비물 목록을 들고 상점에 가서 정확한 품목들을 고르는 데 한참 애를 먹기도 했다. 시간과 경험에는 세상의 많은 문제들을 저절로 해결해주는 힘이 있나니…. 이 일도 해를 거듭하니 노하우가 쌓여 이제는 필요한 것들을 척척 골라담는 수준에 이르렀다. 심지어 쇼핑목록을 들고 두리번거리며 한참 찾아헤매는 초보 학부형들에게 설명해주는 여유까지 누리면서.

요새는 신학기 학용품 쇼핑을 학교에서 안내하는 온라인사이트에서 미리 주문해두면 개학하는 날 학교로 바로 배달해주는 서비스를 많이 이용하고 있는 추세이다.

학교에서 지정한 학용품은 개인이 사용할 것과 학급에서 공동으로 사용할 것을 포함해 모두 준비하는 데는 평균 50불 정도 든다. 백 투 스쿨 세일 때 일 년 동안 사용할 학용품을 한꺼번에 사서 보내면 한 학년 동안은 학교 준비물 걱정은 잊어도 된다. 세일 막바지에 이르러 유진이와 나는 캐릭터 그림이 그려져 있지 않은 그러나 주머니가 굉장히 많이 달린 무난하면서도 산만함을 강조하는 디자인의 책가방을 사는 데 합의했다.

새학년이 시작되면 첫 번째 열리는 가장 중요한 학교행사가 있는데 바로 백 투 스쿨 나잇back to school night이라는 모임이다. 보통 직장에 다니는 부모들이 퇴근하고 참석할 수 있도록 저녁 6시 반 이나 7시 반 사이에 열리는데 아이들은 두고 부모만 참석한다. 이 행사를 통해 학부모는 담임선생님으로부터 교육적 소신이나 철학, 고유한 지도 방침, 한 학년 동안 어떻게 수업을 진행해 갈 것인지에 대한 이야기를 듣고 질문할 수 있는 기회도 갖는다. 아이가 일 년간 배우게 될 학습진도, 숙제와 같은 전반적인 학업과정에 대해 감을 잡

오픈하우스에 참석한 가족들은 학생들과
선생님에게 격려와 감사의 글을 남긴다.

을 수 있으므로 반드시 참석하는 것
이 바람직하다.

보통 백 투 스쿨 나잇 행사 때 학
교에서 필요한 자원봉사자 모집을
함께 한다. 학교 도서관이나 식당,
컴퓨터실을 비롯해 교실에서 진행
되는 미술이나 과학실험 같은 것을
돕는 활동 중 자신에게 맞는 것을
선택하여 자원봉사를 신청하면 된
다. 자원봉사에서 한발 더 나아가 학교 학부모회인 PTA에 가입해
학교에서 벌어지는 일에 좀 더 적극적으로 참여할 수도 있다. 학
부모회가 하는 일은 주로 학교 기금모금과 관련된 행사, 학교 이
벤트 준비, 방과 후 과외활동 개설이나 소풍과 같은 다양한 방면
에 걸쳐 골고루 분포되어 있다. 특히 학군 좋은 곳에 있는 학교일
수록 학부모회의 활동이 활발해 학생들이 풍요로운 환경에서 학
업에 전념할 수 있도록 여건 마련에 애쓰는 모습을 볼 수 있다.

미국 역시 맞벌이 부부가 많아 탁아시설이 잘되어 있다. 가장
어린아이들을 보내는 곳이 데이케어센터인데 생후 3개월 이상부
터 만 4세 정도 아이들까지 맡아주는 곳이다. 초등학교 취학 전 아
이들이 다니는 곳은 프리스쿨로 만 3세부터 5세의 아이들이 다닌
다. 프리스쿨에서는 간단한 숫자 개념이나 알파벳을 배우고 공동
생활에 필요한 질서를 배운다. 만 5세가 되면 본격적인 학교 교육

한 학년이 끝
나갈 무렵 부
모님과 가족
들을 초대하
는 오픈 하우
스 행사.

이 시작되는 킨더가튼에 입학한다. 단체 생활 예절이나 학교 생활 규칙을 배우고 읽기와 쓰기 등 기초실력을 닦는 시기다.

본격적인 의무교육의 시작인 엘리멘트리스쿨은 보통 5년이나 6년의 과정으로 구성되며 학년이 올라갈수록 배우는 양과 범위가 깊어진다. 영어 읽기, 작문, 산수, 자연, 사회과목과 같은 소셜스터디, 체육, 음악, 미술과목을 배운다. 일 년을 세 학기로 나눠 성적표가 나오며 학교별 선발과정을 통해 성적이나 지능이 우수한 아이들을 따로 모아 지도하는 영재반이 있다. 같은 학년 같은 교실에서 배우더라도 수학과 읽기과목에 있어서 우수한 아이들은 한 학년 위 과정을 미리 배울 수 있거나 숙제를 다르게 내주어 아이들이 능력에 따라 학습할 수 있는 기회를 갖는다.

이처럼 특별한 재능을 가진 아이들의 선별적 교육을 실시함과 동시에 부시 행정부 때 제정된 NCLBNo Child Left Behind라는 연방

교육법이 보여주듯이 학교는 단 한 명의 학생이라도 낙오되거나 뒤쳐지지 않게 교육받을 수 있는 노력도 함께 해야 한다.

NCLB 법안은 학교 전체 학생들이 수학과 읽기과목에서 각 주가 정한 기준에 달해야 한다는 것을 골자로 하고 있다. 이 법안은 각 학교가 주에서 정한 기준점수에 부응하는지를 평가하기 위해 학생들에게 표준 문제로 시험을 치르게 하고 기준에 미치지 못하는 학교가 있을 경우 불이익을 준다. 그래서 이 법안은 선생님들로 하여금 전반적으로 교육목표를 하향설정하도록 하고 시험성적을 내기 위한 교육으로 만들어간다는 비난을 받고 있기도 하다. 이후 오바마 대통령은 현재의 교육제도를 면밀히 재검토하여 고등학교를 졸업하면서 대학에 진학하거나 취직하는 데 필요한 능력을 갖출 수 있는 새로운 교육 개혁안을 추진할 예정이라고 밝혔다.

엘리먼트리스쿨을 졸업하면 쥬니어하이스쿨(미들스쿨)로 진학하는데 7학년과 8학년이 여기에 해당된다. 이 시기는 고등학교 공부의 기초를 다지는 시기이며 장차 고등학교에서 활동할 스포츠나 음악 교육의 기초를 쌓는 시기이다.

고등 교육 과정인 하이스쿨은 9학년부터 12학년까지 모두 4년의 과정으로 이뤄져 있다. 하이스쿨에 가면 교과의 내용이 상당한 수준까지 올라가 읽어야 할 책들이 많아져서 미들스쿨에서 좋은 성적을 받던 아이들도 힘들어 하는 경우가 종종 있다. 이 시기에 내신성적을 관리하면서 대학 입학시험인 SAT를 치른다.

고등학교를 마치면 2년제 커뮤니티 컬리지와 4년제 대학과정에 진학할 수 있다. 커뮤니티 컬리지는 학비가 저렴하고 집 근처에서 다닐 수 있는 장점이 있다. 한국과 같은 재수의 개념이 없기 때문에 대학에 떨어지면 우선 커뮤니티 컬리지에 입학해 필요한 학점을 이수한 후 4년제 대학에 편입하는 코스로 학업을 진행한다.

미국에서도 일명 아이비리그로 불리는 명문 사립대학들은 갈수록 입학 경쟁이 치열해지고 있다. 높은 내신성적이나 좋은 SAT점수는 기본이며 그 외 그 학생만의 고유한 성품과 장점을 보여줄 수 있는 에세이, 리더십을 보여줄 수 있는 과외활동과 자원봉사활동까지도 입학사정의 조건이 된다.

좋은 대학에 입학하는 것만이 교육의 목표가 될 수는 없을 것이다. 하지만 좋은 대학에서 좋은 교수 및 우수한 학생들과 더불어 학업에 최선을 다한다면 사회에 진출하여 보다 많은 기회를 가질 수 있는 것 또한 사실이다. 옷을 입을 때도 첫 단추부터 바르게 끼워야 하듯이 교육에 있어서도 가장 기본이 되는 초등학교 교육에 관심을 갖고 아이가 적성을 찾아갈 수 있도록 돕는 일이 중요하다.

초등학교 새학년이 백 투 스쿨 나잇으로 시작된다면 학년이 끝나갈 무렵에는 오픈 하우스라는 행사가 열린다. 이것은 학생들이 한 해 동안 배우고 공부한 것들을 교실 안팎으로 전시해두고 부모를 초대하여 보여주는 행사다.

기대를 갖고 백 투 스쿨 나잇에 참석해 새학년의 계획을 들었던 것이 엊그제 같은데 어느덧 한 해를 마치고 오픈 하우스에 참석하게 될 때면 일 년 동안의 노력이 결실을 맺는 듯해 감회가 새롭다.

교사와 부모가 머리를 맞대는 콘퍼런스

　새학년이 시작되면 학생, 교사, 학부모 할 것 없이 모두 바빠지게 마련이지만 그 중에서도 선생님들이 할 일은 참으로 많다. 새로 맡은 아이들의 이름을 외우는 것을 시작으로 빠른 시간 안에 학생 개인별 특징과 성격을 파악해야 한다. 수업을 진행함과 동시에 각각의 아이마다 과목별 성적을 체크하고 또 보충해야 할 부분까지 꼼꼼하게 기록을 해둔다. 새학년이 시작되고 실시되는 교사와 학부모 면담을 준비하기 위해서이다.

　새학년이 시작되고 보통 4분의 1 정도 기간이 지나면 교사와 학부모 간의 콘퍼런스가 시작된다. 이 기간에 학교는 평상시보다 수업을 일찍 끝내고 오후 시간을 이용하여 담임선생님과 학부모가 만나 학생의 일 년을 계획하는 면담시간을 갖는다. 한 달 전부터 미리 학부모들과 날짜를 조정하여 정해진 콘퍼런스 스케줄이므로 거의 모든 부모들이 약속시간을 지킨다. 선생님과의 면담시간은 길어야 20분 정도이므로 이 시간을 최대한 활용하고 싶다면 사전에 선생님께 하고 싶은 말과 질문을 잘 준비해가야 한다.

　교사 학부모 콘퍼런스는 주로 담임선생님이 아이의 성적과 교우관계 그리고 수업태도에 대해서 학부모에게 알려 주는 것을 기

학예회 공연이 끝나고 선생님과 함께 기념 촬영을 한 아이들.

본으로 한다. 이때 선생님은 다양한 자료를 준비해 보여준다. 프로패셔널하게 준비를 한 선생님이 일사천리로 아이의 학업진행 과정과 학교과제를 수행할 수 있는 능력, 읽기와 수학과목에서 치뤘던 시험지나 작문 샘플, 기타 수업시간에 작성했던 기록들을 학부모에게 하나하나 보여주며 차근차근 설명을 해준다. 선생님의 이야기를 다 듣고 나면 우리 아이가 학교에서 어느 정도 수준에 있는지 감을 잡을 수 있다.

보통 콘퍼런스는 일 년에 두 번 진행하는데 아이의 성적과 학교 생활이 좋은 경우 두 번째 콘퍼런스는 생략하는 경우가 많다. 그래서 새학년이 시작되고 처음 갖는 콘퍼런스는 일 년에 한 번 공식적으로 갖는 선생님과의 면담시간이 된다.

직장에 반나절 휴가를 내고라도 콘퍼런스에 부부가 함께 참석하는 경우가 많은데 이 시간이야 말로 교사와 부모가 머리를 맞대고 아이의 현재 상태를 바탕으로 앞으로 한 학년 동안 학습과 학교 생활에 대해 고민하는 소중한 기회이기 때문이다.

가장 인상에 남았던 콘퍼런스 경험을 예로 들어보겠다. 담임이었던 리차드슨 선생님은 콘퍼런스를 하기 전 학부모들에게 편지숙제를 내주었다. 편지는 선생님의 질문에 답을 하는 형식이었는데 자녀의 장점, 단점, 좋아하는 활동이나 스포츠, 취미, 학교 생활에 기대하는 것 등에 대해 기술하는 것이었다. 학부모가 쓴 편지는 우선 선생님이 학생을 이해하는 데 큰 도움이 될 것은 말할 것도 없으며 학부모 스스로가 아이를 객관적으로 바라볼 수 있는 기회가 되기도 했다.

리차드슨 선생님은 한 해 동안 유진이에게 세 가지 학습 목표를 제시하였다. 첫 번째 목표는 좋은 책을 많이 읽는 것이다. 매일 학교에서 진행하는 독서시간이 있지만 그 외에 틈틈이 도서관에 가서 다양한 종류의 책 읽을 것을 권하였다.

당시 유진이는 '읽기'에서 학년의 수준을 넘어섰기 때문에 보다 수준이 높은 책에 도전해 볼 것을 권장하였다. 덧붙여 선생님은 아이들이 스스로 읽을 수 있는 수준 이상의 책을 골라 매일 조금씩이라도 부모가 읽어주는 것도 좋은 방법이라고 했다. 그런데 이 부분에 있어서 우리에게 무리가 있었다. 모국어가 아니다보니 초등학교 고학년들이 읽는 책을 영어로 읽어주는 것은 현실적으로 어려운 일이었던 것이다. 물론 유진이가 만 여섯 살이 될 때까지는 영어책이고 한글책이고 가리지 않고 되도록 많이 읽어주려 노력했지만 유진이가 학교에서 영어 파닉스(phonics, 영어권에서 아이에게 읽는 법을 가르치기 위한 방법)를 배우고 혼자서 책을 읽게 되고 난 후부터는 점차 내가 책을 읽어주는 횟수가 줄어들었다. 이유는 내가 정확하게 구사하지 못하는 영어단어들을 유진이가 알아듣지 못했기 때문이다. 그래서 자신의 리딩 수준을 넘어서는 지식을 얻는 일은 아이 혼자 해결해야 하는 숙제가 되버렸다. 그 대신 나는 아직도 한글책들을 읽어주고 있다. 쓰는 언어가 다르지만 다양한 독서에서 얻을 수 있는 지식과 사고력은 매한가지일 테니까….

두 번째 목표는 글쓰기 실력을 늘리는 것이었다. 외국인으로서 그리고 집에서 영어를 잘 쓰지 않는 환경에서 어떤 주제에 대해 한 페이지 이상의 글을 쓴다는 것이 쉽지는 않지만 그래도 집에서 자꾸 글 쓰는 기회를 가지라는 선생님의 조언이 있었다. 자세히 관찰해보니 유진이가 어려워하는 것은 글쓰기 그 자체가 아니라 무엇을 써야 할지 주제를 잡는 일이었다. 머릿속에 떠오르는 여러 가지 주제 중에서 하나를 골라 일관되게 논리적으로 글을 쓰는 훈련은 매우 중요하다. 우리는 궁리 끝에 방학 때마다 유진이에게 일기를 쓰게 했다. 일기를 쓰면서 주제를 정하는 연습을 시켰다. 그러한 연습 덕분인지 여름방학이 지나고 나니 글을 쓸 때 주제 선정에 드는 시간이 차츰 줄어드는 것을 확인할 수 있었다.

그리고 세 번째 목표는 발표를 더 자주 하는 것이다. 다른 사람들 앞에서 자신의 생각을 잘 정리하여 조리있게 이야기 하는 것은 중요한 일이다. 아직 초등학교 저학년 어린이들에게는 어려운 일이겠지만 적극적으로 발표하려는 마음을 갖고 기회가 있을 때마다 참여하고 연습하는 자세를 배우는 것이다.

20분간의 짧은 시간이었지만 대단히 만족할 만한 콘퍼런스였다. 교사와 학부모가 머리를 맞대어 학생 개개인의 실력을 바탕으로 목표를 정하고, 그 아이의 상황에 맞는 일대일 맞춤형 교육을 진행하려는 노력과 진지함이 가득 느껴지는 자리였다. 사실, 콘퍼런스에서 설정한 모든 수업과 학사일정이 실제로 학기 중 똑같이 진행될 수는 없겠지만 아이를 맡긴 부모로서 대단히 소중하고 뜻 깊은 자리가 되었다.

스포츠 토요일과 사커맘

　미국에서 '토요일' 하면 스포츠 데이가 연상된다. 토요일이 되면 마치 모든 사람들이 운동을 하기로 약속이나 한 듯이 동네마다 마련되어 있는 잔디 운동장에 모여 축구, 야구, 필드하키 같은 여러 가지 운동을 한다. 운동하는 아이들과 응원 나온 부모들로 북적이는 커뮤니티 파크 외곽으로 화려한 색상의 옷을 입은 자전거 클럽 멤버들이 은색 바퀴를 굴리면서 도로를 질주하는 것 역시 빠질 수 없는 토요일 풍경 중의 하나다.

　미국 생활은 스포츠를 빼놓고 이야기할 수 없다. 걸음마를 배운 후 혼자서 걷고 뛸 수만 있으면 아이들 일과는 스포츠와 함께 이루어 진다고 해도 과언이 아니다. 개인적으로 지난 시절 나를 돌이켜보면 매우 유감스럽게도 스포츠와는 거리가 멀었다. 치열한 입시경쟁으로 인해 체육시간은 늘 영어나 수학과목의 보충수업으로 대체되었던 학창시절을 보냈던 탓에 한참 성장할 나이에 운동은 커녕 매일 아침부터 저녁까지 학교 교실 안 책상 앞에 앉아 있어야 했다. 그래서 스포츠란 남다른 개인적 취미가 있는 사람들이 따로 돈과 시간을 들여서 하는 활동으로만 여기며 살아왔다. 그러나 미국에 살다보니 이곳 사람들에게 스포츠란 비싼 돈을 들여 하는 고급 취미 활동이 아니라 오히려 일상적인 일과에 더 가깝다는 것을 알게 되었다.

아이들은 봄에는 야구를 하고, 여름에는 수영을 배우고, 가을철이 되면 축구를 한다. 그리고 겨울이 되면 실내에서 할 수 있는 운동인 농구가 기다리고 있다. 이렇게 한 해를 보내고 나면 다음 해에도 같은 순서로 한바퀴 돈다. 그러니 일 년 내내 스포츠와 함께 생활하는 셈이다. 미국에서 스포츠란 생활과 밀착된 놀이의 다른 형태로 해석하면 좋겠다. 대부분 미국인들이 즐기는 스포츠는 거창하지 않은 일상적인 것이므로 경제적인 부담 역시 적다.

저렴한 비용이라는 측면만 보더라도 미국의 스포츠 활동은 우리에게 좋은 사례가 될 수 있다. 미국이 이렇게 저렴한 비용으로 스포츠를 즐길 수 있게 된 바탕에는 비영리 자원봉사자로 구성된 사회 시스템이 제대로 구축되었기 때문이다. 대표적인 예로 미국 청소년 축구 조직 AYSO American Youth Soccer Organization이라는 단체가 있다. 미국의 모든 아이들이 축구를 배우고 즐길 수 있도록 하는 국가적 차원의 단체인데 이들의 모든 활동이 자원봉사자들에 의해 운영되고 있다. 코치와 심판을 비롯한 헬퍼 역할을 학부모가 맡아서 하기 때문에 삼 개월 정도 단위의 한 시즌에 약 100불 정도의 비용으로 축구를 배울 수 있다. 바로 이런 사회 시스템 덕분에 미국의 아이들이 사계절 내내 저렴한 비용으로 스포츠를 즐길 수 있는 것이다.

축구를 좋아하고 잘하는 아빠는 자신의 아이가 속한 팀의 코치를 맡는다. 비록 아마추어팀이지만 나름대로 조직 내부의 교육과 검증을 거쳐 코치를 선발한다. 동네팀이지만 유니폼도 제대로 갖춰 입고 매주 토요일이면 팀별 대항 경기도 한다. 한 시즌이 끝나면 그 동안 성적이 좋았던 팀들이 플레이오프에 진출하여 최강팀을 선발한다. 이때 뛰어난 기량을 보이는 아이들은 코치에게 선별되어 지역별 정식 축구팀에 들어가서 운동할 수 있는 기회를 갖는다.

미국인들에게 가장 사랑받는 스포츠는 풋볼, 야구, 농구, 아이스하키이다. 사실 축구가 미국인에게 큰 사랑을 받는 종목은 아니다. 그러나 특이하게 프리스쿨에 다니는 어린아이부터 초등학생, 중학생 정도의 아이들에게는 대단히 인기 있는 종목이어서 이 시기의 아이들이라면 누구라도 한 번쯤 축구팀에 들어가서 활동한 경력을 갖고 있다. 그러다 고등학생 이상이 되면 축구 인구는 현저히 줄어들고 대신 미식축구인 풋볼에 열광한다.

봄이 되면 야구 시즌이다. 야구는 미국인들이 좋아하는 스포츠이다 보니 봄철 야구 시즌이 되면 전국적으로 그 열기가 대단하다. 3월초 유명 야구선수를 초대하는 개막식을 필두로 동네별, 학교별, 연령별 대항 경기가 벌어진다. 에인절스, 다져스, 레드삭스, 양키즈 같은 유명한 프로 야구팀들의 이름을 딴 동네 어린이 야구팀들은 토요일마다 불꽃튀는 경기를 벌인다.

축구와 마찬가지로 야구에도 미국 전역에 리틀리그Little League로 불리는 스포츠 조직이 있어 도시마다 청소년들의 경기를 주관한다. 리틀리그는 동네별로 아이들의 나이와 운동기간 등을 고려해 팀을 만들어 준다. 동네팀이기는 해도 등번호가 적힌 야구 유니폼과 모자, 벨트, 신발까지 제대로 갖추어 상당히 그럴듯하다. 아이들은 TV에서 보았던 유명 프로 야구팀과 같은 유니폼을 입고 경기한다는 사실만으로도 대단히 신이 난다.

동네 야구팀 코치들 역시 모두 자원봉사자들이다. 직장에 다니는 아빠들이 일주일에 하루만큼은 오후 5시 전에 일을 마치고 야구장으로 나와 아이들을 가르친다. 그들도 어렸을 적에 이렇게 동네팀에서 야구를 배운 사람들이다. 그리고 어른이 된 후, 그들의 아이들에게 자신이 어렸을 때 보고 배운 것을 그대로 전수하고 있는 것이다.

유진이가 처음 야구팀에 들어가 경기를 할 때 사각의 다이아몬드에 파란 잔디까지 갖추어진 (다시 말해 정규 야구경기를 치뤄도 손색이 없을 정도로 잘 가꾸어진) 야구장을 보고 감탄한 기억이 있다. 응원 나온 부모들이 볼 때 자녀들이 경기하는 야구장이 이처럼 훌륭한 것을 보면 아마도 내가 내는 세금이 제대로 쓰이고 있구나 싶은 마음이 들 것 같은 생각이 들었다.

캘리포니아의 사막 도시를 여행하다가 이와 비슷한 경험을 한 적이 있었다. 사막이라서 도시 전체가 메마르고 황량한 풍경이었지만 아이들의 학교 운동장만큼은 초록색 잔디로 덮혀 있었다. 잔디밭에 물을 주기 위해 뜨거운 한낮에도 스프링쿨러가 쉴 새 없이 돌아가고 있었다. 그 광경을 보면서 거창한 사회적, 국가적, 민족

동네 야구팀의 아이들이 자신의 배팅 순서를 기다리고 있다(위).
코치의 작전 설명을 듣는 아이들의 표정이 진지하다(아래).

적 담론 보다도 아이들이 건강하게 뛰어놀 수 있는 공간을 만들어 주고 보호해 주는 것이 그 사회의 미래를 위한 가장 값진 투자가 아닐까 하는 생각을 해보았다.

미국에서 엄마들을 지칭하는 말 중에 '사커맘Soccer Mom'이라는 말이 있다. 우리에게도 잘 알려진 미국 TV 드라마 프렌즈Friends에서 여자 주인공 중의 한 명인 피비는 남자 친구와 결혼을 꿈꾸며 이런 대사를 한다. "나는 나중에 사커맘이 될 거야."

'사커맘'이란 학교에 다니는 아이들의 스포츠 활동을 뒷바라지하는 엄마를 뜻한다. 엄마들의 차로 불리는 7인승 밴을 몰고 다니며 아이들을 학교에서 학원, 그리고 운동경기가 벌어지는 경기장에 데려다 주고 데려오는 엄마들을 총칭하는 말이다.

미국 대통령 선거가 있는 해에 각 당의 후보자들이 여성유권자의 표심을 잡기 위해 가장 공을 들이고 집중적으로 공략한 유권자 그룹이 바로 이 사커맘과 월마트맘*이다. 지난 2008년 민주당 대통령 후보 경선에서 힐러리 클린턴과 오바마 현 대통령이 경합을 벌일 때 다수의 사커맘과 월마트맘이 힐러리를 지지하여 오바마 후보가 상당 기간 고전을 면치 못한 적도 있었다.

사커맘들이 한자리에 모이는 날이 있으니 바로 스포츠 게임이 열리는 토요일이다. 토요일이 되면 각 팀의 사커맘들이 간식이며 음료수를 준비해와서 자기 팀의 아이들이 경기하는 것을 지켜보

---

* 월마트맘Wal-Mart Mom : 주로 미국 서민층을 대변하는 말로 물건을 저렴하게 판매하는 대형체인점 월마트에서 먹을 것과 생필품을 구입하는 계층을 말한다.

며 열띤 응원전을 펼친다. 초등학생들의 경기라 그저 단순하고 지루할 것이라고 생각한다면 오산이다. 실제 응원하는 사람들의 열기만 놓고 본다면 메이저리그 결승전인 월드시리즈 못지 않다. 세상 모든 엄마들에게 있어 자녀들이 그 친구들과 벌이는 게임을 보는 것보다 더 흥분되고 짜릿한 일은 없을 것이다.

게임이 끝나면 코치는 아이들 한 명 한 명에게 그날 게임에서 잘했던 점을 언급해주며 칭찬을 아끼지 않는다. 코치의 게임에 대한 분석과 다음 연습에 대한 안내가 끝나면 아이들은 누가 먼저랄 것도 없이 간식을 들고 기다리는 엄마를 향해 달려간다. 경기의 승패에 관계없이 바로 이 순간이 아이들에게 있어서는 가장 행복한 순간이다.

좋아하는 과자와 음료를 친구들과 나누어 먹으면서 그날의 경기에 대해 이야기하는 시간이 바로 토요일 스포츠 게임의 하일라이트인 것이다. 그것은 사실 유진이가 팀스포츠를 좋아하는 가장 큰 이유이기도 하다.

엄마, 오늘만 하고 안 할래요

　유진이가 초등학교 일 학년 초가을 무렵이었다. 가을 축구시즌을 맞아 유진이네 축구팀은 여름방학이 끝나기 2주 전부터 일주일에 하루 한 시간 반 정도 축구 연습에 들어갔다.

　축구팀 코치는 같은 팀원 제프리의 아빠가 맡아서 하고 있었다. 제프리 아빠 스티브는 금융회사에 다녔는데, 아이의 축구팀 코치를 맡기 위해 매주 목요일 한 시간 일찍 회사를 조퇴하고 운동장으로 달려왔다. 먼저 와서 기다리고 있는 아홉 명의 꼬마 축구부원들에게 스티브는 간단한 스트레칭으로 몸을 풀게 하고 두 팀으로 나눠 축구 연습을 시켰다. 연습이 끝나면 순발력을 필요로 하는 간단한 게임(이를테면 잔디밭에 누워 있다가 코치가 호루라기를 불면 일어나서 골대 주변에 뿌려 놓은 사탕을 주워 먹는 게임)으로 몸을 풀면서 마무리를 했다.

　스티브가 시키는 축구 연습은 주로 자기 팀원에게 공을 연결해 주는 방법, 골키퍼가 공을 막아내는 방법 같은 단순한 것이어서 축구 연습시간은 얼핏 보면 그냥 노는 것처럼 보였다. 이렇게 일주일에 한 번 평일에 연습을 하고 나면 토요일에 동네 팀별 경기가 기다리고 있다. 아이들의 경기이지만 막상 다른 팀과 함께 시합하는 모습을 보면 프로 축구 경기 못지 않게 흥미진진하다. 우리 팀의 공이 상대 팀의 골문을 넘어 네트를 출렁이게 만드는 순간, 구경하던 부모들은 그 자리에서 일어나 환호성을 지른다. 사실, 유진이는 축구를 썩 잘하는 편은 아니다. 그런 유진이가 축구팀에 들어가서 경기를 하는 이유는 단지 축구를 하는 것 그 자체가 재미있어서다.

축구부원들과 함께 연습하고 간식을 먹고 또 경기에서 이기고 지는 순간을 팀원들과 함께 기뻐하거나 아쉬워하는 그런 것들을 즐거워했기 때문이었다. 코치를 비롯하여 누구 한 사람도 아이들이 경기에서 골을 넣지 못했다고 뭐라고 하는 사람은 없다. 축구를 통해 팀워크를 배우고, 신체 단련을 하며, 자신의 역할에 최선을 다하는 것을 배우는 그것이 바로 축구팀의 목표였으니까. 경기에서 이기면 팀이 함께 기쁨을 맛보고 경기에서 지면 승리한 팀에게 축하의 말을 전해주면 되는 것이었다.

유진이는 한 번도 골을 넣지 못했지만 시즌 내내 즐겁게 경기에 임했다. 스티브 코치는 게임이 끝나면 아이들이 경기를 잘하고 못하고와는 상관없이 모든 아이의 이름을 빠짐없이 불러가며 격려해주곤 했다. 그러던 중 우리 동네에 한국에서 온 코치가 하는 축구교실이 생겼다는 소식을 듣게 되었다. 나는 유진이를 한국인 축구 코치에게 맡겨 보고 싶었다.

일주일에 두 번 운동도 할 겸 축구도 배우면 동네 축구팀에서 활동하는 데 많은 도움이 될 것 같은 마음에서였다. 어느 날 나는 한국인 코치가 운영하는 축구교실을 물어서 찾아가게 되었다. 축구교실이 열린다는 커뮤니티 파크의 잔디밭에 도착해보니 작은 키에 덩치가 있어 보이는 축구 코치가 차양이 큰 모자를 눌러 쓰고 막 연습에 들어가려는 듯 아이들에게 이것저것을 지시하고 있었다.

운동장에는 한 열댓 명쯤의 한국 아이들이 연습에 들어가기 전에 몸을 풀고 있었다. 나는 한국인 축구 코치에게 다가가서 우리 아이가 축구를 배우고 싶어서 왔다며 인사를 했다. 그런데 코치는 내쪽을 돌아보더니 대뜸 이렇게 물었다.

"이 아이가 미국에서 태어났어요? 아니면 한국에서 살다가 온 아이인가요?"

이곳 오렌지카운티 얼바인은 한국에서 온 주재원 가족이나 기러기 가족, 그리고 유학생 가족들이 많이 살고 있는 곳이다. 그런 이유로 한국에서 전학을 온 학생들이 많은 곳이기도 하다. 나는 예상 밖의 갑작스런 질문을 듣고 살짝 의아했다.

"저기, 축구를 배우는데 한국에서 살다왔는지 미국에서 태어났는지가 왜 중요한가요?"

"미국에서만 살아본 아이들은 아마 배우기 힘들걸요. 벌써 여러 명의 아이들이 배우다 말고 울면서 돌아갔거든요."

나는 코치의 말 뜻이 궁금해졌다. 그때 코치가 말했다.

"일단 수강료는 내지 말고 오늘 하루 배워봐요. 그래서 애가 할 수 있겠다고 하면 그때 등록해도 되니까요."

잔디밭에서 공을 가지고 놀던 아이들을 불러모은 코치는 본격

적인 연습에 들어
갔다. 나는 운동장으로 뛰어가는 유진이에
게 "재미있게 배워봐" 하고 외쳤다. 그리고서 다른 엄마들처럼 운
동장 한쪽에 간이 의자를 펴고 앉아 아이들의 축구 연습을 지켜보
았다.

축구 연습시간은 한 시간 반인데, 한 시간은 기술을 배우는 데
할애되고 나머지 반 시간은 두 팀으로 나눠서 실전과 같은 축구
시합을 하며 기량을 다진다고 한다. 편안한 맘으로 축구 연습을
구경하고 있던 나는 시간이 지나면서 점점 얼굴이 굳어지기 시작
했다.

코치는 한 시간 동안 정말이지 단 일 분도 쉬지 않고 땡볕에서
아이들에게 여러 가지 기술을 가르치고 연습을 시켰다. 몇 개 조
로 나뉜 아이들은 코치가 시키는 기술을 열심히 따라 했다. 그러
다가 실수를 하는 아이가 있으면 코치는 그 아이를 따로 불러내어
운동장을 한 바퀴 돌리거나 팔 굽혀 펴기 같은 벌을 주는 것이 아
닌가? 그제서야 나는 처음 코치가 내게 물어보았던 질문의 뜻을
이해할 수 있었다. 코치가 아이들을 훈련시키는 모습은 참으로 오
랜만에 마주친 낯설은, 아니 기억 속에서는 아주 익숙한 광경이었

다. 내가 학교에 다니던 오래된 그 시절에는 다 그렇게 배웠었다.

나는 유진이만 한 나이에 무용을 배웠다. 선생님의 지시에 따라 열심히 연습해야 했고 혹시라도 실수하면 혼나는 것은 기본이었으며 심지어 매도 맞았다. 그래서 실수할까봐 두려웠고 잘못한다고 혼날까봐 연습을 했던 기억이 난다. 무용을 배우면서, 운동을 하면서, 혹은 공부를 하면서도 연습과 즐거움은 결코 한자리에 나란히 어울릴 수 있는 단어가 아니었다. 그 당시는 누구나 그랬지만 열심히 해야 했고 또 잘해야 했다. 그래서 좋은 결과가 나와야 즐거움을 누릴 수 있었다. 즐겁게 연습한다거나 즐겁기 위해서 운동을 한다는 식의 사고방식은 존재하지 않았다.

김연아 선수의 어머니가 쓴 책에도 비슷한 이야기가 있다. 김연아 선수가 초등학생시절 캐나다로 전지훈련을 갔을 때의 일이다. 한국에서 온 어린 선수들이 고난이도의 점프를 비롯하여 어려운 동작들을 거뜬히 해내는 기량을 보이며 연습하는 모습을 보고 캐나다 사람들은 무척이나 놀랐다고 한다. 그리고 반대로 한국 사람들은 캐나다 선수들이 즐기면서 스케이트를 타는 모습을 보고 깜짝 놀랐다고 한다.

학교를 졸업한 지 까마득히 오랜 데다가 또 한국을 떠나 타국에 산 지 10년이 되어가니 기억 속에서조차도 잊고 지냈던 한국적 교육 방식을 뜻밖의 상황에서 마주치게 된 것이다.

연습을 위한 연습을 하는 아이들을 보면서, 고함을 지르며 실수한 아이에게 벌을 주는 코치를 보면서, 상대 팀에게 패하고 나서 실수한 같은 팀의 아이에게 '너 때문에 졌다'는 말을 서슴없이 하는 아이들을 보면서 마음이 아팠다. 또 한편으론 이 험한 세상에서는 저렇게 강하게 단련되어야만 살아남을 수 있지 않을까 싶은 생각도 들면서 무엇이 옳은 방법인지 혼돈스러웠다. 즐겁기 위해서 운동을 해야 하는 것이 맞는 것인지 아니면 이왕에 하는 것이니 힘든 훈련도 참고 견디며 실력을 키워 남들보다 더 잘하는 사람이 되는 것이 중요한 것인지. 축구 연습을 지켜보는 내내 머릿속엔 이 두 가지 생각으로 갈피를 잡을 수 없었다.

한 시간을 꼬박 채운 연습시간이 끝나자 코치는 물을 마실 수 있는 시간을 주었다. 빨갛게 상기된 얼굴로 물을 마시기 위해 뛰어오는 유진이를 보자 나는 심히 걱정되었다. 이런 교육은 난생 처음 겪어보는 아이였다. 유진이는 겁에 질린 얼굴로 내게 와서 말했다.

"엄마, 오늘만 하고 안 할래요."

나는 유진이를 이해할 수 있었다. 코치나 선생님이 소리를 지르거나, 실수한 것으로 혼을 내거나, 못한다고 해서 벌을 주는 교육은 상상도 못해봤을 테니까 … 미국식 교육을 받고 자란 아이들이 이런 축구 교실의 훈련을 견디지 못하고 떠난다는 축구 코치의 말이 맞았다.

플레이 데이트 소동

마지막 수업이 끝났음을 알리는 벨이 울리자마자 아이들은 내 기라도 하듯 빨리 가방을 챙겨 나가려고 바삐도 움직인다. 숙제 폴더를 잊지 말라는 선생님의 말씀이 끝나기가 무섭게 일어나 교실을 나서는 유진이는 들뜬 마음을 감추지 못한다. 이유인 즉, 오늘은 단짝인 랜스의 집에 가서 놀기로 한 날이기 때문이다. 랜스와 함께 재잘거리며 복도를 지나 로비에 이르니 아이들을 데리러 온 랜스 엄마가 기다리고 있다.

뉴욕이나 샌프란시스코 같은 대도시 몇 군데를 제외하면 대부분의 미국 도시에서는 대중교통이란 것이 발달되어 있지 않다. 미국이란 나라가 처음 생길 때부터 그랬지만 광활한 지역에 흩어져 살고 있는 사람들에게 대중교통이란 단어 자체부터가 생소하다. 사람들의 유일한 교통수단이자 발은 바로 자동차이다. 그래서 차가 없는 일상 생활은 상상할 수도 없을 정도다.

미국에서 자녀를 키우며 학교에 보내는 엄마들은 스스로를 운전기사라고 부른다. 아침에 아이들을 학교에 태워다주고 끝나는 시간에 맞추어 데려와야 하며 아이들이 학원이나 스포츠게임에 갈 일이 있으면 또 그 시간에 맞춰서 데려다 주고 데리고 와야 한다. 그러니 아이들이 둘, 셋 있는 집의 엄마는 온종일 아이들의 스케줄에 맞추어서 학교에서 학원으로 혹은 도서관이나 스포츠 경기장으로 시간에 맞춰 실어나르는 운전기사가 된다.

방과 후 아이들이 친구네 집에 가서 노는 플레이 데이트를 하고 싶을 때도 미리 약속을 정하고 아이들을 학교에서 데려와야 한다. 그래서 불편한 점도 있지만 오히려 부모가 아이들을 단속하기가 더 수월하다는 장점도 있다. 학교나 학원, 친구집을 가더라도 집 밖을 벗어나려면 엄마가 차를 태워줘야만 가능하기 때문이다.

유진이는 평상시에 학교가 끝나면 4번 스쿨버스를 타고 집으로 온다. 하지만 오늘은 랜스 엄마가 학교에서 아이들을 찾아가기로 되어 있었다. 덕분에 나는 모처럼 오후 시간이 여유가 생겨 여기저기 돌아다니며 볼일을 보고 있었다.

학교가 끝나는 시간에 맞춰 1층 로비에서 아이들을 기다리고 있던 랜스 엄마는 유진이와 랜스, 그리고 랜스의 여동생 줄리아를 만나서 모두 함께 차를 타기 위해 주차장 쪽으로 향했다. 그런데 그 순간 학교 직원이 길을 막고 나섰다. 유진이의 보호자로부터 아이가 방과 후 다른 사람의 차를 타고 돌아가도 좋다는 그 어떠한 연락도 받지 못했다는 것이 이유였다.

솔직히 나는 그것이 학교의 규정이었다는 것을 모르고 있었다. 각 주마다 특성이 다르고 또 학교의 규정도 다를 수 있다는 것을 미리 인지했어야 하는데 캘리포니아에서 다니던 학교만 생각하고 새로 전학 간 버지니아주 학교의 규정에 대해 적극적으로 관심을 가지지 않았던 것이 문제가 된 것이었다.

학교 직원은 내게 전화연락을 했지만 그날따라 나는 휴대폰 울리는 소리를 듣지 못했고, 끝내 나와 전화 통화를 하지 못한 직원은 유진이가 랜스 엄마의 차를 타고 돌아가는 것을 허락하지 않았다. 그리고 유진이에게 평상시처럼 스쿨버스를 타고 집으로 돌아가야 한다고 말했다.

자칫하면 플레이 데이트가 무산될 지경에 이르자 아이들은 대단히 실망했다. 그래서 랜스 엄마는 아이디어를 냈다. 유진이는 학교의 규칙대로 4번 스쿨버스를 타고 집으로 돌아가고 랜스 엄마는 유진이가 탄 스쿨버스 뒤를 차로 따라가다가 유진이가 집 앞 정거장에서 내리면 유진이를 태우기로 한 것이다.

학교 주차장에는 모두 12대의 노란색 대형버스들이 줄을 맞춰 나란히 서서 학생들을 태우고 있었다. 유진이는 집으로 가는 4번 버스에 올라탔다. 랜스와 줄리아 그리고 랜스 엄마 린다는 얼른 주차

장으로 뛰어갔다. 린다는 차에 타
자마자 시동을 걸고 유진이가 탄
스쿨버스를 따라가기 위해 복잡
한 주차장을 빠져나왔다. 그때 스
쿨버스 3대가 동시에 출발하며 학
교를 빠져나가려고 했고, 버스가
모두 같은 크기에 똑같은 노란색
이라서 어떤 버스에 유진이가 탔

는지 알 수 없는 린다는 조바심이
났다.

학교가 끝나고 스쿨버스를 타기 위해 아
이들이 줄을 서고 있다.

"앗, 버스 3대가 동시에 움직이기 시작했어. 유진이가 탄 버스
가 어떤 것인지 그만 놓쳐버렸어."

"엄마, 저 버스예요. 왼쪽으로 돌아가려고 하는 저 버스가 4번
버스라구요."

"그래, 알았다."

린다는 얼른 좌회전 신호를 켜고 스쿨버스를 따라가려고 바짝
뒤로 다가가 붙었다.

"오케이, 이제 됐어. 지금부터 이 버스 뒤를 따라가면서 어디에
서 유진이가 내리는지 보자꾸나."

차 뒷좌석에 타고 있는 랜스와 줄리아는 노란색 버스 뒷꽁무니가
잘 보이게 앞으로 바짝 당겨 앉았다. 한편, 스쿨버스에 올라탄 유진
이는 자꾸 뒷쪽 유리창을 돌아보며 버스가 정거장에 설 때마다 랜

스 엄마의 하얀색 밴이 뒤따라 오고 있는 것을 확인했다.

"유진, 왜 자꾸 뒤를 돌아다 보는 거야?"

같은 버스를 탄 친구 제이가 물었다. 제이는 유진이에게 이야기
의 자초지종을 듣더니 스쿨버스의 뒷쪽 창문으로 뒤따라오는 하
얀색 밴이 보이는지 함께 살피기 시작한다. 버스가 언덕길을 올라
가느라 뒤에 따라오는 차가 보이지 않거나 랜스 엄마의 밴 앞에
다른 차가 끼어들어 보이지 않을 때면 이번에는 제이가 더 긴장을
했다. 랜스 엄마는 버스가 정거장에 멈출 때마다 유진이가 내렸는
지 확인을 해가며 다시 버스 뒤로 따라 붙기를 되풀이했다. 차 안
에 타고 있던 랜스와 줄리아는 마치 스릴 넘치는 게임이라도 하는
듯이 신이 났다.

"이번 정거장에도 유진이가 내리지 않았어요. 다시 출발!"

이렇게 12정거장을 지나 마침내 유진이가 내렸다. 린다는 스쿨
버스가 떠나고 나서 차에서 내렸다.

버스에서 내린 유진이는 하얀색 밴을 향해 뛰고 랜스와 줄리아
는 차에서 내려 유진이를 향해 뛰었다. 제이도 덩달아 아이들과
함께 밴 쪽으로 달려갔다. 그때 버스에서 내리는 제이를 마중나온
제이 엄마는 제이가 모르는 사람의 차를 타려고 하는 줄 알고 깜
짝 놀라 또 뛰어왔다.

"어머, 걱정말아요. 저는 나쁜 사람이 아니에요. 유진이 친구 랜
스 엄마예요. 내 이름은 린다랍니다. 오늘 유진이를 데려가려고
학교에서부터 따라온 것 뿐이에요."

랜스 엄마는 의심의 눈초리로 보는 제이 엄마에게 자초지종을 설명하며 웃었다.

"자, 이제 모두 차에 타거라. 드디어 집에 갈 수 있게 되었구나."

아이들은 와 하며 모두 차에 올라탔다. 낮에 무슨 일이 있었는지 아무 영문도 몰랐던 나는 유진이를 데려오기로 한 저녁 시간이 되어 랜스네 집에 갔다. 그리고 린다로부터 오늘 있었던 이야기를 전해 듣고는 당황스러워 어찌할 바를 몰랐다. 아이들은 오늘 있었던 일들이 마치 무슨 모험담이라도 되는 듯이 재미있어 했다. 나는 학교의 규칙에 대해 무심하게 대처했던 점을 반성했고, 린다에게 수고로움을 끼친 것에 대해 미안한 마음이 들었다.

"린다, 오늘 일은 정말 미안해요. 내가 맛사지라도 해줘야겠네요. 오늘 당신을 너무 피곤하게 만들고 말았으니 말예요."

내가 린다의 어깨를 주무르는 시늉을 하자 린다는 두 팔을 벌리며 말했다.

"괜찮아요. 지금 생각해보니 재미있었던 걸요 뭐. 아이들도 너무 즐거워했어요."

린다와 나는 서로의 등을 두드려 주며 가볍게 포옹을 했다.

무시무시한 학교 내 '무관용 정책'

　미국은 국방비가 전 세계에서 사용되고 있는 국방비의 절반을 넘어설 만큼 군사적 초강대국이다. 또 대부분의 가정에서 총을 소지하고 있으며 전국에 흩어져 있는 총기류의 숫자가 무려 3억 정에 달하는 총기류의 창고라 할 수 있다. 이러한 미국이지만 학교에서 끔찍이도 금기시되는 것이 있으니 바로 '총기류'와 '폭력'이다. 정말 아이러니가 아닐 수 없다.

　잊힐만하면 한 번씩 터지는 미국 내 학교 총기사고 뉴스를 접할 때면 초등학교, 중학교, 고등학교에서 엄격하게 지켜지고 있는 무기류의 학교 반입을 금지하는 '무관용정책(Zero Tolerance Policy, 학교내 폭력과 마약류 퇴치를 위한 관련 법령. 1994년 제정)'이 떠오른다.

　1999년 콜로라도주 컬럼바인 고등학교에서 발생한 총기사고로 13명의 학생과 교사가 사망한 비극적인 사건 이후 미국은 학생이 총기류나 마약류 같은 것을 학교에 가져올 경우 이유 불문하고 정학이나 퇴학과 같은 강력한 처분을 내리도록 하고 있다.

　학교에서는 만 5세가 되어 처음으로 학교에 입학할 때 그리고 매년 새학년이 시작될 때마다 학부모들에게 무관용 정책에 관한 안내책자를 배포한다. 학부모는 꼼꼼하게 학교의 규정을 읽고 무

학생들이 역사 속 인물들을 인형으로 만들어 학교 로비에 전시해 놓았다.

관용 정책에 대해 이해하고 있어야 하며 반드시 이에 대해 자녀들에게 충분한 설명을 해주어야 한다. 그렇지 않을 경우 뜻밖의 낭패를 당할 수도 있다.

델라웨어주의 한 초등학교에서는 갓 일 학년이 된 아이가 보이스카우트 캠핑용 식사 도구인 칼을 학교에 가져왔다가 무관용 정책의 적용을 받아 무려 45일간의 정학을 당한 일이 있었다. 또 한국에서 방문한 친지가 선물한 학용품 세트에 들어 있던 접어 쓰는 작은 연필 깎는 칼을 학교에 가져온 어느 한인 초등학생이 정학처분을 받은 사건도 있었다.

부모가 모르는 사이 어린 학생들이 별 생각 없이 단순히 칼 – 어떤 용도이건 간에 – 이라고 부를 수 있는 물건을 가지고 등교했다가 정학처분을 받게 될 수도 있다는 얘기다. 무관용 정책은 일선 학교에서 너무 엄격하게 적용되고 있어 일부에서는 이 정책을 좀 더 완화해야 하지 않겠느냐는 비판의 목소리마저 나올 정도이다. 다시 말하자면 무관용 정책이 칼날처럼 적용되고 있으니 각별한 주의가 요구된다는 뜻이기도 하다. 거짓말이라도 칼을 가지고 있다는 말을 해서는 안 되며 장난으로라도 죽이겠다는 단어를 써서도 안 된다. 한국에서 아이들이 종종 장난으로 별뜻 없이 이런 욕을 쉽게 한다는 말을 들었는데 만일 미국 학교에서 이렇게 했다가는 큰코다친다.

미국에서 죽이겠다는 말을 들으면 아무도 장난이라고 여기지 않을 것이며 살해위협에 해당하는 무시무시한 말로 받아들일 것이다. 그것은 학교에 경찰차가 출동하고도 남을 만큼 큰 일이다. 실제로 이런 이유로 경찰이 학교에 출동하는 일이 빈번히 일어난다. 초등학교 일 학년 아이가 총을 사고 싶다는 말을 한 것만으로도 학교에서 경고를 받았으며 작문시간에 총과 관련된 내용의 소설을 쓴 학생으로 인해 학교가 발칵 뒤집힌 경우도 있다.

어떤 아이는 학교에 장난감 총을 가지고 와서 친구들과 쉬는 시간에 가지고 놀았는데 그 모습을 본 선생님이 곧바로 경찰에 신고하는 바람에 경찰이 출동하는 해프닝이 벌어지기도 했다.

학교가 아닌 공원에서도 장난감 총을 가지고 노는 것은 위험한 일이다. 언젠가는 공원에서 장난감 총을 가지고 놀고 있는 학생을 발견한 이웃 주민이 경찰에 신고하여 그 학생이 한 달 동안 정학처분을 받은 사건도 있었다. 장담하건대 장난감 총이 아니라 심지어는 손가락 모양으로 총 쏘는 흉내를 내고 노는 모습을 보고도 신고할 사람들이 바로 미국인들이다.

오래전 일이긴 하지만 한 고등학생은 창문 밖에 서 있는 경찰에게 손가락으로 총을 쏘는 시늉을 했다가 경찰의 총에 맞아 죽은 일도 있었다. 이처럼 미국에서 경찰에 대항하는 일은 죽음을 자초하는 일로 여겨진다. 사건의 경위가 어찌되었든 경찰이 오해할 경우 사실관계를 설명해 볼 겨를도 없이 한 순간에 생명을 잃을 수도 있는 것이다.

무관용 정책과 관련된 일로 학교에서 퇴학을 당하게 생긴 어떤 학생은 퇴학 기록을 면하고자 스스로 학교를 자퇴한 것으로 처리하고 다른 학교로 전학을 시도하였다. 그러나 모든 공립학교에서는 무관용 정책과 관련된 문제 기록을 가진 학생을 받아주는 곳이 없었다고 한다. 마지못해 학비가 비싼 사립학교로라도 전학을 가려 했지만 역시 받아주기를 꺼려했다는 이야기를 들은 적이 있다. 통계로 볼 때 무관용 정책으로 징계를 받은 학생들이 다시 학교로 복귀하는 것은 낙타가 바늘구멍을 통과하는 것만큼이나 아주 어려운 일이다. 특히 고등학교 생활기록부에 이러한 기록이 남아 있으면 대학교 원서를 쓸 때도 매우 불리해짐은 말할 필요도 없다.

한국은 학교 내 총기 사고가 없는 나라이기에 한국에서 온 학생들이 미국의 무관용 정책과 같은 규정을 심각하게 생각하지 않는 경우가 종종 있다. 하지만 미국은 총기사고와 관련해 아픈 상처가

많은 나라이기 때문에 총기사고에 최고로 민감한 나라라는 것을
반드시 명심해야 한다. 심지어 10월말에 있는 핼러윈 데이 퍼레이
드 분장에도 칼이나 총과 같은 모양의 장난감은 몸에 지니고 올
수 없을 정도이다.

총기 사고에 관한 뉴스를 접할 때면 미국에 사는 것이 위험하게
느껴지고 심지어 무서울 때도 있다. 그러나 다른 한편으로 미국에
흩어져 있는 총이 3억 정이 넘고 대부분의 가정에 총이 비치되어
있다는 점을 생각해 본다면 그에 비해 총기사고의 비율은 상대적
으로 적다고 할 수 있다.

아주 어린아이 때부터 총기류와 폭력에 대해 철저한 교육을 시
키고 엄격한 통제를 함으로써 훗날 성인이 되어 발생할 수 있는
폭력적 사건과 총기사고를 방지한다는 것이 미국 학교 교육에서
엄격하게 지켜지고 있는 무관용 정책의 목적이다.

새로운 가족, 베타피쉬 Betta Fish

나는 그다지 수족관을 좋아하지 않는다. 공기가 아닌 물 속에 몸을 담그고 사는 생물체는 그냥 생각만으로도 숨이 막히는 것 같은 느낌이 든다. 그러니 일부러 물고기를 사서 물을 갈아주고 먹이 줘가며 키운다는 생각은 해본 적도 없었다. 그러던 어느 날 아이가 물고기를 길러보고 싶다고 부탁을 했다. 나의 호불호를 떠나서 외동인 아이에게 좋을 것 같아서 나는 크게 마음 먹고 허락을 했다.

유진이와 나는 다정하게(유진이 부탁이 이뤄질 때 보통 이런 관계가 유지된다) 펫스마트PetSmart라는 대형 애완동물가게로 갔다. 점원에게 초보자가 쉽게 키울 수 있는 물고기를 추천해 달라고 했더니 베타피쉬를 보여준다. 베타피쉬는 다 자라면 큰 멸치만 한데 몸체에 비해 지느러미와 꼬리부분이 아주 길고 넓어 꼬리를 쫙 펴면 부채모양이 된다. 또 붉거나 푸르거나 아니면 두 가지 색이 혼합된 보라색을 띠며 아주 화려하여 관상용으로는 안성맞춤이었다. 거기다 아주 조금 먹기 때문에 깨알만한 사료를 아침, 저녁 각각 네 알씩 주면 되었다. 그래서 어항물이 오랫동안 깨끗하게 유지되는 장점도 있다.

집으로 돌아와 네모난 작은 어항에 하얀돌을 깔고 그 위에 검정색, 회색, 오렌지색의 작은 돌들로 장식을 하고 나서 마지막으로 휘영청 늘어진 인조 수초까지 심어 놓으니 그럴듯한 베타피쉬의 집이 완성되었다. 어항 속의 물고기가 한가하게 유영하는 모습을 바라보고 있노라니 머릿속 잡념들이 사라지고 평안해졌다. 사람들이 왜 집에 수족관을 들이는지 그 이유를 알 것도 같았다.

그런데 며칠 지나자 베타피쉬에게 이상이 나타났다. 더는 먹이를 먹지 않는 것이었다. 아무것도 먹지 않고도 보름 정도를 살 수 있다고 했지만 힘없이 처져 있는 것을 보고만 있을 수 없어 펫스마트로 전화를 걸어 문의를 했다. 물고기들은 환경이 바뀌면 스트레스를 받아 먹이를 잘 먹지 않을 수도 있다며 베타피쉬를 가져오면 치료를 해보겠단다. 그리고 대신 우리에게 다른 베타피쉬 한 마리를 주었다. 다행히 두 번째로 데려온 베타피쉬는 아주 건강했다. 환경의 변화에 스트레스를 별로 받지 않는듯 처음부터 잘 먹고 잘 놀았다. 일부러 곁에 가서 자세히 들여다보지 않는 이상 그 존재를 눈치채기 쉽지 않은 아주 조그마한 물고기지만 살아 있는 생명체가 집 한구석에서 끊임없이 움직이고 있다는 사실에 나는 이제껏 경험해보지 못한 새로운 기분을 느꼈다.

유진이는 자기만의 애완동물이 생겼다며 무척 좋아했다. 베타피쉬가 집에 들어온 날부터 학교에서 하는 자기소개글이나 작문에는 베타피쉬가 빠짐없이 등장하는 주요인물이 되었고, 아이의 친구들은 물고기를 보고 싶어 우리 집에 오고 싶어했다. 베타피쉬가 화려한 색과 모양의 지느러미와 꼬리를 활짝 펴는 모습은 아이들의 마음을 금세 사로잡았다. 햄스터나 고양이를 키우는 아이들마저 베타피쉬를 가진 유진이를 부러워할 정도였다. 다른 애완동물들에 비할 수 없이 키우기 쉬웠던 베타피쉬는 우리가 캘리포니아를 떠날때 유진이의 친구에게 주고 왔다.

나의 두 마리 관상용 물고기

내 생애 이렇게 흥분된 적은 없었다. 부모님께서 내가 물고기를 가질 수 있다고 말씀하셨다. 재미있게 놀 수 있는 나만의 관상용 물고기를 가질 수 있게 되어 내 마음은 두근거렸다. 부모님이 나를 애완동물 파는 가게로 데려가셨다. 그 가게에서 나는 빨간색의 수컷 베타피쉬를 골랐다. 집으로 돌아왔을 때 나는 마치 죽을 것 만큼이나 너무 기뻤다. 며칠이 지난 뒤에 내 물고기는 병이났고 먹지를 않았다. 우리는 물고기를 데리고 애완동물가게로 찾아갔다. 그곳 사람들이 물고기를 치료할 수 있도록. 나는 베타피쉬의 상태가 금방 좋아지길 바랬다. 부모님이 내게 다른 물고기를 가져도 좋다는 말씀을 하셨을 때 나는 다시 행복해졌다. 이번에 나는 보라색 베타피쉬를 골랐다. 역시 수컷이다. 이제 베타피쉬는 한 살이 되었다. 나는 관상용 물고기를 가지고 있어 행복하다.

My Two Pet Fish

I was never so excited in my life! My parents told me that I could get a fish! I was thrilled because I would have my own pet to have fun with. My parents drove me to the pet store. At the store, I chose a red, male Beta fish. I was so happy when we drove back home that I felt as if I would die! A couple of days later, my fish got sick and stopped eating. We brought him back to the pet store so they could help my fish get better. I hope it would get a lot better soon. I was so happy when my parents said I could get another fish. This time I chose a purple Beta fish. It is also a male. Now, it is one year old. I am happy that I have a pet fish.

아이들에게 애완동물은 어른들이 생각하는 것 이상의 좋은 선물이 될 수 있다. 아이들은 매일 같이 애완동물에게 말을 걸고 상상을 한다. 만약 당신의 아이가 애완동물 갖기를 원한다면 주저하지 말고 사줄 것을 적극 추천한다. 여건이 안된다고 주저말고 물고기 한 마리라도 사서 키워보는 것은 어떨까? 단, 어항 물갈이를 할 때마다 이끼와 배설물이 묻어 있는 돌멩이에서 나는 불쾌한 냄새를 참아야 하고, 펄떡거리는 물고기를 다치지 않게 요령껏 그물망으로 떠서 순식간에 옮겨줘야 하며 매일 아침, 저녁으로 잊지말고 일정량의 먹이를 떨어뜨려 주어야 한다. 그리고 여행으로 며칠간 집을 비울 때에는 잘 보살펴줄 이웃이 확보되어야 하며, 아픈 곳은 없는지 늘 건강상태를 살필 준비가 되어 있다면 말이다.

오늘의 요리는 칠면조 통구이

벌써 오븐을 몇 번이나 열어봤는지 모르겠다. 큰 접시 위에 올려진 칠면조 구이가 익으려면 아직도 멀었나 보다. 한 번 구워서 냉동해 놓은 칠면조라도 다시 굽는 데 적어도 두 시간은 걸린다는 것을 알고 있었지만 처음 시도해 보는 칠면조 통구이가 제대로 될까 싶은 마음에 자꾸 오븐 문을 열었다 닫았다 하고 있다.

매년 11월 마지막 주 목요일은 미국 최대의 명절인 추수감사절이다. 미국에 살면서 처음으로 전통 음식을 만들어서 추수감사절 저녁식사에 손님들을 초대한 날이다. 미국에 정착하고 첫 몇 년간은 추수감사절 같은 명절 연휴는 주로 가족여행을 하는 기회로 삼았다. 추수감사절 연휴 때 우리의 단골 여행지는 언제나 라스베이거스로 정해졌는데 그 이유는 캘리포니아와 지리적으로 가까운데다가 추수감사절 무렵이면 비수기이기 때문에 저렴한 숙소와 각종 할인혜택을 누릴 수 있기 때문이었다.

미국인들에게 추수감사절은 타 주에 흩어져 살고 있는 가족들이 모처럼 한 자리에 모여 음식을 나누고 가족 간의 사랑과 감사의 마음을 나누는 시간이다. 추수감사절에 라스베이거스로 여행을 떠나는 우리를 두고 한 미국인 친구는 형식 따위에 얽매이지 않는 자기 같은 미국인이 봐도 뭔가 이상하다고 말한 적도 있다. 그것은 마치 추석날 고향에 내려가지 않고 강원도 정선의 카지노에 가는 것과 같다고나 할까. 미국에 오래 살다보니 자연스레 한국 명절을 쇠지 않게 되었고 또 그렇다고 굳이 미국 명절을 찾아 쇠지도 않았던 우리 가족은 유진이가 학교에 들어가면서부터 생각이 달라지게 되었다.

어느 날 나는 학교에서 아이들의 수업장면을 우연히 보게 되었는데 추수감사절을 지내는 자기 집안의 고유한 전통에 대해서 토론을 하고 있었다. 그 순간 우리 가족에게도 기억에 남을 만한 명절의 전통이 있어야겠구나 싶은 생각이 들었다.

17세기 초 영국에서 건너온 청교도인들은 추위와 질병, 굶주림으로 많은 사람들이 죽거나 고통을 받았다. 아메리카 인디언들은 그런 청교도인들의 고통을 보고만 있을 수 없어 옥수수, 콩, 보리 등을 재배하는 법을 가르쳐주었다. 그 덕분에 생존할 수 있었던 청교도인들은 감사하는 마음으로 추수한 식량을 가지고 음식을 장만해서 인디언들과 나누어 먹으면서 축제를 벌였는데 그 풍습이 전해 내려와 오늘날 추수감사절이 되었다.

유진이네 학교에서는 추수감사절에 즈음해 학부모를 초청해 추수감사절을 소재로 한 미니 뮤지컬을 공연하곤 했다. 청교도들이 영국에서 건너와 정착하는 내용, 아메리카 인디언들의 도움을 받아 농사를 짓는 모습, 그리고 함께 축제를 벌이는 내용의 공연이었다. 공연에서 가장 재미있었던 것은 극 중 캐릭터에 대한 아이들의 선호였다. 절대 다수의 아이가 검은색과 흰색으로 된 수수한 옷차림을 한 청교도인보다 칠면조 깃털이 달린 머리띠를 두르고 화려한 가죽조끼를 입는 인디언이 되고 싶어했다.

선생님들은 아이들에게 청교도인이 될 것인지 인디언이 될 것인지 지정해주지 않고 아이들 자신이 원하는 대로 고를 수 있게 했다. 그래서 두 명의 여자 어린이와 한 명의 남자 어린이만 청교도인이 되고 나머지는 모두 인디언이 되었다. 인디언의 수와 청교도인의 수가 터무니없이 차이가 났지만 구색을 맞추기 위해 아이들이 좋아하는 역을 못하게 하지 않은 것이 인상적인 공연이었다.

드디어 오븐 속의 칠면조가 다 익어가는지 구수한 냄새가 풍겨나온다. 약간의 오일을 칠면조 구이 위에 덧칠해주고 오븐의 온도를 낮춰 식사 때까지 식지 않게 준비해둔다.

칠면조에 관한 재미있는 신문기사를 읽은 적이 있다. 매년 추수감사절이 되면 전국적으로 약 오천만 마리의 칠면조가 식탁에 오른다고 한다. 그런데 굉장히 운이 좋은 칠면조 한 마리는 잡아먹히지 않고 대통령으로부터 사면되는 행운을 얻는다. 전국칠면조연맹(National Turkey Federation, 칠면조를 사육하는 것에서부터 천 가지가 넘는 요리법에 이르기까지 칠면조의 모든 것을 관장하는 조직망이다)은 매년 백악관에 추수감사절 만찬용 칠면조를 보내는데 이를 잡아먹지 않고 대통령이 사면해주는 것이다.

칠면조가 사면된 첫 번째 경우는 링컨 대통령 때라고 한다. 링컨 대통령의 아들이 만찬용 칠면조를 보더니 애완동물처럼 좋아

추수감사절

17세기 초 영국에서 건너온 청교도인들(위).
추수감사절을 맞아 아이들이 인디언 복장을 하고
공연을 했다.(아래).

하여 차마 그 칠면조를 잡아먹을 수 없었다고 한다. 그러다가 1989년부터는 아예 칠면조를 사면하는 것이 공식적인 백악관행사로 자리잡았다고 한다.

백악관에 보내는 '올해의 칠면조'를 키우고 선택하는 데는 여간 정성을 들이는 것이 아니다. 그 과정을 살펴보면 우선 노스캐롤라이나의 농장에서 부화한 2500마리의 칠면조 중에서 건강한 여섯 마리를 선별한다고 한다. 그 여섯 마리의 칠면조를 전국칠면조연맹 회장이 따로 특별 관리하면서 그 중에서도 가장 잘생긴 칠면조 한 마리를 뽑는다고 한다. 그런데 놀라운 것은 최종 선발된 건강하고 잘생긴 칠면조가 그냥 백악관으로 보내지는 것이 아니라 백악관의 칠면조 사면행사에서 멋진 매너를 보여주기 위해 넉달 동안 특수 훈련을 받는다고 한다.

특수 훈련의 내용은 백악관에서 열리는 칠면조 사면행사에서 대통령이 연설을 할 때 방해되지 않게 조신하게 행동해야 하며 기자들이 터트리는 카메라 플래시에도 놀라지 않고 멋진 포즈를 보여주어야 하며 아이들이 만질 때도 의연하고 점잖게 대처할 수 있도록 연습하는 것이라 한다.

훈련 기간 동안 칠면조 사육장에 양복을 입은 사람들이 수시로 들락거려 마치 행사장 같은 어수선한 분위기를 연출하여 칠면조가 이러한 상황에 적응할 수 있는 훈련을 시킨다고 한다. 백악관의 '퍼스트 칠면조' 자리에 오를 영광은 거져 주어지는 것이 아니었다. 나름 칠면조도 백악관 사면 칠면조가 되기 위한 준비가 되어 있는 것이다. 백악관에서 사면된 칠면조는 곧바로 디즈니랜드로 보내져 추수감사절 퍼레이드에 그랜드 마샬로 참석한 후 남은 생은 디즈니랜드에서 편안하게 산다고 한다.

추수감사절 요리의 꽃이라고 할 수 있는 칠면조 구이가 완성되었으면 함께 식탁에 올리는 몇 가지 음식들을 준비할 차례이다. 감자는 껍질을 벗겨 조각을 내어 끓는 물에 삶아 건져낸다. 잘 익은 뜨거운 감자에 버터와 우유를 넣고 잘 으깬 다음 소금간을 조금 해주면 부드럽고 크리미한 으깬 감자요리인 매시드 포테이토mashed potatoes가 완성된다. 한쪽에서는 잘게 다진 빵과 여러 가지 양념을 함께 넣어 만든 스터핑Stuffing을 따뜻하게 데운다. 크랜베리잼을 이용해서 만든 달콤새콤한 크랜베리소스와 짭잘하고 구수한 그래비소스는 약간 질기면서 텁텁한 칠면조 요리의 맛을 더해준다.

크림과 우유에 계란을 넣고 저어 만든 달달한 음료인 에그노그eggnog까지 만들어 놓으니 식탁이 풍성해 보인다. 청교도인들의 중요한 식량이었던 옥수수, 그래서 가을과 추수의 상징이 된 옥수수는 그냥 쪄서 상에 올리기만 하면 되고 그 곁에 후식으로 먹을 호박으로 만든 파이를 놓으면 세상에서 가장 근사한 추수감사절 식탁이 완성된다. 정성들여 차린 추수감사절 만찬, 그 맛은 여러분의 상상에 맡긴다.

천사가 된 선생님과 해적이 된 교장선생님

내가 한국에서 초등학교에 다니던 시절에는 10월의 마지막 날이 되면 '지금도 기억하고 있어요. 시월의 마지막 밤을'로 시작하는 어느 가수의 노래가 라디오에서 흘러나오곤 했다. 오래된 추억의 노랫말로 기억되던 10월의 마지막 날 밤은 십여 년간의 미국 생활을 거치면서 이제 초콜릿과 캔디를 얻으러 동네방네 집집마다 돌아다니는 핼러윈의 밤으로 바뀌었다.

핼러윈 데이는 아이들은 물론이고 어른들도 좋아하는 날로 이 날만큼은 전 국민이 적어도 사탕 하나씩은 먹는 날이다. 집집마다 사탕을 충분히 사다놓고 기다리다가 대문을 두드리는 아이들에게 나눠주기도 하고 가가호호 들려서 사탕을 얻어오기도 하는 '전 국민 기브 앤 테이크'를 실천하는 날이다.

타고나길 단 것이라면 사족을 못쓰는 나는 핼러윈날만큼은 성인병이니 비만이니 하는 걱정은 잠시 접어두고 마음껏 사탕을 먹으며 입맛을 다신다. '오늘은 나 혼자만 먹는 것이 아니라 모두 먹는 날이니까 괜찮아' 하고 위안을 삼으면서.

핼러윈이 있는 10월은 할 일이 많다. 우리는 유진이가 학교에서 일찍 오는 날을 골라 호박농장에 갔다. 호박농장 곳곳에는 지

핼러윈 무렵 호박을 파는 농장의 풍경

푸라기로 만든 허수아비들이 세워져 있고 여기 저기에 흩어진 건초더미들이 놓여 있어 막 추수가 끝난 가을 들판의 분위기가 물씬 풍겼다. 넓은 들판에 크기별로 쌓아놓은 호박더미에서 현관문을 장식할 호박등불인 잭오랜턴Jack-o' Lantern을 만들 호박 하나를 정성껏 골랐다. 호박을 고르는 기준은 동글면서 넙적하고 겉표면이 반반한 것이어야 한다. 눈, 코, 입, 특히 반쯤 벌어진 입속으로 드러나는 이빨 세 개를 만들 만한 여유가 있는 크기의 호박이 적당하다.

집으로 돌아와 잭오랜턴 만들기에 돌입했다. 먼저 호박꼭지가 있는 부분을 수평으로 잘라 호박 속과 씨를 걷어낸 후 호박에 눈, 코, 입 모양으로 구멍을 낸다. 단지 구멍을 내는 작업임에도 불구하고… 구멍 내는 작업에 구멍이 나고 만다. 그런대로 얼굴모양이 완성되었으면 빈 호박 속에 불을 밝힌 양초를 흔들리지 않게 세우고 잘라둔 호박꼭지 뚜껑을 살짝 덮어준다. 모로 가도 서울만 가면 되는 법!

간신히 그러나 최선을 다해 만든 우리의 호박등불이 핼러윈날 망령이 가는 길을 밝혀주는 잭오랜턴으로 거듭났다. 서당개 삼 년이면 풍월을 읊는다는데… 십 년째 호박을 파오면서도 내 실력은 오래전 그때나 지금이나 별반 달라진 것이 없다. 사정이 이렇다보니 슈퍼에서 파는 전구불이 들어오는 플라스틱 호박등에 마음이 더 끌릴 수밖에… 유진이 눈치를 봐가며 조각하기 힘든 호박껍질 탓하며 간신히 만들어놓은 호박등은 깊은 밤, 어둠 속에서 그 진가를 발휘한다. 바람에 흔들거리는 양초의 은은한 불빛에 녹아든 짙은 오렌지빛 호박색이 잭오랜턴의 우스꽝스런 눈, 코, 입 사이를 통해 번져 나오는 모습은 참 보기가 좋다. '이래서 사람들이 호박을 파는구나…'

나는 일찌감치 저녁을 먹어치우고 아이들과 함께 사탕을 얻으러 갔다. 아이들은 대문 앞에 호박등 장식이나 핼러윈 장식이 되어 있는 집의 문을 두드리며 '트릭 오알 트릿trick or treat' 하고 외친다. 이 말은 사탕을 주지 않으면 해꼬지를 하겠다는 정도의 의미다. 그러나 실제로 사탕을 주지 않았다고 해서 해꼬지를 당하는 사람은 없다. 개인의 취향에 따라 핼러윈을 즐기고 싶지 않은 사람이라면 그날 밤 집 안의 불을 꺼두면 된다. 사탕을 얻으러 다니는 아이들이 불 꺼진 집은 그냥 지나치므로… 한두 시간 동네를 돌다보니 사탕과 초골릿이 바구니에 한 가득 찼다. 평상시 같으면 충치가 생길까봐 마음껏 먹어보지 못하는 사탕을 이날 만큼은 공짜로 얻으러 다니니 아이들이 어찌 핼러윈 밤을 좋아하지 않을 수 있겠는가? 사탕을 나눠주다가 떨어진 어느 아저씨는 급히 동전이 담긴 접시를 들고 나와 아이들에게 사탕 대신 동전 하나씩을 집어가게 했다. 어느 할아버지는 아이들에게 노래한 곡을 부르지 않으면 사탕을 주지 않겠다고 한다.

사탕 받을 마음에 유진이는 큰 소리로 해피버스 데이 노래를 부르고 사탕을 받았다. 아이들의 해맑은 노랫소리로 인해 핼러윈 데이가 해피버스 데이로 다시 태어난다. 깊어 가는 핼러윈 밤 동네 꼬마가 불러주는 생일도 아닌 날에 듣는 생일 축하 노래에 할아버지의 얼굴에는 웃음꽃이 피어올랐다.

학교마다 핼러윈 전통은 다르겠지만 유진이네 학교에서는 매년 핼러윈날 아침에 퍼레이드를 한다. 전교생이 신나는 음악에 맞춰 학교 운동장과 교실을 차례로 돌며 퍼레이드를 하는 것이다. 학부모들은 저마다 캠코더를 들고 나와 아이들의 모습을 촬영하며 함께 즐긴다.

가장행렬이라 하여 아무 옷이나 입고 올 수 있는 것은 아니다. 아무리 장난감이라 할지라도 총이나 칼 같은 것은 금지되며, 피를 흘리거나 하는 너무 괴기스러운 복장도 안 된다. 핼러윈 퍼레이드의 단골의상은 디즈니 공주들이나 스파이더맨, 베트맨, 파워레인져 같은 영웅캐릭터들이 주를 이루고 학년이 올라가면 좀 더 그럴싸한 귀신이나 마귀, 마법사 같은 복장을 많이 입는다.

핼러윈 퍼레이드 중에서 가장 볼만한 순서는 바로 선생님들이다. 이날은 학생들만 커스튬(Costume, 특정 지역 시대 의상 또는 연극, 영화 의상)을 입고 분장하는 것이 아니라 교장선생님과 행정교직원을 포함한 모든 선생님들도 함께 가장행렬에 참가한다.

올해는 교장선생님과 교직원들이 해적으로 분장했다. 블루진에 어딘가 불량스러워 보이는 검은 색 셔츠를 똑같이 맞춰 입고 눈에 검은 안대까지 찬 교장선생님과 교직원들은 음악에 맞춰 춤을 추며 아이들의 퍼레이드 진행을 도왔다.

일 학년 선생님 네 분은 천사 분장을 했다. 날개가 달린 하얀 천사옷에 요술 지팡이까지 들고 천사가 된 선생님들에게 공부를 배우는 아이들은 마냥 즐겁기만 하다. 상상해보시라 핼러윈 교실 안의 풍경을. 하얀 날개옷의 천사 선생님이 칠판 앞을 오가며 열심히 가르치고 백설공주, 알라딘과 마술램프의 자스민공주, 신데렐라, 잠자는 숲 속의 공주 그리고 스파이더맨, 베트맨, 파워레인져, 바이오니클, 스타워즈의 병사들과 해리포터가 책상에 앉아서 열심히 배우고 있는 교실 안의 풍경을… 이 교실 안에서는 모든 로맨스가 이뤄지고 위기에 빠진 지구를 구하고 악당도 물리칠 수 있다.

천사로 분장한 1학년 선생님들

이런 선생님들에게 배우는 아이들은 얼마나 재미있을까?
여러 모습으로 분장하고 참여한 모두가 행복한 시간을 갖는다.

▲해적으로 분장한 교
장선생님(왼쪽 첫 번
째)과 행정직원들의
모습.
▶핼러윈 퍼레이드를
위해 분장을 하고 등교
한 아이들.
▼핼러윈 날 밤 동네
주민들이 아이들에게
사탕을 나눠주고 있다.

왜 미국을 장애인 천국이라 하는가

미국의 작가 마크 트웨인은 이렇게 말했다.

"오늘 저녁에 일을 마치고 집으로 돌아가는 길에 백인이었던 사람이 흑인이 될 수는 없을 것입니다. 또 남자가 여자가 될 수도 없겠지요. 혹은 젊은 사람이 갑자기 늙어져서 노인이 되는 일도 일어나지 않을 것입니다. 그러나 우리 모두는 한 순간에 장애인이 될 수는 있습니다."

김연아 선수가 2010년 밴쿠버 동계올림픽에서 두 번 울었다고 한다. 한 번은 금메달을 딸 때였고, 다른 한 번은 장애인 동계올림픽에서 컬링선수들이 은메달을 딸 때였다고 한다. 컬링은 얼음판에서 돌을 굴려 표적에 가까이 놓는 경기인데 장애인 컬링선수들은 한국에 제대로 된 컬링연습장이 없어서 불편한 몸을 이끌고 수영장에서 물을 얼려 연습했다고 한다. 김연아 선수는 이 인터뷰를 하면서 자신이 출연한 공익광고 수익 전부를 장애인 복지재단에 기부하였다.

지난 2009년 초 오바마 행정부가 새로 출범하고 얼마 안되어 미국에 사는 한국인으로 가슴 뿌듯한 뉴스가 들려왔다. 약관 32세의 젊은 한인 강진영 씨가 백악관 입법 특별보좌관에 임명된 것이다. 그런데 더 화제가 되었던 것은 바로 강진영 씨의 아버지가 부시행정부에서 차관보급인 국가 장애위원회 위원으로 활동해온 강영우 박사이며 한인 부자父子가 2대에 걸쳐 백악관 고위직을 맡았다는 것이다. 그러나 무엇보다도 그 뉴스에서 가장 놀라웠던 점은 아버지 강영우 박사가 어렸을 때부터 앞을 보지 못하는 장애인이었다는 사실이다. 그는 비록 앞을 볼 수 없는 장애가 있었지만 미국으로 건너와 박사 학위를 받고 시카고 근처의 명문 주립대인 일리노이대 교수를 거쳐 백악관의 고위직으로 발탁된 것이다. 그 스스로 앞을 볼 수 없다는 장애에도 불구하고 평생에 걸쳐 끊임없는 노력으로 훌륭한 삶을 살아왔으며 두 명의 아들 역시 한 명은 의사로 한 명은 법률가로 성장하여 강영우 박사의 가족사는 미주 한인사회뿐 아니라 미국 주류사회 전체에 큰 반향을 일으켰다.

강영우 박사가 자신이 지닌 장애에도 불구하고 꿈을 펼칠 수 있었던 데에는 미국이란 나라가 가진 국가적 시스템의 역할이 큰 몫을 차지했다. 미국은 이미 1970년대 중반에 장애인에 대한 특수교육 및 관련 서비스를 제공하는 내용의 장애인 교육법을Individuals with Disabilities Education Act 제정하여 실행하고 있다.

미국에 와서 살면서 겪은 한국과 다른 경험 중 하나가 바로 공공장소 어디를 가든 장애인들을 많이 볼 수 있다는 것이다. 처음에는 미국이 넓고 인구도 많기 때문에 상대적으로 장애인도 많은 것이라고 생각했다. 그러나 좀 더 자세히 들여다보니 장애인의 숫자가 많아서가 아니라 장애인이라 하여 집 안에 고립되어 있지 않고 마음껏 대외활동을 할 수 있도록 사회적 시스템이 구축되어 있기 때문이라는 것을 깨달았다.

아이들이 보는 텔레비전 어린이 프로그램이나 만화영화를 보면 휠체어를 타고 있는 장애 아동이 반드시 등장한다. 휠체어를 밀어주고 있는 아이와 휠체어에 앉아서 도움을 받는 아이의 모습이 자연스럽다. 마치 산을 그린 그림에 나무가 있고 바다를 그린 그림에 돛단배가 떠 있듯이 건강한 아이들이 있는 곳이라면 어디든지 장애를 가진 친구들이 함께 있다는 사실을 아이들은 어렸을 적부터 무의식 중에 자연스럽게 배우면서 성장한다.

미국에서 장애인에 대한 사회의 배려는 놀라울 정도다. 가령 버스를 탈 때 장애인 승객이 있으면 운전기사는 버스를 정차시켜놓고 버스에서 내려 차에 장착되어 있는 리프트를 내려 장애인을 태운다. 그리고 버스 안에 안전하게 앉을 수 있게 자리를 잡아준 후 다시 버스를 출발한다. 한 번 정차에 5분 내지 길게는 10분까지 걸리는 경우도 있다. 그럼에도 불구하고 버스 안의 모든 승객은 너무도 당연하다는 듯 개의치 않고 차분히 운전기사가 할 일을 다 할 때까지 기다린다. 심지어 버스 정류장까지 혼자 힘으로 나올 수 없는 장애인을 위해서 미리 전화 연락을 받은 마을버스가 장애인의 집 문 앞까지 와서 직접 태워가는 경우도 보았다.

학생들이 타는 스쿨버스의 경우도 마찬가지다. 장애 아동을 위한 스쿨버스가 따로 마련되어 있는 것은 물론이며 비교적 시간이 걸리는 승하차를 고려하여 노선을 결정하고 단 한 명의 아이를 위해서라도 집 앞까지 스쿨버스가 운영되도록 하고 있다.

사람들이 붐비는 놀이공원에서도 장애인에 대한 배려는 각별하다. 인기 있는 놀이기구를 타기 위해 몇 십미터씩 줄을 서 있는 사람들을 잠시 기다리게 하고 장애인과 가족들을 먼저 태워보내는 장면을 쉽게 목격할 수 있다.

어느 공공장소나 건물에서도 장애인용 화장실 표시가 따로 없다. 미국 장애인 법Americans with Disabilities Act(1990년 제정)에 따라 모든 공공 편의시설과 건축물에 장애인을 위한 화장실 설치를 의무화했기 때문이다. 단순히 설치에 대한 의무가 아니라 가령 문은 몇 인치로 만들어야 하고, 화장실 면적은 몇 제곱미터로 해야 하는지 등의 정확한 수치가 명시되어 있다. 만일 건물주가 비용을 이유로 장애인이 이용할 수 있는 출입문이나 화장실 설치 등을 부실하게 했다가는 소송에 휘말려 벌금을 물게 되고 결국에는 법규정에 맞게 다시 설치해야만 한다. 그리고 해당 기업 및 업소는 장애인 인권을 소홀했다는 사회적 비난에 휘말리기 때문에 거의 대부분 장애인법에 명시된 대로 시설을 설치한다.

장애인에 대한 정책, 아니 나아가 노인과 어린이 같은 사회적 약자에 대한 정책은 그 사회가 인간을 어떻게 대접하고 있는지를 보여줄 뿐만 아니라 인권에 대한 인식 수준을 가장 극명하게 보여주는 것이라고 생각한다. 미국의 사회보장과 의료시스템이 다른 선진국에 비해 뒤떨어진다는 비판을 받고 있으나 장애인 복지와 배려에 있어서는 단연 세계 최고 수준이라고 평가받고 있다.

처음 미국 초등학교에서 선생님이 장애 아동을 가르치는 모습을 보았을 때는 참으로 생경했다. 아이들 앞에서 두세 명의 선생님들이 함께 수업을 하고 있었다. 해당 과목 담당 교사뿐 아니라, 장애 학생을 1대 1로 돕는 장애인 교육 전문교사, 그리고 만일 아이가 영어가 모국어가 아닌 외국 태생의 아이일 경우에는 해당 외국어 교사까지 배정되어 공동 수업을 하고 있는 것이었다. 장애인들은 자신의 필요에 맞춘 교육 서비스를 받을 권리가 있고, 학교와 정부는 당연히 이들 학생들이 처한 특수한 상황에 맞추어 교육을 시켜줘야 할 의무가 있는 것이다.

나는 오래전 한국에 있는 장애인 복지시설에서 뇌성마비 장애인들을 돌보는 자원봉사를 한 적이 있었는데 내가 맡은 일은 그들의 바깥 나들이를 돕는 일이었다. 나는 지금도 그때 만난 25살의 한 청년을 기억하고 있다. 그는 거동이 불편하여 혼자서 외출을 한다는 것은 꿈도 꾸지못한 채 온종일 휠체어에 앉아 집 안에서 지내는 것이 일과였다. 그런데 자원봉사자들의 도움으로 청년은 오랜만에 집 밖으로 나들이를 하게 되었다. 서울 시내에서 이동을 위해 지하철을 타려고 하는데 그때만 해도 지하철에 장애인을 배려한 시설이 충분하지 못했었다. 지하 3층까지 계단을 이용해 내려가야 했는데, 달리 방법이 없어서 나와 다른 자원봉사자가 양쪽에서 휠체어를 통째로 들고 지하 3층까지 내려가 지하철을 탔다. 그리고 목적지에 도착하자 다시 휠체어를 들고 지상까지 올라왔다. 그때 그 청년이 지하도를 나오면서 눈물을 흘렸던 모습이 기억난다. 그리고 태어나서 처음으로 지하철을 타 보았다면서 좋아했던 모습까지.

　장애인이 국가와 사회의 배려 아래 다른 사람들과 똑같은 권리를 누리며 자신이 하고 싶어 하는 일을 할 수 있는 사회. 우리가 살아가는 사회가 좀 더 성숙하고 살만한 곳이 되기를 소망한다면 몸과 마음이 다소 불편한 장애인에 대한 관심과 투자에 인색하지 말아야 할 것이다.

겨울이야기

66 미국인들이 비즈니스에서 가장 중요하게 생각하는 것은 함께 일하는 사람들간의 조정을 원활하게 할 수 있는 커뮤니케이션 능력이다. 때문에 어떤 분야에 종사하든지 정확하고 구체적이며 교양 있는 글쓰기는 그 사람의 생존과 성공을 위한 필수 요소라고 보면 된다. 글쓰기란 비단 작문시간에 한정되어 가르치는 하나의 과목이 아니라 교과과정 전반에 걸친 모든 공부의 기본이다. 99

성공법칙, 어려서부터의 글짓기 생활

미국 기업체 인사담당 매니저를 대상으로 '직원 채용시 가장 중요하게 생각하는 능력이 무엇이냐'는 설문 조사를 실시한 적이 있었다. 놀랍게도 전체 응답자의 85%가 직종을 불문하고 '커뮤니케이션Communication 능력'이라고 대답했고, '전공지식의 심화 정도'라고 응답한 사람은 35% 정도에 지나지 않는 것으로 나타났다.

설문 결과에서 알 수 있듯이 미국인들이 비즈니스에 있어 가장 중요하게 생각하는 것은 바로 함께 일하는 사람들 간의 조정Coordination을 원활하게 할 수 있는 커뮤니케이션 능력이다.

커뮤니케이션의 핵심은 듣기, 말하기, 읽기, 글쓰기에 있다. 미국에서 살다 보면 자연스럽게 영어를 듣는 것과 읽는 것에 숙달된다. '듣기'와 '읽기'는 수동적인 커뮤니케이션 기법이기에 시간이 지나면 상대적으로 힘을 덜 들이고도 습득할 수 있는 것이다. 그러나 자신이 주체가 되는 능동적인 커뮤니케이션인 '말하기'와 '글쓰기'의 경우는 상황이 달라진다. 정확하고 교양 있는 단어와 문장을 사용해 자신의 생각을 명료하게 다른 사람에게 전달하기란 말처럼 쉽지 않다.

미국에서 모든 비즈니스는 문서를 통해 이루어지며 모든 업무의 결과 역시 문서로 정리되어 남겨진다. 때문에 어떤 분야에 종사하든지 정확하고 구체적이며 교양 있는 글쓰기는 그 사람의 생존과 성공을 위한 필수 요소라고 보면 된다.

이것은 비단 법률이나 행정, 문학과 같은 문과 분야의 직업에만 국한되는 것이 아니라 과학기술, 회계 및 세무, 정보통신 등 이과 분야의 직종에도 똑같이 적용된다. 실제로 과학분야 학술지에 논문을 발표할 때 추리소설 기법을 이용하여 쓴 논문이 학자들 사이에서 신선한 시도로 호평 받은 사례가 있기도 하다.

얼마전 워싱턴 D.C. 근처의 유명 사립학교 중 하나인 포토맥스쿨에서 주최한 글쓰기 포럼에 참석한 적이 있었다. 포토맥 학교의 작문교실에서는 작문을 담당한 교사뿐만 아니라 물리, 화학, 수학, 역사, 미술, 음악 등 다양한 분야의 선생님들이 돌아가면서 각 분야별 주제에 대해 글쓰기를 지도하고 있었다.

프로그램을 소개하는 교사는 '글쓰기' 란 비단 작문시간에 한정되어 가르치는 하나의 '과목' 이 아니라 교과과정 전반에 걸친 '모든 공부의 기본' 이라고 말했다. 수학이나 과학과목에서 정답을 찾아내는 것도 중요하지만 답을 찾아가는 과정을 논리적으로 기술할 수 있는 글쓰기 능력도 함께 길러야 한다는 것이다.

미국에서 유학 중인 한국 학생들이 제일 힘들어하는 것이 바로 글쓰기(작문)다. 현대사회는 정치 경제 등 전반적인 사회 환경이 빠르게 변화하고 있으며 대면 접촉보다는 이메일과 전화를 이용하여 소위 '빛의 속도' 로 교류가 이루어지고 있다. 이렇듯 상황이 변화함에 따라 교양 있는 글쓰기의 중요성 역시 더욱 그 빛을 발하고 있는 것이다. 그러므로 작문 공부를 대충하고 넘어가려 했다가는 나중에 더 큰 낭패를 겪을 수 있고 결국, 다시 글쓰기의 기초부터 시작해야 하는 상황이 올 수 있다는 것을 명심해야 한다.

이곳에서 학생들의 대학 진학 컨설팅을 하면서 한국 아이들의 작문을 읽어볼 기회가 많았다. 많은 아이들이 글을 쓸 때 적절한 단어를 사용하여 논리적으로 전개하는 데 큰 어려움을 갖고 있었다. 그리고 글의 주제를 일관되게 유지하지 못한 채 하나의 글에 여러 생각을 담아내는 경우가 많았다.

아이들이 영어로 글쓰는 것을 어려워하는 이유에 대해 로스앤젤레스 교육구의 초등학교 교장으로 있는 수지 오 박사는 자신의 칼럼에서 두 가지를 지적했다. 첫째는 아이들이 깊이 생각하는 힘이 부족하거나 또는 깊이 생각하려는 노력 자체를 기울이지 않는다는 점이다. 둘째는 깊이 있고 좋은 생각을 하기 위해서는 폭넓은 독서를 통한 다양한 배경지식이 필요한데 그와 같은 자질들이 부족하다는 것이다.

실제로 아이들을 가르쳐보면 한국 아이들은 미국이나 다른 나라 출신 아이들과 비교하여 암기력과 반복 학습을 통한 문제풀이 능력은 매우 뛰어나지만 다양한 지식을 날카롭게 분석하고 응용하는 능력이 상대적으로 떨어짐을 느꼈다.

글을 잘 쓰기 위해서는 먼저 훌륭한 사고를 할 수 있는 능력을 갖추어야 하며 훌륭한 사고를 하기 위해서는 이를 뒷받침할 수 있는 다양한 경험과 비판적인 관찰력을 갖추어야 한다.

책뿐만 아니라 뉴욕타임즈, 워싱턴포스트 같은 주요 신문은 견문을 넓힐 수 있는 최상의 소재이다. 이런 신문을 읽다보면 미국 저널리즘이 최정상에 있는 기자들이 자신의 이름을 걸고 심혈을 기울여 작성한 기사들을 접할 수 있기 때문이다. 특히 신문기사 중 '오피니언Opinion' 부분에 실린 논설들은 매우 정확하며 깊이 있는 배경지식을 담고 있다. 또 명확한 논점과 방향을 갖고 뚜렷한 논거를 제시하면서 글을 이끌어가므로 신문을 활용한 공부는 글쓰기에 많은 도움이 된다.

책이나 신문 같은 인쇄매체를 많이 읽어야 어휘력과 배경지식이 늘어난다는 것은 두말 할 필요도 없다. 학교에서 뿐만 아니라 집에서 혹은 여행지에서 장소를 가리지 않고 언제 어디서든지 독서가 몸에 밴 생활이 되어야 한다. 그리고 가장 중요한 점은 부모가 자녀에게 책 읽는 모습을 보여야 한다는 것이다.

아이 혼자 책이나 신문을 읽고 끝내는 것보다 부모나 친구들과 함께 자신이 읽은 내용에 대해 토론하며 서로의 생각과 감상을 공유하는 것이 중요하다. 특히 책을 읽고 난 후의 느낌을 글로 써보게 하는 것은 대단히 효과적인 방법이다.

박물관이나 미술관 관람, 역사 유적지 견학 역시 아이들의 견문을 넓히고 폭넓은 사고를 할 수 있는 기회를 제공한다. 이렇게 하기 위해서는 부모도 아이와 함께 공부하고 준비를 해야만 한다. 누가 자신의 아이들을 위해 이와 같은 노력을 기울여 주겠는가?

미국 초등학교 3학년 소셜스터디social study 과목의 시험문제.
아이들은 자신의 생각을 정리해서 글로 표현하도록 교육 받는다.

결국 부모밖에 없는 것이다.

글을 잘 쓰기 위해서는 두 번째로 비판적인 사고를 통한 자신만의 독창적인 의견을 갖는 것이다. 다시 말해서 자신이 읽은 것, 경험한 것을 자신의 언어로 풀어낼 수 있는 능력을 갖춰야 한다는 뜻이다. 다른 사람의 글을 읽고 나서 자신만의 생각으로 논리를 갖추어 고유한 비평을 할 수 있는 훈련을 해야 한다.

그러나 어려서부터 '부모님과 선생님 말씀을 잘 들어야 한다'는 교육을 받으며 자란 사람은 다른 사람의 말을 비판없이 받아들이고 그것을 마치 자신의 의견인 것처럼 생각하는 경향이 있는데, 미국 교육에서 이와 같은 사고방식은 금기시 될 정도로 위험하게 여긴다. 그렇기 때문에 다른 사람의 의견에 동조하더라도 그에 대한 명확한 자신의 의견을 제시할 수 있어야 한다. 선생님의 말일지라도 자신의 의견과 다를 경우에 학생은 반론을 제기하고 선생님과 토론을 할 수 있다. 반론 제시와 토론을 통해 선생님의 의견보다 더 좋은 의견을 도출할 수도 있고 그 과정에서 특정 이슈에 대해 자신만의 명확한 견해를 정립하는 것이다. 반론과 토론이 권장되는 것이 교실 풍경이다.

일부 학자들은 미국의 반론 제기와 토론 문화는 신대륙 개척 초기 미국인의 생존방식에서 연유한다고 말한다. 황무지에 정착하여 살아남아야 했던 초기 개척 시절에 한 집단을 책임지는 리더의 의견도 중요하지만 그 집단구성원의 의견 역시 존중되었다. 만에 하나 리더의 판단이 틀릴 경우 집단 전체의 생존까지 위태로워지는 경우가 있을 수 있기 때문이다. 비록 지도자의 의견일지라도 이에 대해 끊임없이 의문을 제기하고 구성원 전체가 토론의 과정을 거치며 스스로 생존 능력을 키워온 것이다. 이처럼 역사적 배경을 바탕으로 하는 미국 교육은 지식과 의견을 무비판적으로 받아들이는 것을 금기시하며 끊임없이 의문을 제기하고 다른 사람들과의 토론을 통해 자신만의 명확한 관점을 갖는 것을 장려한다. 즉 자신만의 독창적인 사고를 기를 것을 요구하는 것이다. 이 같은 경험과 사고의 바탕 위에 작문 실력을 쌓아야 한다.

좋은 글을 쓸 수 있는 능력을 갖고 있을 때 느끼는 자신감과 자긍심은 비단 좋은 대학에 가는 것을 넘어서 인생을 살아가는 데 큰 자산이 될 것이다. 인간은 본래부터 타인과의 교감과 소통을 통해 인정받고 사랑받고 싶어하는 존재이지 않은가? 커뮤니케이션의 기본이 되는 글쓰기 능력을 바탕으로 아이는 타인과의 소통 능력을 확대해나갈 수 있을 것이다.

즐거운 과학 발명품 경진대회

어려운 프로젝트다. 어쩌면 학술저널에 실을 논문을 쓰는 것만큼 어려울 수도 있겠다는 생각이 들었다. 이제 막 다섯 살 생일이 지난 킨더가튼에 다니는 아이에게 발명이란 무엇인가에 대해 설명을 해주고 아이 스스로 아이디어를 내어 발명품을 만들어야 하는 일이다. 막상 학교에 참가지원서는 제출했지만 어디서부터 시작해야 할지 막막한 생각이 들었다.

"유진! 발명품을 만들어야 하는데 뭐 좋은 아이디어가 없을까?"

"그런데 아빠, 발명품이 뭐야?"

초롱초롱한 눈으로 유진이가 되묻는다.

"참 좋은 질문이구나. 발명품을 만들려면 먼저 발명이 무엇인지부터 알아야겠지. 발명이란 이 세상에 없는 새로운 것을 만드는 일이야. 또는 우리가 쓰고 있는 것을 더 좋게 만드는 것일 수도 있고."

발명과 발명품의 개념에 대해 한참 알아듣게 설명을 해주고 나서 다시 물었다.

"발명이 무엇인지 알았으니 이제 우리 발명품을 만들어 보자. 유진이 너는 뭘 만들었으면 좋겠니?"

"몰라."

유진이는 아까부터 갖고 놀던 레고에서 눈을 떼지도 않은 채 무심하게 대답한다.

캘리포니아주 오렌지 카운티 얼바인시와 터스틴시의 학교 교육구는 합동으로 매년 과학 발명품 경진대회Astounding Inventions를 개최한다. 과학 발명품 경진대회는 이 지역의 얼바인 밸리 컬리지에서 주최하고 있는데 올해로 22년째 이어져 내려오고 있는 전통 있는 행사이다.

초등학교에서는 어떤 행사든지 몇 개월 전부터 미리 안내문을 발송하고 참가를 희망하는 사람들의 접수를 받는다. 그리고 참가를 희망하는 사람들이 싸인을 해서 보내면 그 다음부터는 참가 희망자들에게만 정보와 안내문을 발송한다. 그래서 시도해보지 않은 사람들은 학교에서 어떤 행사가 열리는지 모르고 지나치기 십상이다.

예를 들면 학교에서 주관하는 탤런트 쇼나 지도력 배양 글짓기 대회, 포스터 그리기 대회 등이 그러하다. 모든 학생들이 꼭 작품을 제출해야 하는 것이 아니므로 관심이 없거나 이러저러한 대회가 싫다는 학생들에게는 부담이 없어 좋기는 하지만 소극적인 학생들은 참가해볼 기회마저 놓치기 쉽다는 단점이 있다.

특히 초등학생들은 아직 어려 이런 결정을 내리기 어렵기 때문에 부모가 항상 관심을 가지고 살펴봐야 자녀의 적성에 맞는 행사가 있을 때 기회를 잡을 수 있다. 여건상 학교의 모든 행사에 참여할 수는 없었지만 그 중 우리는 매년 개최되는 과학 발명품 경진

미국 초등학교에서는
어떤 행사든지 몇 개월 전부터
미리 안내문을 발송하여
참가를 희망하는 사람들의
접수를 받는다.
그리고 참가를 희망하는
사람들이 사인을 해서 보내면
그 다음부터는
참가 희망자들에게만
정보와 안내문을 발송한다.

대회만큼은 꼭 참가했다. 처음엔 우연한 기회에 재미 삼아 출전했는데 기대 이상의 성과를 얻을 수 있는 좋은 대회였다.

며칠 동안 발명품 아이디어에 대해 유진이의 의견을 물어보았지만 별 관심이 없어보였다. 그러다가 발명품 출품 마감 하루 전에 유진이가 거실에서 조그만 깃발을 갖고 놀다가 바닥에 세우려고 애쓰는 것을 보았다. 나는 모래나 쌀을 가져다 놓고 그 위에 깃발을 세우면 더 잘 세워질 것이라 말했다. 그런데 유진이가 갑자기 이렇게 말하는 것이었다.

"아빠! 컵에 모래를 채우고 깃발을 꽂으면 깃발을 세우고 어디든지 가지고 갈 수 있잖아요!

"그렇지. 그것을 네 발명품으로 하면 되겠구나!"

발명품 '이동식 깃발 꽂이Portable Flag Holder'가 탄생하는 순간이었다. 이렇게 해서 유진이의 첫 발명품 경진대회 출품작은 '이동식 깃발꽂이'가 되었다. 그 후로 유진이는 1학년, 2학년 연달아 출전해서 입상을 하였다.

그 덕분에 유진이는 여러 가지 면에서 좋은 경험을 하였고 그러한 경험이 뒷받침되어 자신감도 갖게 되었다. 과학 발명품 경진대회 출전 경험은 우주비행사가 되어 우주의 암석을 연구하고 싶은 유진이의 꿈을 보다 확고하게 하고 과학과 수학과목에 친밀감을 생기게 해 준 계기로도 작용했다.

발명품 대회를 준비하면서 우리도 미국의 초등학교와 중학교를 대상으로 개최되는 과학 발명품 경진대회의 면모를 관찰할 수 있는 기회를 얻게 되었다. 대회는 일 차로 각 학교에서 심사하여 학년별로 학교 대표를 한두 명 선출한다. 학교 대표로 선출된 학생들은 교육구에서 주최하는 학교별 경진대회에 출전하게 된다. 여기서 심사를 통해 순위를 매겨 우수한 성적을 거둔 학생들에게 상을 주는데 아이들을 격려하는 차원에서 참가자 대부분의 본선 진출자들에게 장려상이 주어진다.

초등학교 아이들 발명품 경진대회지만 형식은 과학저널 발표의 양식을 그대로 따라야 한다. 발명품을 설명하는 프리젠테이션 보드를 꾸며야 하며 자신이 만들려는 발명품에 대한 연구Research도 해야 한다.

연구의 첫 번째 단계는 자신의 발명품이 시중에 이미 나와 있는 것은 아닌지, 혹은 비슷한 물건은 없는지 시장조사Market Research를 하는 것이다. 그래서 자신의 발명품이 아직까지 세상에 나오지 않은 새로운 것이며 자신의 아이디어로 만든 독창적인 것임을 증명해야 한다. 아이디어를 얻게 된 동기, 그리고 이 물건이 만들어졌을 때 누구에게 가장 유용하게 쓰일 수 있을 것인지에 대한 기록을 발명가의 노트Inventor's Log에 날짜별로 상세하게 그림과 함께 기록하게 되어 있다.

과학발명품 경진대회에 전시되어
있는 출품 작품들(위)과 대회가
열릴 때면 대회장 바깥에는 다양
한 과학실험을 보여주는 부스가
마련된다(아래).

이 대회는 어바인 밸리 컬리지의 체육관에서 열렸다. 참가자들은 대회 전날 지정된 테이블에 자신이 만든 발명품을 설치해 둔다. 그리고 대회 당일 부모들은 학생들과 분리되어 관중석에 앉아야 하며 학생들은 자신의 발명품 앞에서 심사위원들을 기다려야 한다. 심사위원들은 초등학교와 중학교 과학선생님들로 구성된다. 심사위원과의 인터뷰에서는 자신의 발명품을 구두로 설명하는 것이 중요하며 심사위원들의 질문에 잘 대답할 수 있어야 한다.

우리는 대회가 끝난 후 전시된 발명품들을 돌아보았다. 재미있는 아이디어가 있는 것들은 항상 관심을 끌었다. 예를 들면 나무 대문에 개가 지나다닐 수 있을 만큼의 크기로 네모난 구멍을 내고 그 가장자리에 빗자루 같은 솔을 달아 놓은 발명품이 있었다. 개가 이 구멍으로 통과하여 지나다닐 때마다 자동으로 개털을 빗겨

주는 장치였다. 실제로 자신의 집 개가 구멍을 통과하는 사진을 찍어 붙여 놓은 이 발명품은 많은 사람들의 발길을 모았다.

남자아이들에게 인기 있는 발명품 중 하나는 배터리를 이용하여 장난감 레고 조각들을 쓸어 담아 정리해주는 장치였다. 가족여행으로 며칠 동안 집을 비우게 될 때 꽃화분에 자동으로 물을 떨어뜨려 주는 장치, 애완용 거북이에게 자동으로 먹이를 주는 장치도 소개되었다. 그리고 칫솔 두 개의 등을 붙여서 만든 이중칫솔로 한 번의 치솔질에 윗니와 아랫니가 동시에 닦이는 칫솔을 만들어온 여학생도 있었다. 자신의 아이디어로 보드게임의 룰을 만들어온 학생, 전등과 책꽂이 기능이 함께 부착된 다기능 소파의 모형도 전시되어 있었다.

유진이는 일 학년 때 '똑똑한 다리미판Smart Ironing Pad'을 만들었다. 드레스셔츠와 팬츠 모양의 패드를 만들어 다림질을 쉽게 해준다는 것이었는데 비록 2등상을 받았지만 아이디어가 재미있어서 지역방송국에서 취재를 해가기도 했다. 난생 처음 텔레비전 방송 인터뷰를 하는 유진이는 잔뜩 긴장한 표정으로 답변을 했다.

대회를 준비하면서 가장 심혈을 기울였던 작품은 2학년 때 만들었던 '환경친화적 그린홈Environment Friendly Green Home'이다. 이 작품은 오바마 대통령의 취임으로 조명을 받게 된 그린 에너지 확대정책에서 영향을 받은 것이었다. 환경친화적 그린홈은 각 가정에서 리뉴어블 에너지(renewable energy, 석유나 석탄 같은 화석연료를 사용하지 않고 태양, 바람, 조수, 지열 등 자연환경을 이용하여 에너지를 얻는 것을 말함)를 사용하여 환경오

염을 줄이면 지구를 더 살기 좋은 곳으로 만들 수 있다는 취지의 발명품이었다.

환경친화적 그린홈의 지붕은 태양열을 받아 전기를 생산할 수 있는 태양전지판으로 만들었고, 비가 오는 날이면 지붕이 V자 모양으로 올라가 빗물을 받아 모을 수 있게 하였다. 이때 빗물을 쉽게 모아서 흘려보낼 수 있게 지붕이 약간 기울어지도록 설계하였다. 이렇게 지붕에서 모아진 빗물은 땅으로 연결된 파이프로 흐르게 하였고 필터 여과장치를 통해서 집 안에서 식수로 사용하고, 쓰고 남는 물은 정원으로 흐르게 하였다. 또한 집 앞쪽과 뒤쪽에는 풍력을 이용한 풍차 두 대를 설치하여 바람부는 날에 바람의 에너지를 활용할 수 있게 하여 맑은 날이나 비가 오는날 또는 바람이 부는 날까지 놓치지 않고 자연 에너지를 활용하여 집 안에서 사용하는 전기를 생산한다는 아이디어의 발명품이었다. 그리고 마지막으로 반딧불등을 집 앞 현관에 달아 놓아 밤이 되면 현관을 밝히는 전등 역할을 할 수 있게 만들었다. 이 작품은 초등학교 이학년 수준에서 나온 현실과는 차이가 있는 너무 이상적인 집의 모델일 수 있지만 지구의 환경을 보호할 수 있는 에너지 사용에 대한 아이디어가 좋다고 하여 1등상을 받았다.

과학 꿈나무들의 창의력과 아이디어를 격려하고 한발 더 나아가 이를 적극적으로 개발 장려한다면 인류의 미래에 새로운 대안을 제시해줄 과학자들의 탄생을 기대해보아도 되지 않을까.

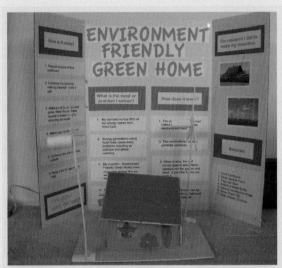

리뉴어블 에너지를 사용하여 지구 환경을 보호할 수 있는 '환경친
화적 그린홈' 모델(위)과 똑똑한 다리미판(아래)

우리 몸은 개똥이 돼요

여행은 내 삶의 또 다른 이름이다. 나는 여행을 통해 나를 돌아볼수 있는 여유를 얻기도 하고 새로운 도전을 향한 용기를 내기도 한다. 특히 아이를 동반하는 가족여행은 아이에게 풍부한 감성과 무한한 상상력을 키워줄 수 있는 멋진 선물이라고 생각한다.

미국 초등학교는 겨울방학이 그리 길지 않다. 크리스마스가 되기 며칠 전에 시작해 새해초까지 열흘 남짓 정도가 보통이다. 몇해 전 겨울, 우리 가족은 미국으로 연수를 나온 동생 가족과 함께 애리조나, 뉴멕시코, 텍사스에 이르는 미국의 '남서부Southwest' 지역으로 여행을 떠났다.

우리 일행이 애리조나주 북부를 여행하던 어느 날 점심시간이다 되어갈 무렵이었다. 장시간 자동차 여행에 지루해진 아이들이 눈밭에서 뛰어놀고 싶어하는 눈치를 보였다. 우리는 고속도로를 빠져나와 인근의 작은 마을로 들어섰다. 첫눈에 보기에도 허름한 집들과 낡은 시설물들이 간간이 보이는 가난한 시골 동네였다.

마을은 아주 조용했으며 길가에 아직 녹지 않은 눈이 쌓여 있어서인지 길에 지나는 사람조차 찾아보기 힘들었다. 차로 한 바퀴 마을을 돌아보니 피크닉을 할 수 있는 작은 공원이 보였다. 우리

미 남서부 지역에는 화려한 색채가 돋보이는 이국적인 도시들이 많다. 위부터 네바다주 래플린, 아리조나주 투산, 아리조나주 윌리암스.

가 공원 옆에 차를 세우고 간단하게 점심 먹을 준비를 하는 동안 아이들은 눈 위에 발자국을 만들며 신나게 뛰어놀았다.

찬 바람이 코끝을 붉게 만드는 이런 날씨에 가장 간단하고도 맛있는 점심. 누구나 인정하는 그 맛, 아마존의 눈물 제작진 역시 라면을 만든 이는 노벨상을 줘야 한다고 하지 않았던가. 바로 한국식 컵라면을 꺼내 들었다. 뜨거운 물을 부은 컵라면을 호호 불며 먹으니 찬바람에 움츠러들었던 온몸이 풀리면서 이내 따뜻한 온기가 돈다. 매콤한 국물로 속을 풀고 나자 우리는 달콤한 초콜릿 한 조각과 커피 생각이 간절해졌다.

내가 커피가 든 보온병과 초콜릿을 찾으러 차로 간 사이에 남편은 아이들에게 주기 위해 치즈퀘사디아를 만들었다. 치즈퀘사디아는 멕시코식 요리의 하나로 넙적한 밀전병처럼 생긴 또띠아에 치즈를 넣고 반으로 접은 다음 안에 들어 있는 치즈가 녹을 때까지 팬에서 돌려가며 구운 음식을 말한다.

가도가도 고속도로만 있는 이 드넓은 미 남서부대륙을 한참 달려온 터라 이 한적하고 작은 공원에서 한동안 쉬어가야겠다고 마음 먹었다. 든든히 점심을 먹고 난 뒤라 소화도 시킬 겸 커피 한 잔을 들고 하얀 눈에 덮힌 시골 동네라도 한바퀴 돌아볼까 하고 일어서는 순간이었다. 공원 안으로 개 한 마리가 어슬렁어슬렁 걸어 들어왔다. 맛있는 냄새를 피우고 있는 낯선 이방인들을 염탐하러 온 것 같았다. 사실 그때까지만 해도 괜찮았다. 적어도 우리 일행은 6명, 개는 한 마리… 게다가 개는 밝은 황토색 털을 가진 순해빠진 인상이었다. 그런데 문제는 그 다음.

  험악하게 생긴 얼굴에 삐져나온 하얀 송곳니는 시커먼 털과 대조를 이뤄 더욱 날카롭게 보이는 도사견 한 마리가 그 순해보이는 누렁이 뒤를 저벅저벅 따라서 공원으로 들어온 것이다. 순간『미국횡단 자전거여행』이란 책에서 읽었던 여행자와 들개와의 전쟁이 연상됐다. 시골을 여행하다 보면 이처럼 뜻하지 않은 일을 종종 겪기도 한다. 도시에서는 길거리에 개를 풀어놓을 수 없게 되어 있다. 산책을 할 때도 반드시 개 목에 줄을 달아서 주인이 함께 다녀야 한다. 그리고 개 주인은 개의 배설물을 담을 비닐봉지를 들고 다니며 개가 볼일을 보고 난 뒤에는 깨끗하게 뒷처리를 해야 한다. 그래서 미국에서는 당연히 모두 개 목에 줄을 매달아 다니는 줄 알고 있었다.

  이제까지 내가 보아온 모습들이었기 때문에 나도 모르게 그 모습을 일반화시켰던 것이다. 하지만 사람 사는 곳이 그러하듯 시골은 역시 시골다웠다. 목줄도 없는 개들이 풀어져 마음대로 거리를 활보하고 있는 것이었다. 갑자기 등장한 이 녀석들은 꽤 위협적이었다. 순간 조금 떨어진 곳에서 놀고 있는 아이들이 생각났다. 이 상황을 어떻게 모면해야 하나 생각하는 찰나 남편이 만들고 있던 치즈퀘사디아를 개들에게 휙 던져주는 것이 아닌가.

  시간을 벌려는 남편의 즉흥적인 행동에 개들이 흠칫 물러서더니 다시 다가와 음식에 코를 박고 냄새를 맡더니 신나게 먹기 시작했다. 그러는 사이에 우리는 아이들을 차 안으로 피신시키고 서

둘러 짐을 차에 실었다. 커피 한잔 마시며 쉬려던 계획은 초대하지 않은 불청객으로 인해 수포로 돌아갔다. 다행히 어슬렁거리던 개들은 치즈퀘사디아를 말끔히 먹어치운 후 사라졌다.

애리조나주의 한 시골 마을에서 눈이 내린 풍광을 바라보며 망중한을 즐기려던 우리 일행은 얼떨결에 서둘러 차에 올라타고 다음 행선지로 출발하였다. 다시 차 안에 갇힌 신세가 된 유진이와 사촌동생 정민이가 묻는다.

"왜 우리에게 치즈퀘사디아를 안 준 거예요?"

"얘들아. 치즈퀘사디아는 없어. 아빠가 개들에게 줘버렸단다."

"왜 우리의 점심을 개에게 주었어요?"

두 꼬마 녀석은 상당히 오랫동안 불만을 늘어놓았다. 보아하니 그냥 두면 기대하던 점심을 못 먹었다는 실망감에 앞으로도 계속 불평이 이어질 듯해서 나는 좀 강하게 대답했다.

"만일 개에게 치즈퀘사디아를 주지 않았으면 개들이 배고파서 너희들을 잡아먹으려고 했을지도 몰라."

이 정도 대답이면 불평이 쏙 들어가겠지. 자기들도 개에게 잡아먹히는 것보다는 점심을 날린 편이 훨씬 더 낫다고 여길 테니까 하고 생각하는 순간 네 살배기 정민이가 이렇게 말한다.

"개가 우리를 잡아먹으면 우리는 개똥이 돼요."

순간 차 안이 웃음바다가 됐다. 아이들의 생각은 단순하지만 가끔 허를 찌를 정도로 논리적일 때가 있다. 그러자 정민이의 말을 듣고 있던 초등학교 이 학년인 유진이가 새로운 이론을 내세우며 반론했다.

"아니야, 개의 몸에서 필요하지 않는 것들만 똥이 되는 거야. 우리 몸에는 개의 몸에 필요한 것들이 있어. 그러니까 우리 몸이 다 개똥이 되는 게 아니야."

우리들은 웃음보가 터지고 말았다. 듣고보니 매우 논리적이고 과학적인 대답이었다. 그렇지, 우리 몸에는 개의 똥으로 버려지지 않고 개의 피와 살이 될 에너지와 유익한 성분들이 들어 있을 테니까. 먹는 것은 다 똥이 되는 줄 아는 정민이로서는 개에게 잡아먹혔는데도 개똥이 되지 않는다는 사실이 쉽게 받아들여지지 않는 모양이었다. 이윽고 둘은 다투기 시작했다.

"우리 몸은 개똥이 돼요."

"아니야, 우리 몸이 다 개똥이 되는 게 아니야. 우리 몸에는 개의 몸에 필요한 게 있다니까."

"그래도 개똥이 돼요."

"아니야."

다음 목적지에 도착할 때까지 우리는 정민이와 유진이의 개똥 논쟁에 배꼽을 잡아야 했다.

파란 눈동자에 둘러싸인 네살배기 정민이

"What is your favorite animal?(네가 좋아하는 동물은 무엇이니?)"

선생님이 물어보자 아이들은 저마다 번쩍번쩍 손을 든다. 선생님이 한 명씩 돌아가며 대답할 기회를 준다.

"사자요."

"토끼요."

"강아지요."

아이들은 각자 자기가 좋아하는 동물들을 한 가지씩 말한다. 그때 가만히 앉아 있던 정민이가 살며시 손을 드는 것이 아닌가. '정민이는 한국에서 온 지 얼마 되지 않았는데…'

선생님은 정민이가 질문의 뜻을 알아듣지 못했을 텐데 무슨 생각으로 손을 드는 것일까 궁금해졌다. 선생님이 기회를 주자 정민이는 기다렸다는 듯이 큰 목소리로 "Hello Kitty"라고 대답한다. 아이들이 저마다 동물 이름을 말하는 것을 보고 대충 짐작한 후 나름대로 용기내어 자기가 제일 좋아하는 걸 '헬로우 키티'라고 말한 것이다. 정민이가 말한 뜻밖의 대답을 듣고 우리는 모두 웃지 않을 수 없었다.

네 살 반인 정민이는 직장 연수차 미국에 온 부모를 따라 이곳에 오게 되었다. 정민이 부모는 만으로 다섯 살이 되어야 들어갈 수 있는 정규 학교 교육인 킨더가튼에 다닐 나이가 되지 못한 정민이를 동네 YMCA에서 운영하는 차일드 케어 센터에 보내보기로 했다.

YMCA에서는 다양한 스포츠 클럽을 비롯하여 유아들을 위한 수영, 미술, 텀블링 수업(체육), 모짜르트 하우스(음악) 같은 여러 가지 클래스가 개설되어 있다. 단기간 미국을 방문할 경우, 학비가 비싼 프리스쿨에 보내는 대신 이러한 커뮤니티 시설에서 운영하는 클래스를 수강하는 편이 훨씬 저렴하면서도 유익하다.

처음 정민이를 차일드 케어 센터에 보내고 나서 백인 아이들만 있는 교실에서 영어에 익숙하지 않은 정민이가 어떻게 지내는지 궁금해 나는 유리창 너머로 몰래 들여다보곤 했다.

다른 아이들은 선생님이 들려주는 악기 소리를 듣고 그림에서 똑같은 악기를 골라내거나 친구들과 함께 노래하고 율동도 하며 재미있게 수업시간을 보내고 있는 반면에 정민이는 한쪽에 놓인 소파에 가만히 앉아서 구경만 하고 있었다.

금발머리, 푸른 눈동자의 백인 아이들에게 까만머리, 까만 눈동자를 가진 정민이는 말 그대로 '호기심 대상'이 되었다. 정민이의 머리카락을 만져보는 아이가 있는가 하면 정민이가 그림 몇 장을 그리고 색칠하는 내내 눈을 떼지 않고 쳐다보는 아이도 있었다.

처음에 정민이는 차일드 케어 센터에 가는 것을 별로 즐거워하지 않았다. 주위에 온통 낯설게 생긴 사람들 투성이에 선생님이나 다른 아이들이 하는 말을 알아듣지 못하니 오죽 답답했을까… 어

YMCA에는 차일드 케어 센터를 비롯한 다양한 어린이 프로그램이 개설되어있다.

른인 나 역시 백인들만 있는 틈에 섞여 있으면 머쓱할 때가 한두 번이 아닌데 정민이 마음은 어떨까 싶어 걱정이 앞섰다. 하지만 그럴 때마다 조금만 더 시간이 지나면 나아질 거라고 달래가며 계속 차일드 케어 센터에 보냈다.

한국에서 살 때는 미국에만 오면 영어가 술술 될 줄 알았는데 막상 이곳 생활을 시작해보니 사정은 여의치 않았다. 언어는 물론 이거니와 외모에서부터 느껴지는 이질감과 외로움은 정민이가 차일드 케어 센터의 수업에 적응하는 데 힘든 시간을 보내게 했다. 친구들과 선생님이 무엇을 하는지 눈치로 알아맞추면서 따라가려니 아이가 받는 스트레스는 이만 저만이 아니었다. 한국에서는 엄마 아빠에게 온종일 조잘조잘거리며 나중에는 별별 이야기까지 지어내던 아이였지만 미국에 온 뒤 말수도 눈에 띄게 줄어들었다.

어른들이 보기에는 아이들이 쉽게 영어를 배우는 것 같지만 사실은 그렇지 않다. 아이에게 영어를 사용하는 환경이 주어진다고 해서 저절로 영어가 느는 것이 아니다. 아이가 어려서 표현을 못할 뿐이지 나름대로 굉장한 스트레스를 받는다. 대신 장점이라면 나이가 어릴수록 새로운 언어를 빨리 배우고 환경에 적응하므로 고전하는 기간이 상대적으로 짧다는 점이다. 반면에 초등학교 고학년 이상이 되어 미국 학교로 전학을 온 학생들의 경우, 갑작스런 환경 변화와 함께 사춘기를 겪으며 학교 생활에 적응하는데 더 오랜 시간이 걸리는 것을 주변에서 볼 수 있었다.

> 한국에서 살 때는 미국에만 오면 영어가 술술 될 줄 알았는데 막상 이곳 생활을 시작해보니 사정은 여의치 않았다.

자식들의 교육을 위해 미국으로 이민을 온 어느 가족의 이야기를 들은 적이 있다. 아이를 미국 학교에 전학시킨 후 부모는 이제 영어 하나만큼은 제대로 배우겠거니 생각하고 흐뭇해 했다고 한다. 그러나 생계를 위해 인수한 사업을 운영하느라 바빠서 아이에게 신경 써줄 틈이 없었다고 한다. 아이들은 별말 없이 학교에 잘 다니고 있었던 터라 부모는 아이가 새학교에 잘 적응하고 있을 것이라 여겼다. 그러다가 학년이 끝나갈 즈음 학교에 찾아간 부모는 선생님으로부터 '당신의 아들이 말을 할 수 있는 아이였냐?' 는 말을 들었다고 한다. 아이는 일 년 동안 학교에서 한 마디 말도 하지 않고 지낸 것이었다. 그 말을 들은 부모는 사는 게 바빠 아이에게 제대로 신경을 써주지 못한 것을 안타까워하며 하염없이 눈물만 흘렸다고 했다.

미국처럼 영어를 사용하는 나라에 살면서 영어를 배우면 발음을 비롯해서 여러 가지로 훨씬 유리하겠지만 한국에서든 미국에서든 아이들이 영어를 배우는 동안 받게 되는 스트레스는 마찬가지다.

정민이가 차일드 케어 센터에 다닌지 석 달쯤 지났을 무렵이었다. 정민이는 차츰 변해가기 시작했다. 어느 날 정민이를 데리러 가보니 제 또래로 보이는 여자 아이랑 그림책을 보며 이야기를 하고 있었다.

"Are you Mulan? You just look like Mulan."

(너 뮬란이니? 너는 꼭 뮬란처럼 생겼어.)

"No! I'm not Mulan. My name is Jungmin. What's your name?"

(아니야, 나는 뮬란이 아니야. 내 이름은 정민이야. 너는 이름이 뭐니?)

그레이스라는 금발의 예쁜 여자아이가 그림책에 있는 뮬란을 가리키며 정민이에게 말을 건 것이다. 정민이 역시 두려워하지 않고 대답하더니 갖고 놀던 인형을 건네주며 함께 놀자고 한다. 어느덧 둘은 사이 좋게 인형놀이를 하고 있었다. 정민이는 미국 교실 분위기에 많이 적응해가고 있었다.

"엄마, 내일이 영어로 뭐야?"

"Tomorrow"

"그럼 우리 집에 놀러와는?"

"Can you come over to my house?"

"그걸 다 합쳐서 말해줘. 내일 그레이스한테 우리 집에 놀러오라고 말할 거야.”

“Can you come over to my house tomorrow?”

이런 식으로 정민이는 서바이벌 잉글리쉬를 체득하고 있었다.

시간이 지나면서 정민이는 어린아이에서 또래 친구까지, 한 명에서 두 명, 세 명 친구들을 만들어 갔다. 처음 수업시간에 아이들과 어울리지 못하고 혼자 소파에 앉아 손가락만 물고 있던 정민이를 생각하면 상전벽해나 다름없는 모습이다. 이렇게 반 년 이상의 시간이 흐르자 정민이는 우리들의 발음(예를 들어 PUZZLE 처럼 발음하기 힘든 단어)을 교정해주는 수준에 도달했고, 짧은 기간이었지만 차일드 케어 센터를 다니는 동안 영어도 배우고 친구도 사귀었다. 그리고 무엇보다 겪어보지 못한 새로운 환경에서 살아남는 방법도 터득했다. 네 살배기 정민이는 그렇게 차일드 케어 센터에서 살아남았다.

우리는 아메리카 인디언의 친척일까?

"크리스마스 오후, 따스한 햇살을 등에 지고 바라보는 아메리카 인디언들의 거주지 타오스 푸에블로Taos Pueblo에서 나는 우주의 조화와 인생의 환희를 느꼈다."

'타오스 푸에블로'에 대해 여행책자에서 본 글이다. 여행지 소개글을 읽으면서 이번처럼 큰 호기심을 느껴보기는 처음이다. 나 역시 꼭 그곳에 가서 우주의 조화와 인생의 환희를 느껴야만 할 것 같은 강한 의무감과 함께 호기심이 발동했다.

타오스 푸에블로는 뉴멕시코주의 수도 산타페Santa Fe에서 북쪽으로 1시간 정도 떨어진 곳에 있는 옛 아메리칸 인디언 거주지이다. 캘리포니아에서 타오스 푸에블로까지 가는데만 자동차로 꼬박 3일이 걸린다. 타오스 푸에블로에 가면 정말 우주의 조화와 인생의 환희를 느낄 수 있을까? 떠날 날만을 고대하고 있던 우리 가족은 겨울방학을 맞아 한국에서 온 유진이의 사촌 정민이네 가족과 함께 타오스를 향한 긴 여행을 떠났다.

기묘한 인연이다. 우리를 이곳으로 끌고 온 여행서의 저자가 타오스 푸에블로에 도착했을 때처럼 우리가 도착한 시간도 크리스마스의 늦은 오후였다. 인공 구조물 따위는 찾아보기 힘든 거칠

것 없는 들판 위로 한줌의 방해도
받지 않은 햇살이 유난히 밝게 내
리쬐고 있었다.

마을 입구에는 동네 청년회에서
나온 인디언 청년들이 마을 어귀로
들어서는 자동차들을 공터로 주차
안내를 하며 돈을 받고 있었다. 주
차비는 속세와 동떨어진 이곳 마을
의 귀중한 수입원임이 분명해 보였
다. 조금 떨어진 마을 공터에 차를
세워두고 녹은 눈에 젖은 황토밭길

뉴멕시코주의 산타페 거리에서는 아
메리카 인디언의 전통 건축양식을 쉽
게 찾아볼 수 있다.

을 터벅터벅 걸어 민속촌 같은 마을로 들어섰다.

모든 시간이 한 순간에 정지된 듯한 느낌. 타오스 푸에블로의
첫 인상이었다. 마치 유년시절 기억 속으로 타임머신을 타고 빨려
들어온 듯 했다. 뉴멕시코는 평평한 사막지대인데 이곳 타오스 푸
에블로는 로키산맥의 끝자락에 놓인 탓인지 야트막한 능선이 동
네를 휘감고 있어 아늑한 느낌이 들었다.

뉘엿뉘엿 지기 시작한 해가 산너머로 자취를 감추기 전, 마지막
몸치장이라도 하듯 하늘 끝이 불그스레 물들기 시작했다. 어린 시
절 시골 할머니 집에서 맞이하던 석양과 흡사하다. 저녁 시간이
가까워오자 몇몇 집 굴뚝에서 희미하게 연기가 피어오르기 시작
했다. 장작 태우는 구수한 냄새가 콧속으로 파고들자 오감에 전율

"아빠, 저것은
한국에서 보았던
부엌하고 비슷해요.
그리고 아빠가 말한
아파치 인디언에서
아파치란 말은 한국말
아버지란 단어와 비슷해요."

이 느껴지는 듯했다.

전통 흙집 사이로 난 오솔길에는 아직 녹지 않은 눈이 쌓여 있고 뉘집 개인지 황구 한 마리가 신이 나서 눈 사이를 뛰어다니고 있었다. 저 황구녀석 저리 설치고 다니다 배고프면 찾아가는 집이 제 집이겠지⋯ 인간은 기억 저 깊은 언저리에 세 가지

동경을 지니고 산다고 한다. 모든 생명의 근원인 바다, 자신의 육체가 생명을 얻은 어머니의 자궁, 그리고 자신이 태어난 고향. 멀리서 아득하게 동경해 오던 곳이 어쩌면 타오스 푸에블로였을지 모른다는 생각이 문득 머리를 스쳤다. 타오스 푸에블로는 바다처럼 아득하며 엄마 뱃속처럼 따뜻하고 고향 마을처럼 정겨웠다.

어떻게 생전 처음 와 본 머나먼 땅 뉴멕시코 인디언 마을에서 이 같은 느낌을 가질 수 있는지 신기하다 못해 놀랄 정도다. 지금까지 미국땅 이곳 저곳을 여행하면서 '평화'라는 감정을 딱 두 번 느꼈었다. 첫 번째는 캔사스주 벌링톤이라는 작은 마을의 도서관에서였고, 두 번째는 바로 이곳 뉴멕시코 타오스 푸에블로 인디언 마을에서였다.

미국 백인들과 아메리카 인디언의 역사에 대해 학교에서는 어떻게 가르치고 있을까? 따져보면 백인들이 원주민이었던 인디언

들을 몰살하다시피 쫓아내고 그들의 땅을 차지하며 살고 있는 것
인데. 학교에서는 이러한 역사를 제대로 가르치고 있을까?

매년 10월 둘째 주는 콜럼버스 데이 공휴일이다. 우리나라 공휴
일뿐만 아니라 미국의 공휴일 역시 '그냥 쉬는 날' 이상의 교육적
가치가 담겨 있다. 나는 유진이가 미국의 역사에 대해 어느 정도
알고 있는지 궁금해 몇 가지 질문을 던져보았다.

"유진아. 콜럼버스가 미국에 도착하기 전에는 이곳에 누가 살고
있었는지 알고 있니?"

"원래부터 살던 사람들은 아메리카 인디언이었어요."

"그러면 유럽에서 온 청교도들과 인디언들은 어떻게 살아갔
지?"

"아메리칸 인디언들은 유럽에서 온 청교도(필그림)들에게 농사짓
는 법을 가르쳐주고 또 미국에서 살 수 있도록 도와주었어요."

그랜드 캐년의 박물관 안에 있는
아메리카 인디언의 생활을 그린 벽화.

나바호Navajo 인디언들이 성스로운 땅으로 여기는
유타주와 아리조나주에 걸쳐있는
모뉴멘트 밸리 Monument Valley.

이제는 관광기념품으로 밖에 볼 수 없게 된 인디언 전사의 용맹스런 모습(위)과 유럽인들과 인디언들의 만남을 표현한 전시물(아래).

"그런데 왜 나중에는 백인과 인디언이 싸웠지?"

"백인들이 인디언이 살고 있던 땅을 빼앗고 인디언을 주었어요. 그래서 인디언들은 자신들이 살던 땅을 떠나 멀리 다른 곳으로 가야만 했어요."

유진이가 학교에서 배우는 내용 중에는 미국 역사상 떳떳하지 못한 기억도 상당수 포함되어 있었다. 학교는 학생들에게 이와 같은 내용을 최대한 객관적으로 가르치고 있는 듯했다. 백인과 인디언의 관계를 가장 상징적으로 나타내는 사람은 바로 콜럼버스다. 백인 입장에서는 새로운 대륙을 개척한 영웅이지만 아메리카 인디언에게는 재앙과 같은 사람이 콜럼버스이기 때문이다. 중요한 것은 미국 초등학교에서 선생님들이 콜럼버스가 신대륙에 도착했을 당시의 상황을 균형잡힌 시각으로 가르치고 있다는 점이다.

예를 들어 신문에 보도된 내용을 보면 텍사스주에서는 초등학교 5학년이 되면 '콜럼버스의 교환'에 대해서 배운다고 한다. '콜럼버스의 교환'이란 콜럼버스가 신대륙에 도착한 뒤 황금과 새로운 곡물을 유럽으로 가져간 대신 아메리카 인디언들에게는 천연두와 같은 죽음의 질병을 주었다는 사실을 비꼬는 표현이다. 또 다른 신문 내용을 보면 펜실베이니아주에 있는 포트체리 초등학교 4학년생들은 콜럼버스의 날에 콜럼버스를 왕실빙자 및 절도 혐의 피고로 세워 모의재판을 열었다고 한다. 학생 배심관 12명 가운데 9명이 유죄를 선고해 콜럼버스는 무기징역형에 처해졌다. 이 재판을 지켜본 학교 선생님은 "학생들에게 콜럼버스는 나쁜 사람일 뿐"이라고 말했다.

아메리카 인디언은 약 일만 년 전 미대륙에 정착해 전국에 흩어져 살아왔다. 콜럼버스의 미대륙 도착 이전에는 전체 인구가 대략 1천8백만 명에 이를 정도로 번영을 누렸었으나 16세기부터 유럽에서 건너온 백인들에게 밀려 현재는 미국 전 지역에 흩어져 있는 인디언 보호구역에서 4백9십만 명 정도만이 살고 있을 뿐이다.

인종에 대해 지속적인 연구를 하고 있는 학계에 따르면 아메리카 인디언들은 우리 한민족과 연관이 있는 동방족의 일부라고 한다. 그들은 약 1만 년 전 빙하기에 아시아대륙과 아메리카대륙이 육지로 연결되었을 시기에 아시아에서 출발하여 알래스카와 베링해협을 거쳐 북미대륙과 현재의 멕시코, 브라질 등 중남미까지 뻗어나가 살게 된 것이다.

"아빠, 저것은 한국에서 보았던 부엌하고 비슷해요. 그리고 아빠가 말한 아파치Apache 인디언에서 '아파치'란 단어는 한국말 '아버지'란 단어와 비슷해요."

아파치 인디언 보호구역을 여행할 때 아메리카 인디언들이 사용하던 부엌을 둘러보며 유진이가 한 마디 건넨다. 지난 여름 한국에 다녀왔을 때 들렸었던 용인 민속촌에서 보았던 한국 전통 부엌과 많이 비슷하게 보였었나 보다.

실제로 인디언 말인 '아파치'는 우리말 '아버지'와 어원이 같다고 하는 학자들도 있다. 한민족과 아메리카 인디언의 유전자 조합역시 거의 100% 일치한다고 한다. 이 모든 역사적 배경을 모르는 천진한 아이의 눈에도 일만 년이 넘는 시간과 태평양을 건너는 공간적 거리를 뛰어넘어 우리 한민족과 아메리카 인디언 사이에 존재하는 유사성이 엿보이나 보다. 삶과 생존 방식, 그리고 사람이 세상을 대하며 느끼고 대응하는 방식은 돌에 새겨진 기록처럼 변할 수 없는 것인가 보다.

그래, 정말로 우리는 아메리카 인디언의 친척인가 보다.

미국인의 트라우마

남북전쟁American Civil War은 현재의 미국과 미국인을 만드는 데 가장 큰 영향을 준 역사적 사건 중 하나이다. 그 이유는 남북전쟁을 계기로 근대 미국의 정치, 경제, 사회적 틀이 형성되었으며 현재까지도 미국사회에 큰 영향을 미치고 있기 때문이다. 이처럼 남북전쟁은 미국과 미국인을 이해하는 데 있어 반드시 알아야 할 중요한 역사적 사건이기 때문에 미국 초등학교에서 이를 반복하여 가르치고 있다.

길지 않은 미국 역사에서 미국인들에게 가장 큰 트라우마(Trauma, 충격적인 경험 후 겪는 정신적 외상)로 남은 남북전쟁. 19세기 미국의 남부와 북부의 주들이 서로 다른 정치 경제적 환경 차이에서 비롯된 갈등에서 시작해 각자의 이익과 생존을 위해 형제들끼리 총구를 겨눈 사건이 바로 남북전쟁이다.

어느 날 유진이가 학교에서 가져온 사회과목 학습자료Social Study를 살펴보니 남북전쟁에 대해 배우고 있었다. 남북전쟁에 대해 어떻게 배우고 있는지 궁금해서 아이에게 물어보았다.

"오늘 학교에서 남북전쟁에 대해서 배웠구나. 남북전쟁이 왜 일어났는지 알고 있는대로 이야기해볼 수 있겠니?"

학교에서 배우는 사회과목의 학습자료 예.

"남북전쟁은 연방을 유지하고 노예를 해방 시키려고 일어난 거예요. 그리고 전쟁에서 북부군이 승리하여 미국 연방이 유지되었고 또 흑인 노예들은 해방되었어요."

"잘 알고 있구나. 그런데 왜 미국사람들은 전쟁을 일으켰을까?"

"링컨 대통령이 당선되고 노예 해방을 하려 했는데 남부의 연맹이 반대를 했어요. 자신들의 농장에서 일할 노예가 필요했으니까요. 그래서 남부가 미국 연합을 탈퇴한 거예요. 그리고 전쟁이 일어났어요."

초등학교 저학년 과정이었지만 학교에서 남북전쟁의 원인에서 결과로 이어지는 과정을 비교적 정확히 배우고 있었다.

아직도 미국 곳곳에는 남북전쟁의 흔적과 영향이 남아 있다. 예를 들어 영화사의 기념비로 불리는 조지 루커스 감독의 영화 〈스타 워즈Star Wars〉도 은하 제국에서 분열을 시도하려는 무역 연합 Trade Federation의 획책에 맞서 제국의 통합과 평화를 유지하기 위한 제다이 기사들의 모험이야기다. 미국 남북전쟁의 플롯이 영화에 그대로 녹아 있다고 봐도 무방하다.

남북전쟁이 벌어진 당시의 시대적 상황과 미국 사회의 문제는 무엇이었을까?

19세기 중반 영국으로부터 독립한 지 100년의 시간이 흐르고 점차 국가의 형태를 갖춰가던 미국이 당면했던 도전은 세 가지였다. 연방의 존속, 노예 해방, 그리고 헌법에 보장된 대로 미국에 사는 모든 사람이 평등하게 시민의 권리를 누리고 살아가는 국가

펜실바니아주 게티스버그 국립전쟁기념관에 전시되어 있는 남북전쟁 당시의 기록화(위)와 게티스버그 전쟁터에 전시되어 있는 남북전쟁 당시 사용된 대포들(아래).

를 만드는 것이었다.

남북전쟁은 북부와 남부의 연합주들이 충돌하여 1861년에 발발하여 1865년까지 4년간 지속되었다. 미국 영도 안에서 미국인들끼리 총을 겨누고 싸운 아픈 역사의 기억이다. 전쟁 종료후에도 전쟁의 상처는 미국 역사에서 오랫동안 지속된다. 전쟁 기간 중 사망한 군인의 숫자만 64만 명에 달했는데 이는 당시 인구의 2%에 해당되는 숫자다. 전 인구의 2%라는 숫자는 현재 미국 인구로 환산하면 600만 명에 해당된다. 전쟁 종식 후에도 남부와 북부는 쉽사리 융화되지 못하였고 질시와 반목이 지속되었다. 한 예로 남북전쟁 후 100여 년 가까이 선거에서 남부의 주들은 링컨 대통령이 속했던 공화당에 투표를 하지 않았다.

미국 정부는 남북전쟁의 격전지를 국립역사유적지로 지정하여 보존하고 국민들이 관람할 수 있도록 하고 있다. 전쟁의 흔적은 동부와 남부의 여러 주에 걸쳐 있으며 그 중 가장 유명한 곳이 펜실베이니아주 게티스버그Gettysburg 유적지이다.
바로 '국민의, 국민에 의한, 국민을 위한
국가…'라는 링컨 대통령의 게티스버그
연설로 유명한 곳이다.

남북전쟁 중 가장 치열한 전투로 기록
되고 있는 1863년 7월 1일부터 3일까지
벌어진 게티스버그 전투에서 북부군이 승
리함으로써 북부는 전쟁에서 승리할 수
있었으며 미국 연방은 그대로 유지될 수
있었다. 미국은 연방이 유지되면서 농업
국에서 근대 공업국으로 발전을 지속하여
세계 최강대국의 기틀을 다지게 된 것이
다.

전쟁이 끝난 지 145년이 지난 오늘날
연방은 유지되고 있으나 미국은 이라크,
아프가니스탄 전쟁과 오바마 대통령이 추
진하는 전국민 건강보험제도 같은 국가적
이슈에 대해서는 각 주별 지역별로 국론
이 양분되어 대립하기 일쑤다. 노예제는
폐지되었지만 백인과 유색인종에 대한 차
별과 경제적 격차로 나뉜 현실의 벽은 여
전히 높기만 하다. 또한 미국에 사는 모든

남북전쟁 당시 활약했던 장군
들의 사진(위)과 지금은 평화
롭게 보이는 게티스버그의 들
판이지만 남북전쟁 당시에 가
장 치열한 전투가 벌어진 곳
이다(아래).

사람이 헌법에 따른 권리를 누리고 동시에 시민으로서 책임을 다
하는 것에 대한 이슈도 늘 논쟁거리로 남아 있다.

세계 최고의 선진국으로 자부하는 미국, 미국인이지만 지금까
지도 남북전쟁 당시 제기된 이슈들을 해결하지 못한 채 고민하며
살고 있는 것이 현실이다.

미국 사회를 움직이는 소프트웨어의 힘

미국은 워낙 땅덩어리가 크다 보니 서부는 지진, 남부는 허리케인, 중부는 혹한, 동부는 폭우와 폭설까지 연중 다양한 자연재해가 끊임없이 발생한다. 샌 안드레아스 단층San Andreas Fault이 지나가는 캘리포니아는 항상 지진의 가능성을 안고 있다. 그러다 보니 학교에서는 지진이 발생했을 때를 대비한 훈련을 자주 실시한다.

나는 유진이네 학교에서 자원봉사 활동을 하다가 학교에서 실시하는 지진 발생 대비 훈련에 참가한 적이 있었다. 교실에서 선생님과 아이들이 수업을 하고 있었는데 갑자기 스피커를 통해서 비상사태를 알리는 경고음이 나왔다. 그 즉시 선생님과 아이들은 모든 행동을 멈추고 그동안 교육을 받아왔던 대로 움직였다. 경고음이 울리고 첫 번째 할 일은 일단 교실 안에서 자신의 책상 아래로 들어가 엎드리는 것이다. 이때 학생들은 머리를 숙인 채 두 손으로 깍지를 끼고 뒷목을 움켜잡고 엎드린다. 머리와 목을 보호하기 위해서이다.

아이들은 실제상황이 아니라는 것을 알고 있었지만 장난 치는 학생 한 명 없이 진지하게 선생님의 지시를 따라 재빨리 움직였다. 그리고 한 5분쯤 지나자 이번에는 스피커를 통해서 교실을 빠져나와 운동장으로 모이라는 안내방송이 나왔다.

스피커에서 두 번째 경고음이 울리는 순간 선생님들은 교실 입구에 배치되어 있는 재난대비용 빨간색 배낭을 얼른 집어들고 아이들을 따라 밖으로 나섰다. 한 치의 혼란스러움도 없이 선생님과 학생들이 질서정연하게 짧은 시간 안에 운동장으로 모이는 것을 보니 감탄스럽기까지 했다.

선생님은 학급의 아이들이 한 명도 빠짐없이 모두 모여 있는 것을 확인한 후 배낭에서 아이들의 비상연락망이 적혀 있는 카드 목걸이를 꺼내 학생들의 목에 일일이 걸어 주었다. 학기 초에 작성했던 이 비상연락망 카드에는 학생의 이름과 집 주소, 전화번호와 부모의 이름, 연락처, 그리고 유사시를 대비해 부모를 대신해서 아이를 맡아줄 수 있는 사람의 연락처와 타 주에 살고 있는 친척이나 친구의 이름과 주소가 적혀 있다. 이렇게 자세하게 연락망을 적어놓은 카드 목걸이는 비상시 미아방지에 중요한 역할을 할 것이다. 저학년 어린아이들은 자기 집 전화번호나 주소를 외우지 못하는 경우가 많고 큰아이들 역시 만일의 경우 부상당했을 때를 대비하여 이 비상연락망 목걸이를 목에 걸어주는 것이다.

그러고 보니 일전에 시립도서관에서 책을 읽고 있다가 화재경보를 듣고 대피한 경험이 떠오른다. 화재경보기는 빨간 불빛을 번쩍거리며 울리는데 도서관 안에 있던 사람들은 큰일 아니라는 것처럼 차분하게 대피를 했다. 그 모습이 내게는 인상적이다 못해 낯설게까지 느껴졌던 기억이 난다.

만일 직원들이 '불이야' 하고 다급하게 소리쳐서 사람들을 내보내려 했다면 겁에 질린 사람들이 하나둘씩 뛰기 시작했을 것이고 상황은 훨씬 더 위험하게 전개되었을 것이 분명하다. 도서관 직원들은 계단 입구와 비상구에 서서 사람들이 대피하는 것을 지켜보고 있었다. 지금 생각해 보니 화재경보기가 울리는 상황에서도 사람들이 그처럼 침착하게 대피할 수 있었던 것은 아마도 어려서부터 학교에서 받은 재난대비훈련 때문이 아닌가 싶다.

우리 가족이 버지니아주로 이사 온 첫 해 맞이한 겨울, 워싱턴 D.C. 지역에는 기상청 기록을 깨는 90년 만의 대폭설이 내렸다. 36시간 동안 무려 70cm의 눈이 내렸다. 사람들은 외부 출입을 못한 채 그저 하릴없이 집 안에 갇혀 눈 내리는 모습만 바라봐야 하는 처지가 되고 말았다. 그러나 며칠 전부터 폭설 예상 방송을 해 왔기에 사람들은 우선 필요한 생필품과 먹거리를 미리 준비해 둘수 있었다.

교통혼잡과 눈길 교통사고를 미연에 방지하고 고속도로의 제설 작업을 원활하게 하기 위해서 사람들에게 외출을 자제해 달라는 방송이 나왔다. 관공서, 우체국 같은 공공기관들이 차례로 휴무를 선언하고 학교도 휴교 조치에 들어가자 출근길 교통량이 현저하게 줄어 길거리가 한결 한산해졌다.

나는 이번 폭설을 겪으며 미국에서 자연재해에 대비한 학교 시스템이 얼마나 잘 되어 있는지 느낄 수 있었다. 폭설이 내리기 며칠 전부터 일기예보 방송에서는 시시각각으로 폭설이 닥칠 정확

미국은 학교에서 자연재해를 대비한
훈련을 자주 실시한다.

한 시간과 시간대별 폭설의 양을 예측하여 내보냈다. 각 교육구에서는 이러한 상황을 예의주시하고 있다가 폭설이 시작되기 전에 미리 휴교 조치를 내렸다. 학부모들의 개인 이메일은 물론 학교와 교육구의 홈페이지를 통해, 그리고 텔레비전 뉴스 방송으로 휴교 조치를 내린 교육구를 수시로 알려주었다.

예를 들어 오후 늦게 5cm 이상의 눈이 내릴 것이 예고되면 교육구별로 판단하여 오전 수업만 하고 일찍 하교를 시켜 눈이 내리기 전에 아이들이 안전하게 집으로 돌아갈 수 있도록 하였다. 또 전날 내린 눈이 밤새 얼어붙어 아침에 빙판길이 예상될 경우에는 교통혼잡을 피하고 아이들의 안전을 위해 학교 수업을 두 시간 정도 늦게 시작하는 경우도 있었다. 미 동부에 사는 사람들은 겨울철 일기가 좋지 않을 때에는 아이들을 학교에 보내기 전에 이메일을 확인하거나 텔레비전 뉴스를 잘 봐야 한다는 사실을 이번 기회를 통해 확실히 알게 되었다.

눈은 그쳤지만 쌓인 눈의 양이 엄청난 관계로 한참동안 학생들은 학교에 가지 못하고 방학아닌 방학을 맞아야 했다. 카운티 교육구에서는 학교를 오픈하기 위해 스쿨버스가 다닐 수 있도록 눈을 치우는 것을 도와달라는 내용의 이메일을 학부모들에게 발송했다. 텔레비전 뉴스에서도 갑작스런 대폭설로 인해 제설작업에 한계가 있으니 주민들이 직접 나서서 스쿨버스 정거장 주변의 눈을 치워 달라는 부탁을 했다.

주민들은 저마다 커다란 눈삽을 들고 나와 스쿨버스 정거장 주변과 학교 앞 주차장에 쌓인 눈을 치우기 시작했다. 그 덕분에 아이들은 다시 등교를 해서 공부할 수 있게 되었다. 나는 캘리포니아 재난대비훈련과 버지니아의 폭설처리 과정을 지켜보면서 미국 사회를 움직이는 소프트웨이의 힘을 다시 한 번 확인할 수 있었다.

패스트푸드 왕국,
아동 비만퇴치를 위해 영부인이 나서다

　미국인 삼분의 이 이상이 과체중에 시달리다 보니 비만에 따른 당뇨병이나 심혈관 질환을 앓는 사람들이 늘어나면서 매년 천문학적인 돈이 의료비로 지출되고 있는 것이 미국의 현실이다. 나는 초등학교 내 학교 식당에서 자원봉사 일을 하면서 소아비만과 학교급식 그리고 미국 가정의 식습관에 대해 관찰할 수 있는 기회를 가졌다.

　학교 식당에서 제공하는 음식 메뉴를 보면 여느 식당에서 파는 것 못지 않게 종류가 다양하다. 예를 들면 월요일에는 라비올리, 구운 치즈스틱과 빵 가운데에서 한 가지 메뉴를 고를 수 있고 화요일에는 치킨너겟이나 터키햄과 치즈로 만든 샌드위치 중에서 한 가지를 선택할 수 있다. 수요일에는 핫도그 혹은 그릴에 구운 치즈 샌드위치가 제공되고 목요일에는 터키 타코나 치킨 햄버거를 금요일에는 치즈나 페퍼로니 피자 혹은 생선튀김이 들어 있는 햄버거 중 한 가지를 골라 먹을 수 있다.

　메인 요리 한 가지를 선택하면 우유, 쥬스, 물 같은 음료수 한 종류와 과일, 프로즌 요구르트, 샤베트 혹은 감자칩이나 초콜릿쿠키 같은 디저트를 추가로 고를 수 있다. 그 외에 채식주의자들을 위한 과일과 샌드위치가 마련되어 있다. 따뜻하고 맛있는 점심 한

끼의 값은 2불 65센트(약 3천 원)이다. 그러나 저소득층 자녀일 경우 점심값을 40센트(약 오백 원)만 받는다.

점심시간 학교 식당에서 자원봉사를 하는 동안 니는 지학년 이이들에 비해 고학년 이이들에게 비민아가 더 많다는 사실을 깨달았다. 처음 학교에 입학할 때는 그 나이대 평균 체격이었던 아이들이 학년이 올라갈수록 점점 몸집이 커지고 살이 찌는 것이었다.

학교를 다닌 연수가 많은 학생들에게 비만이 더 많이 나타나는 이유로 학교급식을 의심하지 않을 수 없다. 아이들이 학교에서 사먹는 음식을 자세히 들여다보면 결국 우리가 패스트푸드라고 부르는 음식들이 대부분이기 때문이다.

패스트푸드가 비만으로 가는 지름길인 것은 패스트푸드에 들어 있는 높은 칼로리와 과다한 설탕과 소금의 함유량 때문이다. 모건 스퍼록Morgan Spurlock이 제작한 다큐멘터리 영화 〈슈퍼 사이즈 미Super Size Me〉를 보면 하루 세 끼 햄버거를 먹을 경우 한 달 동안 무려 13kg의 몸무게가 증가한다는 사실을 알 수 있다. 특히 아이들이 좋아하는 감자튀김이나 프라이드치킨, 치킨너겟 같은 것에는 몸에 나쁜 트랜스지방이 많이 들어 있어 해롭다.

어렸을 때 식습관은 평생의 식생활을 좌우한다. 아이들이 학교 급식을 통해 어렸을 때부터 이와 같은 고칼로리, 고지방, 고과당 음식에 입맛을 들이게 되면 자연스럽게 청소년 비만이 증가하고 나아가 성인 비만으로 이어질 확률이 매우 높은 것이다.

미국에 처음 왔을 때만 해도 나는 햄버거를 왜 정크푸드라고 하는지 이해되지 않았다. 두툼한 빵 사이에 고기도 넣고 치즈에 토마토와 상추까지 곁들인 음식을 왜 그리 폄하하는지. 간편하게 한 끼를 해결할 수 있는 식사로 단백질에 탄수화물 그리고 야채까지 들어간 햄버거가 딱히 나쁘지만도 않을 것 같았다. 게다가 미국에서 파는 햄버거는 한국인의 입맛에도 딱 맞게 대단히 맛있었다. 가끔 별식으로 혹은 여행 중 휴게소에서 한끼 식사를 해결할 때 우리는 패스트푸드점을 애용했다. 그러던 나는 8년 전 햄버거와 영영 이별을 하게 되는 계기가 있었고 그 후 지금까지 햄버거는 입에 대지도 않게 되었다.

내가 햄버거와 결별하게 된 계기는 저널리스트 에릭 쉴러스Eric Schlosser가 쓴 『패스트푸드 네이션Fast Food Nation』이란 책을 읽고 나서이다. 햄버거에서 나는 고소한 냄새, 감칠맛 나는 고기 냄새는 인공향료에 의한 것으로 아무것도 없는 흰종이에 그 향료를 뿌리면 흰종이에서 맛있는 햄버거 냄새가 난다고 한다. 그 후 나는 햄버거를 볼 때마다 향료를 뿌려놓은 흰종이의 냄새가 생각났고 햄버거의 씹히는 질감이 마치 종이를 씹는 것 같다는 생각이 들었다.

얼마 전에 전직 미국 장성들의 모임에서 현재 시행되고 있는 학

학교에서 행사가 있을 때 패스트푸드 회사에서 나온 대형 햄버거 트럭에서 햄버거를 팔기도 한다.

교급식을 전면 개편해야 한다는 주장을 했다. 전직 장군들이 왜 학교급식에 대해 비판했을까? 그들의 논리에 따르면 현재의 고칼로리 고지방 위주의 학교급식이 아동 비만을 초래하고 있으며 젊은이들 역시 과체중으로 군입대 신체검사에서 탈락한다는 것이다. 유년시절의 비만이 모병자원의 질을 떨어뜨리고 군인들의 체력까지 약하게 하는 것을 우려해 목소리를 높인 것이다. 건강하지 못한 학교급식은 국가 안보까지 위협할 수 있다는 주장이다.

　사람들은 눈에 보이는 학교급식에 대해 우려의 목소리를 높이지만(물론 큰 걱정거리임에 틀림없다) 내가 보기에는 미국인들의 일반적인 식습관 자체가 더 큰 문제였다. 학교급식을 먹지 않는 아이들이 가져오는 도시락이 학교에서 팔고 있는 점심이나 별반 다를 게 없기 때문이다.

　도시락의 메뉴는 주로 샌드위치인데 대부분이 흰빵에 햄과 치즈가 들어가거나 땅콩버터에 잼을 섞어 바른 것들이었다. 밀가루로 만든 흰빵이나 가공식품인 햄과 치즈, 설탕 함유량이 높은 잼 등이 건강에 좋을 리 없다. 그러나 이 정도만 해도 양호한 편이었다. 감자칩이나 짠맛이 강한 크래커, 매우 단 쿠키를 가져오는 아이들도 많았다. 심지어 패스트푸드 보다 못한 슈퍼마켓에서 판매하는 일회용 점심식사 봉지(페퍼로니 몇 조각, 치즈, 크래커 등이 들어 있다)를 들고 오는 아이들도 있었다.

66
다큐멘터리 영화
〈수퍼 사이즈 미〉를 보면
하루 세끼
햄버거를 먹을 경우
한 달 동안
무려 13kg의
몸무게가 증가한다는
사실을 알 수 있다.
99

　물론 과일이나 당근 같은 것을 가져와 먹는 아이들도 있지만 그런 아이들은 정말 소수에 불과했다. 혹은 엄마가 싸준 건강식을 휴지통에 버리고 학교에서 파는 음식을 사먹는 아이들도 있었다. 설탕과 기름에 튀긴 음식처럼 강한 맛에 길들어진 아이들이 밋밋하고 무미건조한 야채를 거부하는 것은 당연한 일일 것이다.

　식당에 가면 일 인분의 음식 양이 무척 많다. 또한 패스트푸드 점에서는 소다를 무제한 리필해 준다. 먹거리가 풍부하고 또 기름지고 달콤한 후식의 유혹이 널려 있는 미국에서 건강과 몸매를 유지하며 사는 사람들은 대단한 의지의 소유자들이라고 할 수 있다.

자신의 건강을 위해 패스트푸드를 자제하고 유기농이나 통곡물, 야채류 같은 음식을 골라 먹으며 운동으로 신체를 단련하는 정신력까지 갖춘 사람들이기 때문이다.

그래도 최근 캘리포니아 산타클라라 카운티에서 바람직한 뉴스 하나가 들려왔다. 패스트 푸드점에서 한 끼 식사에 485cal가 넘는 어린이 메뉴를 판매할 경우 선물로 제공하던 플라스틱 장난감을 주지 못하게 하는 법안을 통과시켰다고 한다. 이제는 패스트 푸드점에서 어린이 메뉴를 만들 때 최소한 485cal 이하로 낮추기 위해 신경을 쓸 것이다. 장난감을 끼워주지 않는 어린이 메뉴를 사달라고 조르는 아이는 없을 테니까.

미국 음식 전문 방송 '푸드 네트웍Food Network'에서는 2010년 1월 신년 특집으로 백악관 수석 요리사인 크리스테타 코머포드와 최고의 요리사인 마리오 바탈리 간의 요리 대결을 방송한 적이 있었다. 방송 중간에 특별 초대손님이 등장하였는데 바로 영부인 미셸 오바마 여사였다. 미셸 여사는 방송에 나와 백악관 요리사팀이 만든 요리의 '비밀 재료'를 소개했다. 그것은 바로 백악관 뜰에서 가꾼 신선한 야채류였다.

미셸 여사는 최근 아동 비만퇴치운동에 적극적으로 나서고 있다. 그녀는 야채와 과일, 통곡물 위주로 된 균형잡힌 식단을 권장하고 운동의 생활화로 건강을 유지하자고 국민들을 향해 호소하고 있다. 미국은 이제 영부인이 직접 나서서 소아비만을 걱정해야하는 지경에 이르른 것이다.

인생의 세 번째 단계, 산타 노릇하기

산타와 인생의 단계를 비유한 우스갯소리가 있다. 인생의 첫 번째 시기는 산타가 존재한다고 믿는다. 두 번째 시기는 산타가 없다는 것을 알게 된다. 세 번째는 스스로 산타가 된다. 그리고 인생의 마지막 단계는 자신이 마치 산타처럼 보인다. 웃자고 지어낸 말이겠지만 사실 틀릴 것도 없는 말이다.

내 자신도 어렸을 적에는 크리스마스 아침에 놓여진 선물을 보고 산타의 존재를 믿어 의심치 않았다. 그리던 어느 해 겨울 아마도 내가 초등학교 2학년이었던 것으로 기억한다. 나는 산타할아버지가 존재하는지 내 나름대로 시험해보기로 했다. 크리스마스 이브에 아무도 모르게 피아노 뒤에 양말을 숨겨두었던 것이다. 하룻밤에 온 세계를 돌며 수 많은 아이들에게 원하는 선물을 나눠줄 정도로 전지전능하신 산타할아버지라면 내가 피아노 뒤에 숨겨놓은 양말을 찾아서 선물을 넣어주실 줄 알았다. 결국 그 해 크리스마스에 나는 산타할아버지가 바로 우리 부모님이라는 사실을 알아버렸다. 그리고 이제 한 아이의 엄마가 된 지금은 바로 내가 산타가 되어 매년 산타의 선물을 준비하고 있다. 유진이가 산타가 없다는 사실을 알게 될 때까지 매년 나는 산타의 임무를 비밀리에 수행하고 있을 것이다. 다른 모든 부모들이 그러하듯이… 그러나 다행히도 아직 내 모습은 산타할머니처럼 보이지는 않는다.

크리스마스 이브의 늦은 저녁이다. 거리에는 어둠이 깔리고 가로등만이 지나가는 차들에게 길을 밝혀주고 있다. 상점들은 저마다 문닫을 준비를 하고 있는데 산타할아버지 복장을 한 남자가 급히 상점을 향해 뛰어온다. 아마도 일 때문에 미처 아이들 선물을 준비하지 못한 사람일 것이다.

어두운 주차장을 가로질러 환하게 불이 켜진 가게 문 안으로 들어가는 남자의 얼굴에는 안도하는 표정이 깃든다. 늦게까지 문을 열고 마지막 순간의 쇼핑을 하려는 사람들을 기다리고 있는 어느 상점의 간판이 클로즈업 되면서 '마지막 쇼핑을 우리와 함께하라' 는 멘트가 나온다.

크리스마스무렵 텔레비전에서 했던 기억에 남는 광고이다. 나는 그 광고 속에서 불혹의 나이, 산타 복장만 하지 않았을 뿐이지 이제 인생의 세 번째 단계로 접어든 지 오래된 나를 발견했다. 그러나 이 세 번째 단계도 언제 끝날지 모른다. 아이가 초등학교 3학년이 되고 보니 산타 노릇은 길어도 2, 3년 내에 끝나지 않을까 싶다. 물론 유진이가 언제까지 산타를 믿어주느냐에 달렸지만.

놀랍게도 미국에 사는 아이들은 비교적 꽤 오래, 거의 초등학교를 졸업할 무렵까지 산타의 존재를 믿고 있었다. 거기에는 산타를 믿게 하려는 부모들의 헌신적인 노력도 한몫 하고 있다.

크리스마스가 돌아오기 한참 전부터 아이들은 크리스마스에 받고 싶은 선물목록을 작성한다. 그러면 부모들은 그 목록을 보고 자신들의 선물과 함께 산타의 선물을 마련한다. 때로 산타할아버지에게 받고 싶은 선물을 부모에게 말하지 않는 아이들도 있어 부모들이 산타의 선물을 마련하는 데 애를 먹는 경우도 있다.

한 번은 유진이에게 산타할아버지에게 받고 싶은 선물이 무엇이냐고 물었더니 산타할아버지는 알고 계실 것이라며 알려 주지 않는 것이 아닌가? 산타할아버지는 누가 착한 애인지 나쁜 애인지 다 알고 계시는 분이 아니시던가. 그러니 누가 무엇을 갖고 싶은지도 다 알고 계실 것이기에 산타할아버지에게 받고 싶은 선물을 엄마에게 말할 필요가 없다는 것이다. 다급해진 나는 늙으면 누구나 건망증이 오는데 산타할아버지 나이도 상당하시니 예외는 아닐 것이다로 시작해서 요즘엔 산타할아버지가 무척 바쁘시니 네가 목록을 적어두면 산타할아버지를 도와주는 것이라는 둥 살짝 앞뒤가 안맞는 이유를 갖다 붙이면서 받고 싶은 선물목록을 적어 보라고 했다. 그래서 가져온 유진이의 목록을 보니 나도 모르게 웃음이 나왔다.

나름대로 철이 든 유진이는 선물목록을 보여주며 약간 비싼 선물은 산타할아버지께 부탁할 거라고 한다. 어린 마음에 딴에는 부모를 생각하고 내린 결정이라는 것을 알기에 기특하기도 했다. 어차피 다 내가 사야 할 선물들이지만.

추수감사절이 끝나는 11월 말이면 어느 상점이나 할 것 없이 온통 크리스마스 분위기로 돌아선다. 모든 상점들은 기다렸다는 듯이 크리스마스 장식용품들과 선물들을 마련해 놓고 손님들을 기다린다. 미국에서 크리스마스는 우리나라의 설이나 추석 못지 않은 큰 명절이다. 사람들은 크리스마스 때가 되면 가족, 친지, 친구, 선생님, 직장동료, 그리고 우편 배달부 아저씨와 쓰레기 수거 아저씨까지 주변 모든 사람들에게 무사히 한 해를 보내는 감사의 마음을 담아 선물을 하기 때문에 무엇보다 쇼핑이 절대적으로 증가한다.

핼러윈 때 호박을 팔던 마을 공터에는 크리스마스 트리용으로 사용될 크고 작은 전나무들이 줄줄이 전시되어 있다. 백화점에 가보면 플라스틱으로 만든 다양한 크리스마스 트리를 팔고 있다. 하지만 살아있는 전나무에서 풍기는 숲속 향내를 좋아하는 사람들은 굳이 생나무만을 고집한다. 아빠가 성인의 키를 훌쩍 넘는 전나무를 사서 차 지붕 위에 얹어 집으로 오면 엄마와 아이들은 크리스마스 장식물들을 꺼내 크리스마스 트리를 꾸미기 시작한다. 가정마다 간직하고 있는 고유한 크리스마스 장식은 그 집안의 특색을 그대로 드러낸다. 할머니 혹은 할머니의 할머니 시절부터 전해 내려오는 손때 묻은 빛바랜 장식들은 그 집안의 역사를 나타내며 동시에 멋들어진 고풍스런 장식품으로 그 빛을 발한다.

크리스마스 트리 장식이 끝나면 이번에는 집 안 곳곳을 장식할 차례다. 벽난로 주위로 스타킹이라고 불리는 커다란 양말을 식구 수대로 걸어놓는다. 대문에는 나뭇가지를 동그랗게 만든 틀에 솔방울이나 방울 장식을 한 리스를 걸어두고, 지붕과 처마 밑을 따라 혹은 마당에 있는 나무에 꼬마 전구 장식을 한다.

우리 동네 미국 아줌마들은 크리스마스 장식에 정말 정성을 다한다. 가만히 보면 옆집보다 더 아름답게 크리스마스 장식을 하려고 경쟁이 붙는 경우도 종종 있다. 덕분에 나 같은 이웃들은 가만히 앉아서 아름다운 장식에 한껏 크리스마스 분위기를 낼 수 있다.

크리스마스 이브에 선물 받을 생각으로 들뜬 유진이는 잠자리에 들기 전에 산타할아버지께 드릴 쿠키가 담긴 접시와 우유 한 컵을 벽난로 아래에 가져다 놓았다. 굴뚝을 타고 내려오느라 힘든 산타할아버지는 유진이가 대접한 쿠키와 우유를 드실 것이다. 그리고 벽난로에 걸린 빨간 스타킹 안에 작은 선물을 넣어주시고 크리스마스 트리 아래에는 부피가 큰 선물을 내려 놓고 가실 것이다.

유진이가 완전히 잠든 것을 확인한 뒤 우리 부부는 그동안 잘 숨겨 두었던 선물을 꺼내어 하나는 스타킹 속에 넣고 다른 하 나는 크리스마스 트리 밑에 놓아두었다. 그리

산타로 분한 선
생님과 아이들의
모습.

고 쿠키도 한 조각 베어먹고 우유도 한 모금 마시는 걸 잊지 않았
다. 할 수만 있다면 유진이가 조금이라도 더 오래 산타할아버지의
존재를 믿었으면 하는 우리 부부의 노력은 눈물겹도록 가상하다.
아니, 솔직히 말하면 내가 더 오래 인생의 세 번째 단계에 머무르
고 싶어서일지도 모르겠다.

나중에 이 아이들이 자라면 또 다시 어느 순수하고 아름다운 영
혼의 산타가 되어 주겠지.

미국에서 다시 시작하는
쿨 Cool 한 부모 되기

"우리 부모들은 말이여, 자기 인생만이 자기 인생이 아닌겨. 내 인생에다가 자식의 인생까지 합친 것 그것이 바로 우리 부모들의 인생인 것이여."

한때 큰 인기를 모았던 어느 드라마에서 아버지 역할을 했던 어느 배우가 한 말이다. 이 대사처럼 한국 부모의 정서를 잘 대변하고 있는 말도 없을 것이라는 생각이 든다. 이처럼 한국 부모가 자신과 자식의 관계를 떼어낼레야 뗄 수 없는 불가분의 관계, 마치 한 덩어리로 여기는 반면에 미국 부모가 생각하는 부모 자식 간의 관계는 우리의 정서와는 매우 다르다.

초기 미국 정착민들이 유럽을 떠나 멀리 신대륙으로 이주해 올 때, 그들은 고향에 남겨 놓은 가족과의 관계가 소원해질 것쯤은 이미 각오하고 있었다. 이때부터 미국인들은 유럽의 가족주의적 공동체 중심 사고를 버리고 철저한 미국식 개인주의로 사고의 변화를 겪은 것이다.

미국에서 부모와 자식 간의 관계는 물론 사랑을 기본으로 하지만 서로 각자 독립된 인격체로 대한다. 소위 '쿨Cool한 관계인 것'이다. 부모라고 해서 권위를 내세워 자식의 인생에 간섭하지 않으며 자식 또한 성인이 되면 부모에게 경제적 정신적으로 의지하는 것을 내려놓고 독립적으로 살아간다.

내가 캘리포니아에 있는 한 엔지니어링 컨설팅회사에서 근무할 때의 일이다. 깊이 일하는 동료 중 시부스 인네스와 데이비드 캐넌이란 사람이 있었다. 두 사람 다 명문대에서 박사학위를 받은 40대 초중반의 백인 남성이었다. 두 사람은 각각 중국인과 일본인 배우자를 만나 결혼하였고 부부가 맞벌이를 하면서 아이를 낳지 않는 소위 딩크족Double Income, No Kids으로 살고 있었다. 그들은 휴가 때면 크루즈여행을 가거나 일 년에 한 달 정도는 장기휴가를 내어 이집트나 멕시코 같은 휴양지를 찾곤 했다.

한국인의 시각에서 두 사람이 사는 방식에 대해 생각해 보았다. 명문대에서 박사학위까지 받고 번듯한 직장에 다니는 아들이 외국 여자와 결혼하여 아이도 낳지 않고 돈만 생기면 여기 저기 장기휴가를 내고 놀러다니며 사는 모습을 만약 한국 부모가 보았다면 그냥 자식의 인생이려니 생각하고 말았을까.

하루는 회사 회식을 하는 자리에서 조심스럽게 물어보았다. "너희 부모님은 너희들이 사는 방식에 대해 어떻게 생각하시니?" 그러자 그들은 무슨 질문 같지도 않은 것을 물어보냐는 표정으로 나를 보더니 "내 인생을 내가 사는데 부모님이 뭐라고 하겠느냐?"고 하였다.

두 사람 모두 어렸을 적부터 부모로부터 공부나 생활에 대한 간섭을 받지 않았다고 한다. 그냥 자신들이 원하는 대학교에 진학해서 공부하고 직장 생활하다가 또 필요하면 대학원 과정을 거치는 등 경력관리를 하면서 살아왔다는 것이다. 부모와는 추수감사절이나 크리스마스 같은 명절에 만나는 것이 전부이고 자기 인생의 중심은 자신과 배우자라고 한다. 참 인생 재미있게 살아간다고 말해주고 다른 이야기로 넘어갔다. 이들의 이야기를 듣고 미국에서 만난 한국 부모와 자식의 경우들을 생각해 보았다.

한국 아이들의 진학상담을 해주면서 나는 한국 부모와 자식 간의 갈등이 겉으로 드러나는 것보다 훨씬 심하다는 것을 여러 번 느낄 수 있었다. 갈등의 핵심에는 공통적으로 부모의 과다한 통제와 간섭이 자리잡고 있었다. 부모가 아이의 공부와 진학에 목숨을 걸 정도로 열성이다보니 아이의 과목별 진도와 시험, 그리고 대학 입시를 위한 시험인 SAT, SAT II, AP 테스트 일정을 관리하며 학원이나 개인 교습 스케줄을 빼곡하게 잡아놓고 아이를 말 그대로 '돌리는' 경우를 숱하게 많이 보았다.

특히 미국에서 자라는 아이들은 미국 사회 전반의 개인주의 기풍과 독립적인 사회분위기 때문에 일찍 자아에 눈을 뜨고 사춘기를 겪는다. 게다가 언어적, 문화적, 인종적 갈등 같은 부가적인 어려움도 함께 겪는 경우가 많다.

부모와 갈등을 겪는 십대 아이들은 자신들의 스트레스를 부모에 대한 반항의 형태로 표출하는 경우가 종종 있다. 진학상담을 하다보면 아이가 말을 듣지 않아 속상하다고 하소연 하는 엄마도 있었고, 아이가 폭력적인 반응을 보인다면서 걱정하는 엄마도 있었다. 고교시절 부모와 많은 갈등을 겪은 아이가 집에서 가까운 대학교에 입학했지만 일부러 기숙사 생활을 하면서 일 년에 한 번도 집에 오지 않는 경우도 보았다.

니는 학부모들에게 어렵겠지만 미국식 쿨한 부모가 되는 연습을 해보라고 조언한다. 쿨한 부모가 되기 위해서는 네 단계의 순차적인 연습이 필요하다.

첫 번째 단계는 바로 부모와 자식을 분리해서 생각하라는 것이다. 부모와 자식을 분리하여 생각하기 시작하는 순간 의외로 많은 문제가 쉽게 풀리는 것을 볼 수 있다. '나는 나'이고 '자식은 자식'이라고 생각하면 내 자식을 객관적으로 볼 수 있게 된다. 자녀의 학습능력이나 특기를 객관적으로 평가하는 것은 매우 중요하다. 정확한 진단이 선행되어야 그에 따른 정확한 처방이 나올 수 있기 때문이다. 자녀의 능력을 객관적으로 평가한 다음에 그에 따른 실현 가능한 목표를 정해놓고 노력한다면 아이도 훨씬 부담을 덜 느끼고 따라올 것이다.

두 번째는 아이와 많은 대화를 하는 것이다. 공부에 관한 것뿐 아니라 아이가 학교에서 친구들과 잘 지내는지 어떤 책을 읽고 무엇에 관심을 갖고 있는지에 대해 이야기를 하는 것이다. 아이가 중요하게 생각하는 문제에 대해 부모가 마음을 열고 들어주려는 자세를 보이면 아이는 말문을 열게 된다. 마음을 열고 아이의 이야기를 들어주면 문제의 절반은 해결된 것과 같다.

세 번째는 부모가 아이를 믿고 언제나 자식의 편이 되어줄 것이라는 확신을 심어주는 것이다. 아이가 어떤 선택을 하든 간에 부모가 자기를 믿고 자기편으로 남을 것이라는 믿음을 심어준다면 자녀는 스스로의 판단과 선택에 책임을 지고 자신의 인생을 사랑하며 살아갈 것이다.

네 번째는 부모 스스로가 잘 사는 모습을 보여주는 것이다. 부모가 자식을 위해 희생하고 '자식들을 키우기 위해 미국에서 이 고생을 하고 산다' 는 식으로 이야기하면 자식은 미안한 마음과 함께 많은 부담을 갖게 된다. 부모는 자식이 자신의 인생을 사랑하며 자유롭고 행복하게 살아가기를 바랄 것이다. 그렇다면 부모가 먼저 그렇게 사는 모습을 보여야 한다. 부모가 먼저 인생을 즐기며 사는 모습을 보여준다면 자식 역시 그렇게 살아갈 것이다.

부모와 자식이 서로를 독립된 인격체로 존중해주고 각자의 위치에서 스스로의 인생을 잘 살아갈 수 있도록 한 발짝 떨어져서 지켜봐 준다면 분명 오랫동안 좋은 관계가 지속될 수 있을 것이다. 한국식 정서를 가진 부모로서 미국식 쿨한 부모가 되기는 말처럼 쉽지 않다. 그러나 매일 마음속으로 되새기며 연습을 한다. 쿨cool한 부모가 되는 연습을.

부록

- 프리스쿨부터 고등학교까지의 학제
- 초등학교 영어·수학의 학년별 달성 목표
- 학교에서 실시하는 방과 후 활동
- 초등학교 입학(전학)시에 필요한 서류
- 여름방학을 이용한 SUMMER CAMP
- 공립학교의 우수반(영재반) 선발과 교육과정
- 대학 입시 주요 준비사항
- 미 교직원연합에서 추천한 권장도서 100권

프리스쿨부터 고등학교까지의 학제

• 프리스쿨 Pre School

만으로 3, 4세 정도의 아이들이 다니는 곳으로 알파벳을 배우고 간단한 숫자 세는 것을 배운다. 그러나 학습적인 면보다는 주로 데이케어의 성격을 띠며 공동 생활에 필요한 양보와 질서의 개념을 습득하는 시기이다. 공립 프리스쿨은 아주 드물며 저소득층의 자녀가 아니라면 일반적으로 사립 프리스쿨을 보내야 한다.

• 킨더가튼 Kindergarten

만 5세부터 시작되는 교육으로 초등학교 일 학년이 시작되기 전에 다니는 곳으로 굳이 한국에 비유하자면 유치원 같은 곳이다. 킨더가튼은 초등학교 교육의 기초를 다지는 시기라 할 수 있다. 영어는 알파벳을 읽고 쓰는 것부터 시작하여 간단한 문장을 만드는 것을 목표로 한다. 수학은 100 이상의 숫자를 셀 줄 알며 한 자리수 덧셈과 뺄셈을 배운다. 학교 생활에 필요한 예절이나 규율 같은 것을 배워 본격적인 학교 과정을 받아들일 준비를 시킨다. 킨더가튼은 종일반(6시간)과 반일반(3시간)으로 나누는데 재정상 반일반으로 하는 킨더가튼이 훨씬 더 많다.

• 엘리멘트리스쿨 Elementary School

만 6세가 되면 초등학교에 입학할 수 있다. 보통 초등학교는 한국처럼 6년인 과정이 있고 혹은 5년에 끝나는 과정도 있다. 초등학교 저학년일 경우 영어과목은 읽고 쓰는 기본적인 학습에 중점을 두고 가르치며 수학 역시 덧셈과 뺄셈, 곱셈과 나눗셈 같은 기본 원리를 되풀이 하여 배운다. 초등학교 고학년이 되면 공부의 양이 좀 더 많아지고 심화된 내용을 되풀이 하여 배우게 된다. 기본적으로 초등학교 교육이 책을 많이 읽게 구성되어 있기 때문에 어려서부터 독서 습관이 배일 경우 학년이 올라갈수록 학교 공부를 따라가기 수월해진다. 비교적 초등학교 과정에서는 시간적 여유가 있으므로 악기를 배우거나 미술 활동 혹은 스포츠 활동을 두루 경험하면서 자녀의 적성을 발견할 수 있는 기회로 활용하면 좋다.

• 미들스쿨 Middle School

학교에 따라 7학년에서 8학년으로 구성된 2년제나 6학년에서 8학년으로 구성된 3년제의 과정으로 나뉜다. 초등교육을 완성하는 단계이며 장차 고등학교에서 배울 교육의 준비를 하는 시기이다. 중학생이 되면 초등학생 때와 달리 수강신청한 과목을 듣기 위해 교실을 옮겨다니며 수업을 듣는다.

• 하이스쿨 High School

9학년부터 12학년까지가 고등학교의 과정이다. 고등학교에서 배우는 과목들은 난이도가 갑자기 높아져 중학교 때까지 좋은 성적을 받던 학생들도 어려움을 겪기 일쑤다. 게다가 대학 진학에 유리하게 적용되는 아너스Honors 과목이나 대학 과정의 수업을 미리 듣는 AP과목을 신청하게 되면 공부의 양이 더 많아진다. 미국 대학 입시가 시험 성적만으로 평가되는 것이 아니므로 자신의 적성에 맞는 음악이나 운동을 골라 꾸준하게 하는 것이 중요하다. 또 봉사활동을 하거나 그룹에서 리더십을 보여주는 활동을 하는 것이 좋다.

초등학교 영어·수학의 학년별 달성 목표

(버지니아 교육부에서 설정한 학력 기준)

• 영어과목 (English Standards of Learning)

학 년	학력 수준 달성목표
킨더가튼	① 말하기 능력, 음운 인식, 단어 이해, 문학에 대한 이해를 시작하는 단계로 활자로 찍힌 글에 익숙해지게 한다. ② 문학작품은 학생들이 글을 통해 정보를 얻고 재미를 느낄 수 있다는 생각을 가질 수 있도록 선정. ③ 학생들이 사람, 장소, 사건 등을 언어로 설명할 수 있도록 함. ④ 알파벳 글자 인식, 문장과 단어 첫 소리의 발음 원리 이해, 이야기의 요소 등을 인식하도록 함. ⑤ 자신의 생각을 그림과 글로 소통할 수 있는 훈련을 시작함.
1학년	① 듣기와 말하기 능력을 활용하여 교실 안 토론에 참여함. ② 새로운 단어를 사용하고 읽기 능력을 지속적으로 향상시킴. ③ 이야기의 줄거리, 배경, 주제, 스토리 전개 등을 파악하는 훈련을 시작함. ④ 학년 수준에 맞는 다양한 활자 매체(신문, 책, 공고문 등)를 읽도록 함. ⑤ 자신의 생각을 글로 적어서 소통할 수 있는 훈련을 시작함.
2학년	① 학습 과목 관련 자료와 자신의 흥미에 맞는 글 읽기를 지도함. ② 지속적으로 어휘능력을 향상시킴. ③ 이야기의 주제, 그리고 주어진 이야기를 토대로 향후 예측할 수 있는 훈련과 더불어 자신만의 의문점을 도출해 내도록 함. ④ 읽기의 범위를 수학, 과학, 사회과목 자료들로 점차 확대함. ⑤ 자신의 이야기, 편지, 자신이 직접 설명문을 만들어 보도록 함.
	① 읽기의 범위를 소설, 논픽션 등으로 지속적으로 확대함. ② 학급에서 각자에게 발표 기회를 주어 자신의 이야기를 발표하도록 함.

3학년	③ 간단한 리포트를 본인이 직접 기획, 초안 작성, 리뷰 등의 과정을 거쳐 작성하도록 함. ④ 프린트물과 인터넷, 영상 자료 등에서 정보를 모으는 훈련을 시킴. ⑤ 필기체로 글을 쓰는 연습을 시작함.
4학년	① 학습 과목 자료와 미디어를 통한 읽기 능력을 확대함. ② 책을 읽고 난 후, 정보 요약, 자신의 질문을 만들고, 내용에 대한 결론을 내리는 훈련을 함. ③ 고전과 현대의 문학작품을 지속적으로 읽도록 함. ④ 큰 그룹과 작은 그룹 등 상황에 맞게 자신의 이야기를 전달하는 훈련을 함. ⑤ 자신이 직접 글을 써서 이것을 다른 사람들에게 설명하는 훈련을 함.
5학년	① 자신이 당면한 문제 해결을 위해 정보를 모으고, 가정을 전개하고, 추정하고, 의견을 지지하고, 추측을 뒷받침하며, 비교와 대조 등을 통해 결론을 도출해 내도록 함. ② 문학작품을 지속적으로 읽도록 지도함. ③ 커뮤니케이션 능력 향상을 위해 활자매체, 인터넷, 영상자료 등을 복합적으로 활용할 수 있도록 함. ④ 수학, 과학, 사회 과목 등에서 유용한 정보를 요약하여 다른 사람과 소통하는 기술을 발전시킴.
6학년	① 글쓰기를 통해 자신의 의견을 개진하고, 다른 관점을 이해하고, 사실과 의견을 구분하며, 그룹 커뮤니케이션 능력을 향상시킴. ② 문학작품 및 다른 장르의 작품을 확대하여 읽도록 지도함. ③ 문장 구성, 단어사용, 글의 논리전개 등 자신만의 글쓰기 스타일을 발전시키도록 훈련함. ④ 글쓰기와 말하는 데 있어 문법적으로 정확하도록 훈련함. ⑤ 글쓰기와 말하기는 영어과목뿐 아니라 수학, 과학, 사회 등 모든 과목을 통해 훈련을 시키도록 함.

• 수학과목 (Mathematics Standards of Learning)

학 년	학력 수준 달성목표
킨더가튼	① 숫자에 대한 개념 정립, 패턴에 대한 인식, 물체의 크기와 모양에 대한 인지 등. 시간을 읽을 수 있게 함. ② 계산기나 컴퓨터 사용법에 대해 다른 사람이 사용하는 것을 보도록 함. ③ 수학적 용어, 수학책에 나오는 어휘 등에 대해 익숙해지도록 함. ④ 수학 문제를 해결하는 방법에 대한 이해를 시작함.
1학년	① 100까지 셀 수 있는 능력 함양, 패턴에 대한 인식, 이 차원 도형을 기술할 수 있도록 함. ② 5×5 테이블을 이용하여 덧셈과 뺄셈을 하는 훈련을 함. 분수에 대한 개념 도입. ③ 계산기나 컴퓨터 사용법에 대해 교육을 받기 시작하나 더욱 중요한 것은 학생 스스로가 계산을 하는 것이라는 것을 교육함. ④ 수학적 용어, 수학책에서 나오는 어휘를 정확하게 사용하는 훈련을 하며 자신의 방식으로 데이터를 모으는 연습을 함.
2학년	① 100단위 숫자를 다루며 3차원 공간에 대한 학습을 진행함. ② 9×9 테이블을 이용하여 덧셈과 뺄셈에 대한 훈련을 함. 미국식 (ft, pound)과 국제적 도량형(m, Kg)에 대해 함께 배움. 자를 이용한 측정 방법을 익힘. ③ 확률 개념 도입, 그림과 바 그래프 해석 방법 학습, 다양한 도형에 대해 배움, 방정식의 기본 개념 학습. ④ 화폐 단위를 익히고 이를 토대로 화폐를 계산하는 훈련을 함.
3학년	① 9×9 테이블을 이용하여 곱셈과 나눗셈에 대한 훈련을 함. ② 분수와 소숫점 아래 숫자에 대한 연산을 배우기 시작함. ③ 온도, 길이, 부피, 무게 등에 대한 단위를 배우고 기하학의 기본 개념을 교육함. ④ 확률에 대한 개념을 알려주고 이를 이용한 계산을 하도록 함.
	① 정수를 이용한 곱셈과 나눗셈, 분수와 소수점 이하 숫자의 덧셈 뺄셈을 배움. 등호와 부등호의 관계를 언어표기와 수학표기를 통

4학년	해 정확하게 학습 ② 2차원, 3차원 도형에 대한 개념과 연관성을 알도록 하며, 점, 선분, 면 등 기하학의 구성 요소에 대해 배움도록 함. ③ 좌표 평면에 대해 배우고 평면의 구성 원리와 각 사분면의 성질에 대해 배움. 좌표평면에서 회전, 이동, 반사 등을 수학적으로 처리하는 것을 배움 ④ 확률, 분수의 상동, 소숫점 아래 숫자의 운용에 대한 기법을 배움.
5학년	① 숫자를 이용한 연산(더하기, 빼기, 곱하기, 나누기 등)을 지속적으로 심화시킴. ② 데이터를 수집하여 이를 효과적으로 표현하는 방법(그래프, 그림 등)을 배우고 확률 개념에 대한 학습을 확대함. ③ 부피, 면적, 둘레가 관여된 기하학적 문제를 풀어보도록 함. ④ 길이, 질량, 무게, 면적, 부피, 온도, 시간 등을 표현하는 다양한 단위에 대해 배우고 이를 호환하는 방법을 익힘.
6학년	① 숫자를 이용한 연산(더하기, 빼기, 곱하기, 나누기 등)을 지속적으로 더욱 심화시키고 연습을 함. ② 그래프와 통계적 기법을 활용하여 데이터를 비교하고 분석하는 훈련을 함. 실제 생활과 관련된 수학 문제를 접하고 이를 이해함. ③ 정수와 퍼센트 개념을 배움, 확률 계산을 확대하고 수치적 그리고 기하학적 패턴에 대해 익힘. ④ 대수(Algebra)의 용어를 익히기 시작하며 변수 1개가 들어간 대수에 대한 공부를 시작함.

학교에서 실시하는 방과 후 활동

미국의 초등학교에서는 주로 학부모회가 주체가 되어 외부에서 강사를 초청하여 학생들이 방과 후에 외국어, 스포츠, 미술, 과학, 작문과 같은 다양한 활동을 할 수 있는 클래스를 개설한다. 학생들은 일부러 학원에 다닐 필요가 없이 일 교시 수업이 시작되기 한 시간 전이나 수업이 모두 끝나고 난 뒤의 한 시간을 이용하여 좋아하는 특별수업을 들을 수 있다. 보통 한 클래스는 일주일마다 같은 요일에 한 번씩 하는 것을 기준으로 하며 새학기가 시작되고 나서 겨울방학이 될 때까지, 1월부터 4월에 있는 봄방학 전까지, 그리고 봄방학 이후부터 6월 중순이 되어 학년이 끝날 때까지 3차례로 나누어 진행된다. 한 섹션이 보통 10주 정도 지속되며 클래스 한 과목을 수강하는데 시간당 10불 안팎의 수업료를 낸다. 학교에서 배우지 못하는 여러 가지 것들을 배울 수 있는 장점이 있으므로 적극 활용하는 것이 좋다.

버지니아주 페어팩스시에 있는 한 초등학교에서 시행하고 있는 방과 후 활동의 예

농구 : 동네 어디서나 농구하는 청소년들의 모습을 쉽게 볼 수 있는 미국. 농구의 기본 기술 연습과 실전 게임, 팀워크를 배운다.

치어리딩 : 신체의 유연성과 함께 자신감을 키워주는 활동으로 여학생들에게 매우 인기 있는 클래스다. 학교별 운동시합이 있을 때 참가하여 그동안 배운 기량을 펼치며 응원을 하기도 한다.

힙합댄스 : 인기 있는 뮤직비디오나 영화에서 볼 수 있는 댄스를 배울 수 있

다. 학교 행사 때 누가 먼저랄 것도 없이 음악에 맞춰 몸을 흔드는 아이들을 쉽게 볼 수 있는 것만 봐도 알 수 있듯이 댄스는 매우 인기 있는 스포츠 종목이다.

스포츠와 게임 : 실내에서 할 수 있는 각종 스포츠와 함께 운동을 이용한 게임을 하면서 체력 단련을 한다.

체스 게임 : 기초반부터 고급반까지 체스를 두는 수준별로 나누어 가르친다. 체스 클래스를 듣는 전체 학생들을 대상으로 게임을 해서 트로피와 메달을 주기도 한다.

요가 : 초등학생들이 따라할 수 있는 요가를 가르친다.

요리 교실 : 저학년과 고학년으로 나눠 요리도 배우고 새로운 아이디어로 자신만의 디저트도 만들어서 함께 나누어 먹는다.

아트 : 애니메이션 기법을 배우는 것부터 드로잉, 만화 캐릭터 그리기까지 다양하다.

스페니시 : 미국에서 가장 많이 사용되는 외국어가 스페인어다. 그만큼 스페인어를 배우려는 학생들이 많다.

프렌치 : 저렴한 가격으로 불어를 사용하는 원어민 강사에게 프랑스어를 배울 수 있다.

중국어 : 중국어 한자를 배우고 기본 단어 읽는 것을 배운다.

작문과 리딩 : 영어과목에 약한 아이들에게 좋은 클래스이다.

초등학교 입학 시에 필요한 서류

• 거주지 증명서 Proof of residency

미국에서는 현재 거주하고 있는 주소지 지역 내에 해당되는 학교에 입학하는 것을 원칙으로 한다. 학교에서는 현재 살고 있는 거주지를 증명할 수 있는 서류 제출을 요구한다. 거주지 증명서류는 주로 학생 보호자의 이름과 현재의 주소로 매달 부과되고 있는 전기세나 수도세 영수증 혹은 임대계약서 같은 것을 제출하면 된다.

• 출생 증명서 Proof of birth

학생의 생년월일이 명시되어 있는 증명서로 외국인일 경우에 여권을 준비한다.

• 예방접종 기록과 건강기록증 Health documentation

학교에 입학하기 전까지 반드시 맞추어야 할 기본 예방접종을 맞았는지 증명할 수 있는 기록이 필요하다. 만일 빠뜨린 예방주사가 있다면 학교에 입학하기 전에 접종해야 한다. 그리고 결핵 반응 검사를 하는데 이때 검사결과가 양성으로 나오면 가슴 엑스레이를 찍어 이상이 없음을 증명한다. 더불어 학교에 입학하기 위해서는 소아과 의사에게 방문하여 현재 학생의 건강상태를 전체적으로 점검받아 의사의 소견과 싸인이 들어 있는 서류를 준비해야 한다. 이 서류는 입학할 학교에서 미리 받아 놓는다.

여름방학을 이용한 SUMMER CAMP

미국 학교의 여름방학은 11주 정도로 상당히 길다. 따라서 여름방학은 부족한 과목을 보충하거나 스포츠를 통해 신체를 단련하거나 기억에 남는 야외활동을 할 수 있는 좋은 기회가 된다. 카운티 교육구, 커뮤니티 센터, 혹은 개별적인 학원 등에서 방학이 시작되기 전부터 다양한 썸머프로그램을 선보이므로 자녀에게 적합한 액티비티를 골라 등록하도록 한다. 일반적으로 커뮤니티센터에서 개최하는 썸머캠프는 일주일 단위로 이루어지며 스포츠, 사이언스, 아트, 수영, 요리, 댄스, 요가, 외국어, 자연학습과 같은 다양한 테마가 있다. 도시락과 간식은 본인이 준비한다.

• 외국어 캠프

  외국어를 배우는 것과 동시에 다른 나라의 문화를 배울 수 있다. 아랍어, 중국어, 프랑스어, 독일어, 힌두어, 이태리어, 스페인어 등이 있다.

• 썸머 캠프의 대명사 스포츠 캠프

  일주일 단위로 수영, 야구, 농구, 풋볼, 킥볼, 테니스, 축구 같은 운동을 한다. 보통 한 가지 또는 두 가지의 운동을 함께 묶어서 진행한다. 여학생만을 위한 스포츠 캠프가 따로 운영되기도 한다.

• 부진한 학습 만회의 기회

  킨더가튼부터 고등학생까지 각 학년별로 프로그램이 짜여져 있다. 초등학교 저학년일 경우 리딩스킬, 파닉스, 어휘나 이해력을 높이는 목표로 수업이 진행된다. 초등학교 고학년부터 고등학생의 경우에는 독해력 향상과 시험을 대비한 공부, 교과서 예습이나 숙제, 성적 관리를 위한 공부나 독서클럽 등이 있다. 12학년 이상을 대상으로는 책 읽는 속도를 향상 시켜 많은 책을 읽고 교과서나 전문저널 등을 읽게 하여 이해력과 집중력을 키우는 연습을 한다.

• 사이언스 캠프

과학과 재미를 동시에 추구하는 프로그램으로 학년별로 다양한 과학 실험을 해볼 수 있는 좋은 기회이다. 고대 이집트문명을 탐험하는 프로그램이 있는가 하면 야생동물이나 곤충을 관찰하는 자연학습을 할 수 도 있으며 고학년에서는 로켓을 만들어 발사하는 실험이나 로봇만들기, 우주과학교실 같은 프로그램이 있다.

공립학교의 우수반 (영재반) 선발과 교육과정

미국의 공립학교는 같은 학년 학생들일지라도 동일한 내용을 가르치지 않는다. 같은 교실에서 수업을 듣는다 해도 학생 개개인의 능력에 따라 차별화된 내용의 수업을 받을 수 있다. 특히 영재성을 지닌 학생들을 분별하여 별도의 교육을 시키고 있다. 바로 공립학교에서 실시하고 있는 GT(gifted and talented) 프로그램을 말한다. 영재 선발 과정은 각 주나 교육구에 따라 다르다. 킨더가튼 때부터 일찌감치 선발을 하는 곳이 있는가 하면 초등학교 3학년이나 4학년이 되어서 선발을 하는 곳도 있다.

영재반에 들어갈 학생을 선별하는 방법은 시험이다. 성적이 우수한 아이를 교사의 추천을 받아 시험을 보게 하는 주가 있는가 하면 모든 아이들을 대상으로 테스트를 한 후 일정 점수 이상을 받은 아이들 중에서 선별하기도 한다. 시험을 통해 1차로 선발된 학생들을 모아서 다시 선별작업을 거친다. 선별과정은 학교 성적, 수상 경력, 학생이 평상시 수업시간에 보인 학업 성취 정도를 자세하게 기록한 담임교사의 객관적인 평가 등 종합적인 방법을 통해 이루어진다.

영재과정에 다니게 되면 보통 한두 학년 선행학습을 하기 때문에 수업의 난이도가 높아지게 된다. 과목마다 프로젝트 준비를 비롯하여 해야 할 숙제의 양도 많아진다. 영재과정의 교육은 초등학교에서부터 중학교까지 이어진다. 그러나 고등학교에 가면 따로 영재과정을 두지 않고 자신의 실력에 맞추어 아너스 과목이나 AP과목을 수강할 수 있다. 또한 미국 교육의 특징은 고등학생이지만 본인만 잘 한다면 대학에 가서 강의를 들을 수도 있다.

대학 입시 주요 준비사항

미국 대학 입시를 위해 준비해야 하는 사항들을 중요한 순서대로 나열해 보면 아래와 같다.

1. 학교 성적 (GPA)
미국 대학 입학 사정관들이 한결같이 하는 이야기가 신입생 선발 시에 고등학교의 성적을 가장 중요하게 고려한다고 한다. 아무리 미국 대학이 학생들의 다양한 면을 심사한다지만 그래도 핵심이 되는 것은 고등학교 성적이다.

2. SAT I 점수
시험 과목은 영어, 수학(대수, 기하학), 작문시험으로 구성된다. 학생들이 특히 어렵게 느끼는 부분은 파트 III 에세이 Essay 작성이다. 에세이의 주제가 사회문제와 같은 질문이 많기 때문에 평상시에 다양한 분야의 책을 읽고 신문 읽기를 생활화하여 사회적 이슈에 대해 알고 있다면 큰 도움이 된다.

3. SAT II 과목 수와 점수
상위권 대학에 원서를 내보고 싶다면 SAT II (Subject Test) 시험을 준비하는 것이 유리하다. 공대나 의대를 지망한다면 생물학, 화학, 물리학을 선택하고 문과 계열을 지망한다면 미국사나 세계사, 외국어 과목의 시험을 봐두는 것이 좋다.

4. AP과목 또는 Honors과목 이수 여부
어려운 대학교 과정의 수업을 듣는 AP과목을 선택하는 것은 대학 입시에서 학생의 실력이나 도전 의식을 반영해 줄 수 있는 척도가 된다. 그러나 본인의 능력 이상으로 너무 많은 과목을 신청했다가는 오히려 GPA를 떨어지게 만드는 요인이 되므로 과목 선택에 있어 신중을 기하는 것이 좋다.

5. 에세이 (사회봉사 경험 및 자신만의 독특한 경험이나 활동 포함)

6. 수학, 과학, 예능, 체육 분야 경시대회 수상경력

7. 음악, 미술, 체육, 토론 클럽, 학교신문사와 같은 과외활동 경력

8. 출신고교 카운슬러와 과목 선생님들의 추천서

미국 대학 입시는 한 마디로 학생이 지나온 고등학교 과정을 종합적으로 평가하여 합격여부가 결정된다고 할 수 있다. 대학의 입장에서는 대학에서 제공하는 학문을 충분히 소화하고 이를 통해 대학과 사회에 기여할 수 있는 지도자로 성장할 수 있는 사람을 뽑고 싶기 때문이다.

학과 공부를 통해 좋은 학점과 높은 시험 점수를 얻는 것이 우선이지만 공부와 더불어 그 학생이 자라온 이야기를 그 학생의 말로 들어보는 에세이 역시 중요하게 생각한다. 어려운 가정형편에도 불구하고 역경을 헤치며 씩씩하게 자라온 이야기, 어려움에 처한 친구와 이웃에 대해 연민을 갖고 도와준 이야기, 다른 지원자와 차별되는 자신만의 독특한 경험이 들어간 에세이는 후한 평점을 얻어 학과 공부가 다소 떨어지더라도 대학에 합격하는 경우가 종종 있다.

대학 입시를 위해서는 고등학교 4년 동안 체계적인 학습 계획을 세우고 이와 더불어 자신만의 개성과 장점을 부각시킬 수 있는 활동을 준비하는 것이 필수적이라 하겠다. 필자의 대입컨설팅 경험에 비추어 보면 10학년이 되어서는 자신의 능력이 허락하는 한 해당 과목을 아너스과목이나 AP로 듣는 것이 절대적으로 유리하다. 그리고 SAT I 시험은 10학년 학기말이나 11학년 학기초에 신청하여 미리 봐 놓는 게 앞으로의 학습계획을 여유 있게 준비할 수 있다. 10학년을 마치면 SAT I 시험에 나오는 내용을 다 배우기 때문에 그 시기에 충분히 시험을 볼 수 있는 것이다. 많은 한국 학생들이 12학년 초가 되어 SAT I 시험을 보느라 시간에 쫓기어 허둥대는 모습을 많이 보았다. SAT I을 빨리 마쳐야 하는 이유는 SAT II 과목별 테스트(Subject Test)나 AP(Advanced Placement) 시험을 준비해야 하기 때문이다.

미 교직원연합National Education Association에서 추천한 권장도서 100권

• **4세부터 8세 아동을 위한 도서** Books for Children Ages 4~8

The Polar Express by Chris Van Allsburg

Green Eggs and Ham by Dr. Seuss

The Cat in the Hat by Dr. Seuss

Where the Wild Things Are by Maurice Sendak

Love You Forever by Robert N. Munsch

Alexander and the Terrible, Horrible, No Good, Very Bad Day by Judith Viorst

The Mitten by Jan Brett

Stellaluna by Janell Cannon

Oh, The Places You'll Go by Dr. Seuss

Strega Nona by Tomie De Paola

The Velveteen Rabbit by Margery Williams

How the Grinch Stole Christmas by Dr. Seuss

The True Story of the Three Little Pigs by Jon Scieszka

Chicka Chicka Boom Boom by John Archambault

The Complete Tales of Winnie the Pooh by A. A. Milne

If You Give a Mouse a Cookie by Laura Joffe Numeroff

The Lorax by Dr. Seuss

Amazing Grace by Mary Hoffman

Jumanji by Chris Van Allsburg

Math Curse by Jon Scieszka

Are You My Mother? by Philip D. Eastman

The Napping House by Audrey Wood

Sylvester and the Magic Pebble by William Steig

The Tale of Peter Rabbit by Beatrix Potter

Horton Hatches the Egg by Dr. Seuss

Basil of Baker Street by Eve Titus

The Little Engine That Could by Watty Piper

Curious George by Hans Augusto Rey

Wilfrid Gord on McDonald Partridge by Mem Fox

Arthur Series by Marc Tolon Brown

Lilly's Purple Plastic Purse by Kevin Henkes

The Little House by Virginia Lee Burton

Amelia Bedelia by Peggy Parish

The Art Lesson by Tomie De Paola

Caps for Sale by Esphyr Slobodkina

Clifford, the Big Red Dog by Norman Bridwell

The Paper Bag Princess by Robert N. Munsch

• 9세부터 12세 아동을 위한 권장도서 목록 Books for Children Ages 9~12

Charlotte's Web by E. B. White

Hatchet by Gary Paulsen

The Lion, the Witch, and the Wardrobe by C. S. Lewis

Bridge to Terabithia by Katherine Paterson

Charlie and the Chocolate Factory by Roald Dahl

A Wrinkle in Time by Madeleine L'Engle

Shiloh by Phyllis Reynolds Naylor

Little House on the Prarie by Laura Ingalls Wilder

The Secret Garden by Frances Hodgson Burnett

The Boxcar Children by Gertrude Chandler Warner

Sarah, Plain and Tall by Patricia Mac Lachlan

The Indian in the Cupboard by Lynne Reid Banks

Island of the Blue Dolphins by Scott O'Dell

Maniac Magee by Jerry Spinelli

The BFG by Roald Dahl

The Giver by Lois Lowry

James and the Giant Peach : A Children's Story by Roald Dahl

Little House in the Big Woods by Laura Ingalls Wilder

Roll of Thunder, Hear My Cry by Mildred D. Taylor

Stone Fox by John Reynolds Gardiner

Number the Stars by Lois Lowry

Mrs. Frisby and the Rats of Nimh by Robert C. O'Brien

The Best Christmas Pageant Ever by Barbara Robinson

Matilda by Roald Dahl

Tales of a Fourth Grade Nothing by Judy Blume

Ramona Quimby, Age 8 by Beverly Cleary

The Trumpet of the Swan by E. B. White

The Chronicles of Narnia by C. S. Lewis

The Phantom Tollbooth by Norton Juster

Tuck Everlasting by Natalie Babbitt

Anne of Green Gables by Lucy Maud Montgomery

The Great Gilly Hopkins by Katherine Paterson

Little House Books by Laura Ingalls Wilder - Laura Ingalls Wilder Webquest

Sideways Stories from Wayside School by Louis Sachar

Harriet the Spy by Louise Fitzhugh

A Light in the Attic by Shel Silverstein

Mr. Popper's Penguins by Richard Atwater

My Father's Dragon by Ruth Stiles Gannett

Stuart Little by E. B. White

Walk Two Moons by Sharon Creech

The Witch of Blackbird Pond by Elizabeth George Speare

The Watsons Go to Birmingham - 1963 by Christopher Paul Curtis

미국 초등학교 현장에서 전하는 생생 리포트!
세상에서 가장 재미있는 곳, 학교 이야기

미국 초등학교 다이어리

초 판 1쇄 인쇄일	2010년 7월 10일
초 판 1쇄 발행일	2010년 7월 15일

글	박진선 · 정영술 · 박수진
사 진	박형주
만 든 이	이정옥
만 든 곳	평민사
	서울시 서대문구 남가좌2동 370-40
	전화 : (02)375-8571(代)
	팩스 : (02)375-8573
	평민사 블로그
	http://blog.naver.com/pyung1976

등록번호	제10-328호

ISBN 89-7115-559-2 03800

정 가	13,000원

미션을
따라가는
캘리포니아
이야기

글_ 박진선 · 정영술
사진_ 박형주

캘리포니아 역사의 시발점이 된 미션.

21개의 미션을 따라가며
파노라마처럼 펼쳐지는 원주민 인디언들과
새로운 땅에서 영원의 절대자를 갈구하였던
프란체스칸 수도사들의
과거와 오늘을 넘나드는 끝나지 않은 이야기.

차 례

신국판 · 반양장/ 총 288쪽/ 값 10,000원

머리말 중에서

지난 5년 동안 '왕의 길'이라 불리는 'US 101번 도로'를 수 없이 지나다니며 남쪽의 샌디에고부터 북쪽의 샌프란시스코까지 시간 날 때마다 찾아다녔다. 캘리포니아의 자연과 도시들은 계절과 기후에 따라 그리고 밤과 낮에 따라 매번 다른 감흥으로 맞아주었다. 스무 번이 넘게 '왕의 길'을 다니면서 자연스럽게 캘리포니아 미션을 만나게 되었으며 미션이야 말로 오늘날의 캘리포니아를 형성하는 가장 소박한 시작임을 알게 되었다. 스페인에서 건너온 프란체스칸 수도사들에 의하여 세워진 미션에는 새로운 땅에 도착해서 새 삶을 일구어 온 사람들의 종교적 열정과 꿈과 고뇌, 그리고 정착 원주민들과의 갈등과 공존의 역사 등이 어우러져 있다는 것을 알게 되었다.

우리는 캘리포니아에 흩어져 있는 21개의 미션을 본격적으로 찾아 나섰고 캘리포니아 미션 연구회 등의 활동을 통해 미션의 역사적, 종교적, 사회적, 그리고 예술적 가치 등을 탐구하기 시작하였다. 그 과정에서 미션을 통해 초기 캘리포니아에 정착한 스페인 프란체스칸 수도사들의 발자취와 그 당시의 캘리포니아를 만날 수 있었다. 수도사들은 캘리포니아 가장 남쪽의 샌디에고부터 샌프란시스코 북쪽의 소노마까지 900km 거리를 대략 21등분하여 21개의 미션을 세웠으며, 이 미션들이 있던 지역을 바탕으로 오늘날 캘리포니아의 여러 도시들이 발전을 거듭해 왔다. 따라서 미션의 발자취를 따라 가는 것이 캘리포니아의 초기 역사를 더듬어 보는 노력이 되는 것이며, 또한 이 지역을 바탕으로 발전을 거듭해 온 로스앤젤레스, 샌프란시스코 등 캘리포니아 주요 도시들의 어제와 오늘을 알아보는 것이 된다.

미션을 찾아가는 여행은 우리들에게 삶과 인간의 역사와 종교에 대해 깊은 명상의 시간을 가질 수 있었던 좋은 기회였다. 지금도 화려한 자태를 뽐내면서 당당히 서 있던 미션의 여왕인 미션 산타바바라에서 우리는 세월의 무게를 뛰어넘어 인간이 만들어 놓은 역사적 흔적의 강건함을 느낄 수 있었는가 하면, 터만 앙상하게 남은 미션 샌미구엘에서는 인생과 역사의 허무함을 느낄 수 있었다.

그러나 21개의 모든 미션에서 공통적으로 느낄 수 있었던 것은 인간의 유한함을 아쉬워하며 영원의 절대자를 지향했던 수도사들의 종교적 열정과 또한 신대륙의 땅을 개척하고 뿌리내리려 했던 인간의 의지와 노력이었다. 이러한 열정과 노력이 지금의 샌디에고, 로스앤젤레스, 샌프란시스코 등으로 대변되는 화려한 캘리포니아의 도시 문명을 만들어내는 초석이 되었다고 생각한다.

이 여행을 통해서 캘리포니아 땅과 인간과 역사에 대한 이해가 더욱 깊어졌으며 캘리포니아의 자연과 도시에 대한 애정이 커질 수 있는 계기가 되었다. 편안한 마음으로 부담없는 친구와 더불어 재미있는 자동차 여행을 떠나는 것처럼 책을 쓰려했다. 우리의 여행 이야기가 독자 여러분에게 캘리포니아 자연과 도시에 대한 소개와 역사에 대한 안내서가 될 수 있다면 무척이나 기쁠 것 같다.

아메리칸 인디언들의 삶뿐 아나라 캘리포니아의 어제와 오늘을 한눈에 보여주는 새로운 여행의 세계!

미션 속에 감추어진 역사를 따라가는 여행!